七色海的粼光

王连荣　著

线装書局

图书在版编目（CIP）数据

七色海的粼光 / 王连荣著 . -- 北京：线装书局，
2023.3
ISBN 978-7-5120-5304-5

Ⅰ. ①七… Ⅱ. ①王… Ⅲ. ①诗集－中国－当代
Ⅳ. ① I227

中国版本图书馆 CIP 数据核字（2022）第 232107 号

七色海的粼光
QISEHAI DE LINGUANG

作　　者：王连荣
责任编辑：程俊蓉
出版发行：线裝書局
　　　　　地　址：北京市丰台区方庄日月天地大厦 B 座 17 层（100078）
　　　　　电　话：010-58077126（发行部）010-58076938（总编室）
　　　　　网　址：www.zgxzsj.com
经　　销：新华书店
印　　制：涿州军迪印刷有限公司
开　　本：787mm×1092mm　1/16
印　　张：23.5
字　　数：262 千字
版　　次：2023 年 3 月第 1 版第 1 次印刷
定　　价：99.00 元

线装书局官方微信

前　言

在编辑诗集《七色海的浪花》时，我把从 2011 年起所创作的诗词，按时序出版了一部分，并没有全部付梓，这是由于"奈何检点多庸作"之故，不能把这部分诗词立即付印，以免贻笑大方。在出版了诗集《七色海的浪花》后，重新修改了所剩的诗词，将没有编入诗集的诗词，连同以后又创作的诗词，一同汇集付印出版。为了与前面的诗集相连贯，取名为《七色海的粼光》，副标题为《三槐堂诗集》卷三、卷四，仍以诗词创作的先后顺序编排（个别的也照顾到内容的一致性）。

从目录中可以看到本诗集的基本内容：

2020 年和 2021 年是两个有着特殊意义的时间点！

2020 年是作者从军六十周年纪念年，所以，将六十年中有意义的人、事和感悟，做了回忆，写成了诗词，把作者在部队中的历练和成长记录下来；

2021 年是党的百年华诞，从 2021 年的 3 月到 7 月 1 日前，倾注了对党的敬和爱，依时序创作了一百多首诗，献给伟大、光荣、正确的党；

此外，根据《水浒传》一百〇八将及主要人物，创作了一百多首诗词，以飨读者；

在东京奥运会和残奥会上，中国健儿为国争光，勇于拼搏的精神，尤其是中国残奥运动员在赛场上的英姿感人肺腑，值得赞誉，也是本诗集的内容之一；

　　至于周游山水，是本人的爱好，每游景点，都会有诗词留下来，在诗集中有一定的篇幅；

　　诗集中的其他内容，还是请读者慢慢品鉴。

　　与之前出版的诗集一样，难免有谬误之处，敬请读者给予批评指正，并深表谢意。

三槐堂人王连荣

2021 年 10 月

目　录

《三槐堂诗集》　卷三

《水浒人物》篇

注：此篇内容是根据《水浒传》中的人物进行创作的，基本按照人物在著作中的出场顺序编排，便于读者在阅读时做对照。由于读者对水浒人物都比较熟悉且喜欢，所以，引用了网络上的某些注释，在此对原注释者表示感谢。

《水浒传》中人物之张天师

天师有德唤风云，后顾前瞻意最丰。

捉鬼请神身有技，镇妖除孽事非疯。

道缘五斗祈人世，龙虎千峰筑法宫。

猜透权臣专肇恶，玄机不露任其穷。

注：张道陵（34 年—156 年），字辅汉，原名张陵，东汉丰县（今江苏徐州丰县）人，道教创始人。因其最初创立的五斗米道又称天师道，故又称张天师。

《水浒传》中人物之太尉洪信

宫使凌权手指划，奉诏最喜舞爪牙。

贵溪驿道逢颠扑，龙虎仙山惧蟒蛇。

错识先师因俗眼，乱开石窟泛沉渣。

高坛大醮经方念，地煞天罡已露邪。

注：宋仁宗嘉祐年间殿前太尉。受宋仁宗诏命前往江西信州龙虎山

宣请嗣汉天师张真人赴朝祈禳瘟疫。后在龙虎山上清宫住持真人的陪同下游上清宫大唐洞玄国师镇妖之处"伏魔之殿"，仗权势强迫住持真人打开"伏魔之殿"，结果放走了殿内镇压的三十六天罡星、七十二地煞星，这一百〇八星即应了后来的水浒一百〇八好汉。

2020 年 7 月 22 日

《水浒传》中人物之高俅

刀笔诗书竟有攻，蹴球技艺更精通。

泼皮蜕变投机巧，殿帅升迁宿敌忡。

王进弃家逃劫难，林冲中计受坑蒙。

凄凄多少忠良将，只在高俅手下终。

注：北宋末年权臣，宋徽宗时期的官员汴京（今河南省开封市）人，因是《水浒传》的主要反派人物而广为人知。

2020 年 7 月 23 日

《水浒传》中人物之王进

父是王升棍棒精，泼皮习艺击其倾。

怒迁禁统仇还记，但遇淫威苦顿生。

从此私奔逃大难，偶将功底点纹卿。

梁山不是魂归地，或在枪挑外患兵。

注：《水浒传》中人物。东京（今河南省开封市）人。北宋年间东京八十万禁军教头王进，名武师王升的儿子，家传使棒绝技。高俅未发迹时，曾学使棒，为王升打伤，从此结仇。后高俅当了太尉高官，曾借故要置王进死地，乃携老母逃离东京，路过史家庄，传授史进武艺，然后投奔延安府老种经略相公处安身。

2020 年 7 月 24 日

《水浒传》中人物之"九纹龙"史进

武艺精通十八般，刺青小子九龙盘。

终因义上少华岭，方叫身随水泊滩。

卧底东平谋未足，垂成兰妹计难完。

纵然两刃三尖利，或演黄腔遇恶狨。

注：史进，《水浒传》中人物。史家村史太公之子，一百〇八将之一，在梁山好汉中排名第二十三位，马军八虎骑兼先锋使第七名，上应天微星。因身上纹有九条青龙，人称"九纹龙"。梁山好汉征讨方腊时，在昱岭关前中箭身死。

2020 年 7 月 25 日

《水浒传》中人物之"跳涧虎"陈达

落草少华山不高，粗枝末叶只皮毛。

拒听朱武强称勇，却遇纹龙巧捕獒。

是有军师谋巧计，常看亲朋演情操。

梁山此去多歧路，切记前方有火刀。

注：陈达，《水浒传》中人物，绰号跳涧虎，邺城人氏。他原是少华山寨主，因大寨主史进与鲁智深交好，而受到梁山招揽，遂决定加入梁山，并配合梁山军马大闹华州。梁山大聚义时，成为一百〇八将之一，排第七十二位，上应地周星，担任马军小彪将兼远探出哨头领。征方腊时战死于昱岭关，追封义节郎。

《水浒传》中人物之"白花蛇"杨春

少华落草坐厅堂，瘦臂长腰祖解良。

陈达不听朱武语，杨春结识九纹郎。

智深邀做梁山客，芒砀飞刀脸面伤。

只是招安非上策，征途乱箭密如蝗。

注：杨春，《水浒传》中人物。绰号白花蛇，蒲州解良人氏。他原是少华山寨主。梁山大聚义时，成为一百〇八将之一，排第七十三位，上应地隐星，担任马军小彪将兼远探出哨头领。征方腊时战死于昱岭关，追封义节郎。

醉太平

《水浒传》中人物之"神机军师"朱武

颇通阵图、能文既儒。少华山上修庐。做强梁震狐。

梁山义扶，心沉智浮。躬亲前线征途。助麒麟破胡。

注：朱武，《水浒传》中人物。定远人氏，能使两口双刀，精通阵法，很有谋略，一百〇八将之一，上应地魁星。朱武投奔梁山，封为同参赞军务头领。受招安后，朱武一直是作为卢俊义一方的军师，身份极为重要，多次协助卢俊义破敌，为生还的十五员偏将之一，被封为武奕郎兼诸路都统领。

《水浒传》中人物之"花和尚"鲁智深

疾恶如仇铁骨筋，挥刀舞杖冠三军。

粗拳小试凭肝胆，素缁虽披喜酒荤。

相国寺中惊寺众，野猪林里救林君。

倘然遇得横蛮事，知会龙禅六十斤。

注：鲁智深，《水浒传》中人物。原本是渭州经略府提辖，因打抱不平三拳打死恶霸镇关西，为了躲避官府缉捕便出家做了和尚，法名智深。后又因搭救林冲，流落江湖，与杨志、武松一同在二龙山落草。三

山聚义后加入梁山泊，一百〇八将之一，排第十三位，星号天孤星，担任步军头领。接受招安后，在征四寇的战役中立下战功，生擒方腊后，在杭州六合寺圆寂，追赠义烈昭暨禅师。

《水浒传》中人物之"打虎将"李忠

本是江湖卖艺家，曾教史进舞钢叉。

巧逢鲁达渭州地，便喝周通雨雾茶。

不做桃花山里雀，终成水泊座中牙。

招安过后回光短，昱岭关前箭似麻。

注：李忠，《水浒传》中人物。绰号"打虎将"，濠州定远人氏，原是江湖卖艺人。他是桃花山大寨主，后联合二龙山、白虎山一同攻打青州，并一同加入梁山。梁山大聚义时，成为一百〇八将之一，排第八十六位，上应地僻星，职司为步军将校。征方腊时战死于昱岭关，追封义节郎。

2020 年 7 月 26 日

《水浒传》中人物之"小霸王"周通

胆敢狂称小霸王，欲寻压寨到村庄。

掀开锦帐搂肥女，难奈奇羞扬柳枪。

好色依然筹大错，吝悭必定引群伤。

江湖从此添嘲料，一地鸡毛脸缺光。

注：周通，《水浒传》人物，青州人，早先落草桃花山二寨主。因外表及打扮酷似项羽，人称"小霸王"，使一杆走水绿沉枪。因看中桃花村刘太公的女儿想娶为压寨夫人，前去娶亲时醉入销金帐被鲁智深假扮新娘痛打一顿。后因盗取呼延灼的踢雪乌骓马而引发三山聚义。周通上梁山后，成为一百〇八将之一，上应地空星，被封为马军小彪将兼远探

出哨头领第十六名，排梁山好汉第八十七位。征讨方腊时，在独松关探路时不慎被厉天闰杀死，死后追封义节郎。

《水浒传》中人物之"豹子头"林冲

禁军统领挟权威，高贵依然引是非。

先有恶人欺内眷，后因把柄裹囚衣。

若无禅杖生功力，定叫身躯化黑肥。

只到料场方觉醒，火光之后向山飞。

注：林冲，《水浒传》中人物。绰号"豹子头"，东京（河南省开封市）人氏，梁山一百〇八将之一，原是八十万禁军枪棒教头，因其妻子被太尉高俅的养子高衙内看上，而多次遭到陷害，最终被逼上梁山落草。后火并王伦，尊晁盖为梁山寨主。他参与了梁山一系列的战役，为山寨的壮大立下汗马功劳。梁山大聚义时，排第六位，上应天雄星，位列马军五虎将，把守正西旱寨。抗击来围剿梁山军的官军、侵略北宋的辽国和剿灭国内造反的田虎、王庆、方腊势力时屡立战功。征方腊后病逝于杭州六和寺，追封忠武郎。

2020 年 7 月 27 日

《水浒传》中人物之"小旋风"柴进

食客盈门效孟尝，迎来送往最寻常。

高谈阔论轩辕剑，博弈筹谋水泊粮。

时雨牢灾真惑雾，豹头发配假黄腔。

丹书铁卷虽诚贵，逼上梁山做帐房。

注：柴进，《水浒传》中人物。绰号"小旋风"，沧州人氏，后周皇族后裔，人称柴大官人。他曾帮助过林冲、宋江、武松等人，仗义疏财，后因李逵在高唐州打死殷天锡，被高廉打入死牢，最终被梁山好汉救出，

因此入伙梁山。梁山大聚义时，排第十位，上应"天贵星"，掌管钱粮。征方腊时曾化名柯引，潜入方腊军中卧底。征方腊后授横海军沧州都统制，后辞官回乡，得以善终。

《水浒传》中人物之洪教头

不知山外有青山，食客柴门未汗颜。

自恃身居师父位，欲凭技过配军关。

便思斗局偷先手，只叹功夫差一般。

三合分清高下后，如烟一绝隐讪讪。

注：洪教头，《水浒传》中人物。是柴家庄的一个枪棒教师。林冲与洪教头庄院比武，因被林冲棒打，自恃高强的洪教头落荒而逃。

《水浒传》中人物之陆虞侯

攀权附势小人心，步步阴谋现兽禽。

暗度陈仓欺友妇，明修栈道作刀吟。

买通差役松林黑，焚毁料场堆垛深。

另类庞涓无善果，北风飞雪鬼森森。

注：陆虞侯，《水浒传》中人物。是林冲的多年好友，因贪图富贵站在高俅这一边，多次设计陷害林冲，后在山神庙与富安等密谋火烧草料场时被林冲撞破，死于其刀下。

西江月

《水浒传》中人物之"旱地忽律"朱贵

廓外杏帘飘拂，眼前碧水惊涛。八方消息任辛劳，不漏飞鹰疾鸟。

头戴深檐乌帽，身穿貂鼠皮袍。英雄前路尽迢迢，唤出扁舟正晓。

注：朱贵，《水浒传》中人物。绰号旱地忽律，沂州沂水县人，朱富的哥哥，原是梁山四寨主。他是梁山的开山元老，但在晁盖、宋江掌政时期，地位不断下降。梁山大聚义时，一百〇八将之一，排第九十二位，上应地囚星，与杜兴一起经营梁山酒店。征方腊时病死于杭州，追封义节郎。

2020 年 7 月 28 日

《水浒传》中人物之"白衣秀士"王伦

虚怀若谷竞相攀，善待人心好过关。

只自开山称鼻祖，未甘俯首做随班。

不思进益妒高士，打压贤能织大患。

火并偏成分首日，催生蓬勃九连环。

注：王伦，《水浒传》中人物。在"小旋风"柴进的资助下，成为梁山泊的首任寨主，人称"白衣秀士"，麾下有杜迁、宋万、朱贵等头领。但其为人心胸狭窄，难以容忍能力比他大的人，屡次刁难前来投奔的林冲、晁盖等人，后来在晁盖的送行宴上，被林冲火并。

《水浒传》中人物之"青面兽"杨志

令公杨业有莽孙，武举临朝借旧恩。

花石翻船天帝意，祖刀失所地神昏。

大名府演精弓马，珠宝担飞酒水魂。

无路登攀慌入寨，梁山正好聚蛟鲲。

注：杨志，《水浒传》中人物。绰号"青面兽"，杨家将后人，武举出身，曾任殿帅府制使，因失陷花石纲丢官。后在东京谋求复职不果，穷困卖刀，杀死泼皮牛二，被刺配大名府，得到梁中书的赏识，提拔为管军提辖使，他护送生辰纲，结果又被劫取，只得上二龙山落草。三山

聚义后加入梁山，一百〇八将之一，在梁山排第十七位，上应天暗星，位列马军八骠骑兼先锋使。征方腊时病逝于丹徒县，追封忠武郎。

2020 年 7 月 29 日

《水浒传》中人物之"急先锋"索超

身长七尺落腮胡，头戴金盔箭一壶。

匹马飞奔风未到，双雄点拨甲无污。

大名降将梁山汉，水泊英雄圣战躯。

最是弓弦长久紧，流星裂骨捣浆糊。

注：索超，《水浒传》中人物。河北人氏，本是北京大名府留守司正牌军。梁山一百〇八将之一，排名第十九，为马军八骠骑兼先锋使之一，上应天空星。惯使一把金蘸斧。因他性急，上阵时当先厮杀，人称"急先锋"。梁山攻打大名府时，索超被擒后归顺梁山。随宋江征讨方腊时在杭州死于方腊帐下大将石宝之手。

《水浒传》中人物之"赤发鬼"刘唐

灵官殿里起酣声，便在江湖演一鸣。

赤发军情传保正，刘唐负气斗雷横。

生辰纲里身姿疾，聚义厅中座次清。

只在南征添险恶，城门跌闸见忠贞。

注：刘唐，《水浒传》中人物。绰号"赤发鬼"，东潞州人氏。他与晁盖、吴用等七人结义，一同劫取生辰纲，后上梁山入伙，是晁盖的心腹班底。梁山大聚义时，排第二十一位，一百〇八将之一，上应天异星，担任步军头领。征方腊时战死于杭州，追封忠武郎。

2020 年 7 月 30 日

风入松

《水浒传》中人物之"托塔天王"晁盖

西溪村外有东溪，出彩两相齐。西边闹鬼思除孽、塔镇妖、鬼到东溪。保正偷偷移塔、天王托塔名归。

梁山聚义便生威，位首几挥旗。黄泥冈上歌声起，劫法场、宋黑逢机。孰料魂飞曾市，何人使箭成疑。

注：晁盖，《水浒传》中人物。本是山东郓城县东溪村保正、本乡财主。因将青石宝塔夺了过来在东溪村放下，因此人称"托塔天王"。后因与刘唐、吴用、公孙胜、阮氏三雄合谋智取生辰纲事发后遭官府追杀，不得已投奔梁山泊落草。因梁山泊寨主王伦忌才，不能相容，吴用智激林冲火并王伦后，大家推晁盖为寨主。宋江因在浔阳楼题反诗而遇险时，晁盖与其他梁山好汉一同劫了江州法场，将宋江，戴宗救出。宋江上梁山后，逐渐将晁盖架空。后在讨伐曾头市战役中，晁盖被史文恭的一支毒箭射中，中毒身亡。

2020 年 7 月 31 日

喝火令

《水浒传》中人物之"插翅虎"雷横

膂力超人处，身长七尺躯。郓城县里管巡拘。偏有白娇辱生母，窑姐即呜呼。

乱斗刘唐汉，甘情晁宋徒。马前鞍后紧相扶。插翅飞涧，插翅击高奴。插翅纵横天下，难信绝征途。

注：雷横，《水浒传》中人物。绰号"插翅虎"，郓城县人，出身铁匠，原为县步兵都头。他和朱仝交好，因打死侮辱母亲的白秀英，而到

梁山落草。梁山大聚义时，一百〇八将之一，排第二十五位，上应天退星，是步军头领之一。征方腊时战死于德清县，追封忠武郎。

破阵子

《水浒传》中人物之"智多星"吴用

熟读经书万卷，惯使铜链双条。堪比子房秋点兵，偏效公明独奏箫，沙场抖风骚。

酒泼生辰纲里，计翻刑法今宵。迭出奇招征恶虎，频建功勋染战袍，何由命自凋！

注：吴用，《水浒传》中人物。原本是山东济州郓城县东溪村私塾先生，但通晓文韬武略，足智多谋，与晁盖自幼结交，帮他智取了大名府梁中书给蔡京献寿的十万贯生辰纲，因此上梁山。后凭借其才华，激林冲火并王伦，又帮助梁山破祝家庄。晁盖死后帮助宋江坐上梁山寨主并攻破曾头市、大名府。在梁山处在上升期，收服许多头领。梁山大聚义后，两败童贯、三胜高俅，并推动招安进程。接受招安后，随梁山军队南征北战。平灭了几方势力后，被封武胜军承宣使。得知宋江被害死后，与花荣一同自缢于楚州南门外蓼儿洼宋江墓前，尸身葬于宋江墓左侧。吴用在梁山好汉中排名第三位，上应天机星。

2020 年 8 月 1 日

酷相思

之一、《水浒传》中人物之"立地太岁"阮小二

兄弟三人充老大。赤双足、头巾戴。说秋去春来风浪怪。网破破、难鱼蟹，船破破、难鱼蟹。

两臂千钧争买卖。月下照、日里晒。借晁盖相邀拼成败。情急切、腰刀快。命急切、腰刀快。

注：阮小二，《水浒传》中人物，绰号"立地太岁"，一百〇八将之一，在梁山好汉中排名第二十七位，梁山四寨水军头领第二位，水性一绝，上应天剑星。与晁盖一起，智取了生辰纲。高俅等几次攻打梁山泊，阮小二兄弟率水军大出风头，建立奇功伟业。征方腊时在乌龙岭水路兵败自刎。死后追封忠武郎。

酷相思

之二、《水浒传》中人物之"短命二郎"阮小五

阮氏三雄排次席。手若棍、眸生镝。看胸有青纹飞豹迹。拳起处、知凶吉？脚起处、知凶吉？

逼上梁山须协力。水寨险、冈头急。靠腾浪英雄擒狗贼。谋巧术、风声急。谋诈术、风声急。

注：阮小五，《水浒传》中人物。绰号"短命二郎"，一百〇八将之一，梁山排行中第二十九位，梁山八大水军头领第五位，上应天罪星。在黄泥冈劫了生辰纲，因官军追捕逃回梁山泊，与兄弟一起打败何涛。高俅率大军围断梁山，阮小五水中奋勇杀敌。他与童威一起驻守梁山东北水寨。后随宋江征讨方腊时做细作，却被娄丞相所杀。是梁山战死的最后一条好汉。

酷相思

之三、《水浒传》中人物之"活阎罗"阮小七

一顶遮阳称箬笠，眼有突，身如漆。战风浪三千真熟悉。救

保义、英雄技。偷御酒、英雄技。

水下功夫真了得。一沉底、无从觅。笑穿起龙袍官帽跌。回石碣、多亲密。陪老母、多亲密。

注：阮小七，《水浒传》中人物。绰号"活阎罗"，小说《水浒传》人物，一百〇八将之一，是梁山英雄中第三十一条好汉，梁山水军八员头领第六位，上应天败星。

《水浒传》中人物之"白日鼠"白胜

黄泥冈上踏歌声，药酒麻翻一众兵。

捕入牢中熬苦日，拆穿洋相供同盟。

梁山总有能人救，白胜依然水泊行。

机密步军衔职在，纵横直至将星倾。

注：白胜，《水浒传》中人物。梁山一百〇八将之一，绰号"白日鼠"。原来是个闲汉，和晁盖等好汉一起智取生辰纲。案发后白胜被何涛、何清兄弟抓捕，熬不过苦刑，供出了晁盖等人。后来，白胜在晁盖、吴用派出的梁山人马配合下逃出后，上了梁山。在梁山上，白胜虽然地位不显著，却参与了很多行动。一百〇八将之一，大聚义时排名一百〇六位，上应地耗星，担任走报机密步军头领。受招安后，在征讨方腊的路途中病死。

《水浒传》中人物之"入云龙"公孙胜

道术高强未可休，随机布阵破枭酋。

高唐此去摧妖法，芒砀今来逮小牛。

假扮云游潜要地，生风作法计焚舟。

逢幽而止遵师训，返向深山度鬖丘。

注：公孙胜，《水浒传》中人物。道号"一清先生"，生得一双杏眼，

络腮胡须，身长八尺，相貌堂堂，乃蓟州人氏，自幼在乡中好习枪棒，学成武艺多般，大家都呼他为公孙胜大郎。后来师从罗真人，学得一身道术，善能呼风唤雨，驾雾腾云，江湖上都称他做"入云龙"。公孙胜在梁山好汉中排名第四位，天闲星。

2020 年 8 月 2 日

夜游宫

《水浒传》中人物之"呼保义"宋江

刀笔精娴不俗，最仗义、交朋结族。闻说官军欲做局。既传书，事同谋，还碎玉。

直上梁山逐，作副帅、寻机觅祝。不料曾头市遇哭。着黄袍，便招安，偏中毒。

注：宋江，《水浒传》中人物。字公明，绰号"呼保义""及时雨""孝义黑三郎"，是施耐庵所作古典小说《水浒传》中的角色，一百〇八将之一，排第一位。为山东郓城县押司，和晁盖互通往来的事被阎婆惜发现，怒杀阎婆惜，逃回家隐藏。后前往清风寨投靠花荣，却在清风寨观灯时遭知寨刘高之妻陷害入狱。押送青州途中，被燕顺等人解救。投奔梁山途中得知父亲病逝，回家奔丧却被抓住，发配江州。在江州浔阳楼题反诗被判死刑，但处决那天被梁山人马解救，投奔梁山。攻打曾头市晁盖被射死后，宋江坐上第一把交椅，后两胜童贯、三胜高俅。接受招安后，带领梁山人马攻打辽国，平定田虎、方腊。被朝廷封官后，遭蔡京、童贯、高俅陷害，被毒死，葬在蓼儿洼。

西江月

《水浒传》中人物之"美髯公"朱仝

一表堂堂风骨，满丛美美胡须，面如重枣此身躯，疑是云长关羽。义放宋晁朋友，误失衙内宗雏。梁山聚义是何途？直教功勋无数。

注：朱仝，《水浒传》中人物。绰号"美髯公"，郓城县人氏，出身富户，原为县马兵都头，曾先后义释晁盖、宋江等人。后改任当牢节级，又义释雷横，被刺配沧州。因失却沧州府小衙内，被迫上梁山落草。梁山大聚义时，一百〇八将之一，排第十二位，上应天满星，担任马军八骠骑兼先锋使。征方腊后授保定府都统制，最终官至太平军节度使。

虞美人

《水浒传》中人物之阎婆惜

杨花水性阎婆惜，只在青楼匿。缘何嫁得宋公明，却教戴绿穿红押司怦。

贪心不足蛇吞相，要挟三章妄。还将机密作筹谋，难怪宋江心狠取骷髅。

注：阎婆惜，《水浒传》中人物。郓城县最有名的歌伎，挂着天香楼的"头牌"，歌舞辞赋琴棋书画可谓样样精通，尤其写得一手好文章。被其母阎婆送给宋江当外宅（非婚同居，地位不如小妾）。阎婆惜与张文远情投意合，后来在与宋江分手时，惹怒了宋江，最终被宋江杀死。

《水浒传》中人物之"行者"武松

人称灌口二郎神，路见不平除劣绅。

碗酒景阳挑路虎，戒刀铁脚灭刁身。

挥拳蒋贼遇凶险，洒血青楼摘毒菌。

世上若生凶险事，请来行者护忠仁。

注：武松，《水浒传》中人物。在《金瓶梅》中也有登场，因其排行在二，又叫"武二郎"。血溅鸳鸯楼后，为躲避官府抓捕，改作头陀打扮，江湖人称"行者武松"。武松曾经在景阳冈上空手打死一只吊睛白额虎，因此，"武松打虎"的事迹在后世广为流传。曾与鲁智深、杨志等人聚义青州二龙山，三山聚义时归顺梁山，一百〇八将之一，坐第十四把交椅，为十大步军头领之一，上应天伤星，后受朝廷招安随宋江征讨辽国、田虎、王庆、方腊，最终在征方腊过程中被飞刀所伤，痛失左臂，被封为清忠祖师，最后在杭州六和寺病逝，寿至八十。

2020 年 8 月 3 日

《水浒传》中人物之武大郎

父母双亡实是灾，勤劳育弟二郎来。

身无傍技翻炊饼，偶娶金莲得奉陪。

可惜无能添福禄，竟然落莫织悲哀。

武松难得良心好，贼骨仇颅上祭台。

注：武大郎，《水浒传》中的虚构人物，并无人物原型。武家排行老大，唤作武大郎，河北清河县人。从小父母双亡，含辛茹苦将兄弟武松抚养成人。以卖炊饼为业，娶妻潘氏金莲，后与西门庆私通，事败后毒死亲夫，被武松所杀。

《水浒传》中人物之西门庆

偎红倚翠诈奸时，浪荡游闲危未思。

好色贪淫形放浪，挥枪舞棒比熊狮。

偏欺武大无能辈，难耐二郎威武姿。

一觉醒来头已落，祭台高筑读悲词。

注：西门庆，《水浒传》中人物。原是阳谷县的一个落魄财主，后来开了一家生药铺。他为人奸诈，贪淫好色，使得些好枪棒，是个受人另眼看待的暴发户兼地头蛇，与潘金莲私通事败，害杀武大郎。最终被武松闪下狮子楼，割头为兄报仇。

《水浒传》中人物之潘金莲

清河使女若玫瑰，牛粪鲜花实可哀。

武大佝偻猥琐貌，金莲亮丽玉仙胎。

风流毕竟招蜂蝶，淫欲终于上祭台。

苟且最遭千手指，杀夫灭迹着天雷。

注：《水浒传》中的虚构人物，《金瓶梅》对其进行了进一步的深化。几百年来，她一直被钉在历史耻辱柱上，堪称妖艳、淫荡、狠毒的典型。潘金莲这一人物形象被极度演绎而活在戏剧舞台文学作品中，成为茶余饭后的坏女人样板。

2020 年 8 月 4 日

《水浒传》中人物之"母夜叉"孙二娘

何由娇艳宜温柔？照样江湖竞一流。

十字坡头承客栈，梁山水泊迎扁舟。

眉心不但传波韵，纤手堪当战敌酋。

最叹南征成末路，飞刀起处未啾啾。

注：孙二娘，《水浒传》中人物。孟州（今河南省焦作市）人，梁山仅有三位女好汉之一，人物性格为胆子大，武艺高强，有智慧。"母夜叉"孙二娘在梁山好汉中排名第一百〇三位，地壮星。

《水浒传》中人物之"菜园子"张青

菜园能者未成王，孰料偏成小婿郎。

合伙经营开小店，同心发达走康庄。

坡前醪醴味犹烈，屉里馒头肥且香。

惟有平安方是德，谁知簇箭胜刀枪。

注：张青，《水浒传》中人物。在孟州道光明寺种菜，因此唤做"菜园子"，却因为小事杀了光明寺里的僧人，逃出后结识了孙二娘，二人结为夫妻，便在十字坡开设酒店，用蒙汗药杀死过往行人，做人肉包子的生意。后来跟随二龙山众头领加入梁山泊，梁山大聚义时一百〇八将之一，第一百〇二位，上应地刑星，司职"打探声息""邀接来宾头领"并负责管理"西山酒店"，星号地刑星。在征讨方腊接近尾声的歙州之战时，恰逢摩云金翅欧鹏阵亡，军心大乱之际，张青在乱军之中战死，死后追封义节郎。

《水浒传》中人物之"金眼彪"施恩

礼下囚人必有求，纡尊降贵演深谋。

施恩憋苦借行者，酒肉无端作引钩。

气度三番催壮士，长亭十里了恩仇。

管营不是寻常客，不费吹灰万事悠。

注：施恩，《水浒传》中人物。绰号"金眼彪"，一个小管营，后来跟随二龙山头领上梁山，司职步军将校，巡逻营步军头领，梁山排名第八十五位，上应地伏星。施恩跟随宋江征讨方腊时，在打常熟时落水而死，死后追封义节郎。

《水浒传》中人物之"蒋门神"蒋忠

公平竞争实堪交，巧夺豪圈不可饶。

莫把刀枪当势力，自恃拳脚抢钱包。

蒋忠却中鸳鸯拐，醉汉偏成玉步哮。

事后因仇频犯傻，无辜连累命飘摇。

注：本名将忠，《水浒传》中人物。因身长九尺，一身好本领，使得好枪棒，曾自吹自擂是"普天之下，没我一般的了"，所以有了作为走狗和帮凶的资格和本钱，在封建统治阶级内部下级官吏之间为私利而相互倾轧中充当了一方的打手。

《水浒传》中人物之"飞天蜈蚣"王道人

修道炼丹能养真，欺男霸女辱人伦。

蜈蚣岭上淫威闪，旷野林中笑靥贫。

戏水游龙慌手脚，拔刀行者战风尘。

公知报应秉天意，最惜道童先绝身。

注：王道人，《水浒传》中人物。绰号"飞天蜈蚣"，居住于蜈蚣岭坟庵。因善习阴阳，能识风水，留在张太公家中看风水，见了张太公女儿起了歹心便不肯去了。在张太公家住下后一家都害死了，却把张太公女儿强骗在蜈蚣岭坟庵里住，又在别处掳掠道童。因在蜈蚣岭被武松看见搂着张太公女儿，在那窗前看月戏笑，因而连同道童一起被杀。

2020 年 8 月 5 日

《水浒传》中人物之"独火星"孔亮

青州地界孔家庄，凡眼无缘打虎郎。

误会偏知拳脚浅，相逢一笑友情长。

武松此刻陀头貌，独火今番义士肠。

八卦九宫多影迹，不通水性令神伤。

注：孔亮，《水浒传》中人物。绰号"独火星"，青州人氏，与哥哥孔明同为宋江的徒弟。他原是孔家庄二少爷，在白虎山落草，并联合二龙山、桃花山攻打青州，后又一同加入梁山。梁山大聚义时，成为一百〇八将之一，排第六十三位，上应地狂星，担任守护中军步军骁将。征方腊时战死于昆山，追封义节郎。

《水浒传》中人物之"毛头星"孔明

孔明不识武陀头，奇遇方知此事由。

只为争财生命案，终将落草避监囚。

三山约战青州府，一席同商太子谋。

肩不能挑锤不力，卧龙愤然血横流。

注：孔明，《水浒传》中人物。绰号"毛头星"，青州人氏，与弟弟孔亮同为宋江的徒弟。他原是孔家庄大少爷，后在白虎山落草，并联合二龙山、桃花山攻打青州，而后又一同加入梁山。梁山大聚义时，成为一百〇八将之一，排第六十二位，上应地猖星，担任守护中军步军骁将。征方腊时病死于杭州，追封义节郎。

《水浒传》中人物之"锦毛虎"燕顺

赤发黄须似锦毛，臂长腰阔气真豪。

从商习武铸谋术，落草成王将扑刀。

义释公明追快意，情交志士效皋陶。

有心向善征程急，偏着流星未及逃。

注：燕顺，《水浒传》中人物。绰号"锦毛虎"，莱州人氏，羊马贩子出身，原为清风山大寨主。他因救助宋江，大闹青州，而到梁山入伙。

梁山大聚义时，一百〇八将之一，排第五十位，上应地强星，担任马军小彪将兼远探出哨头领。征方腊时战死于乌龙岭，追封义节郎。

《水浒传》中人物之"矮脚虎"王英

淮地车家五短身，清风寨里最花春。

宋江因许三娘女，燕顺偏归艳丽嫔。

往复刀枪思绝色，周旋犬马扼情人。

到头躯壳分崩处，不谙何由是死因。

注：王英，《水浒传》中人物。绰号"矮脚虎"，两淮人氏，车家出身，原为清风山二寨主。他因救助宋江，大闹青州，而到梁山入伙，三打祝家庄后娶扈三娘为妻。梁山大聚义时，成为一百〇八将之一，排第五十八位，上应"地微星"，职司为专掌三军内探事马军头领。征方腊时战死于睦州，追封义节郎。

玉蝴蝶

《水浒传》中人物之"白面郎君"郑天寿

姑苏城里郎君，银匠白生生，棍棒舞纷纷，清风迎入群。

梁山充将校，儒子系红巾。从此话艰辛，最难留命门。

注：郑天寿，《水浒传》中人物。绰号"白面郎君"，苏州人氏，银匠出身，原为清风山三寨主。他因救助宋江，大闹青州，而到梁山入伙。梁山大聚义时，成为一百〇八将之一，排第七十四位，上应地异星，担任步军将校。征方腊时战死于宣州，追封义节郎。

2020 年 8 月 6 日

钗头凤

《水浒传》中人物之"小李广"花荣

长矛立，强弓弢，少年将校眉目丽。清风镇，先锋印。骅骝飞奔，武威英俊。奋！奋！奋！

梁山义，征途未，铁盔银甲刀枪利。弓弦振，飞鸿忿。招安真蠢，塚前留恨。闷！闷！闷！

注：花荣，《水浒传》中人物。有"百步穿杨"的功夫。在梁山好汉英雄中排行第九，为马军八虎骑兼先锋使之首，上应天英星。原是清风寨副知寨，使一杆银枪，善骑烈马，能开硬弓，被比作西汉"飞将军"李广，人称"小李广"，因善使银枪，又称"银枪手"。只因为义兄宋江抱不平而被小人陷害，后被好汉王英等相救，上了梁山。受朝廷招抚后，在对辽国、方腊战役中屡立奇功，然在大哥宋江被高俅等害死后，与吴用一同在宋江墓前自缢身亡。

2020 年 8 月 7 日

渔家傲

《水浒传》中人物之"镇三山"黄信

未镇三山终添笑，丧门剑唱青州调。宋江花荣虽缠铐。良机好，谁知兵败清风道。

上得梁山功且少，星封地煞名不错。但看招安无甚好。踏步巧，回来仍做都监老。

注：黄信，《水浒传》中人物。梁山泊一百○八将之一，绰号"镇三山"。原是青州慕容知府麾下兵马都监。宋江在清风山使其师父秦明投降落草后，劝说黄信也投了宋江。梁山大聚义排名第三十八，为梁山马

军小彪将兼远探出哨头领第一名，上应地煞星。梁山受招安后，黄信随着宋江等东征西讨，最后在征方腊之后幸存，被授武奕郎。

2020 年 8 月 8 日

《水浒传》中人物之"霹雳火"秦明

性如烈火说秦明，借得狼牙众皆惊。

入阵盔缨偏中箭，进溪战马正逢坑。

祝家庄里遭人算，方杰刀尖致血横。

有勇无谋非好汉，提前做鬼面狰狞。

注：秦明，《水浒传》中人物。因其性如烈火，故而人称"霹雳火"。善使一条狼牙棒。本是青州指挥司统制，攻打清风山时，因中宋江的计策，被俘后无家可归，只得归顺。自上梁山后，秦明凭手中狼牙棒，在一系列战斗中屡立战功。大聚义排座次时，在梁山排行第七位，上应"天猛星"。又被封为"马军五虎将"第三位。在征方腊接近尾声的清溪县之战时，秦明与方腊之侄方杰大战，因躲避暗器，被分散了注意力，方杰趁机一戟将秦明杀死，回京后，被追封为忠武郎。

2020 年 8 月 9 日

《水浒传》中人物之"双鞭"呼延灼

雌雄必对有双鞭，手里抡挥谁敢前！

技法家传成一绝，连环布阵更周全。

钩镰破解呼延苦，宝座相邀义士怜。

从此随军多讨伐，捐躯为国是忠贤。

注：呼延灼，《水浒传》中人物。武艺高强，杀伐骁勇，有万夫不当之勇。因其善使两条水磨八棱钢鞭，故人称"双鞭"呼延灼。在梁山排座次时，坐第八把交椅。呼延灼位列天罡星第八位，上应"天威星"，

又被封为"马军五虎将"之第四员。梁山受招安后,随宋江征讨辽国、王庆、田虎、方腊,多建功勋。班师回朝后,呼延灼被封为御营兵马指挥使。后来率领大军,打败了金兀术四太子,大军一直杀至淮西,呼延灼阵亡。

《水浒传》中人物之"金枪手"徐宁

欲破连环必用枪,徐宁最宜示刚强。

被偷金甲梁山道,逼弃京师教练装。

出自官军偏叛逆,结交朋辈说荒唐。

从此功名何处是?飞来毒箭便收场。

注:徐宁,《水浒传》中人物。绰号"金枪手",东京人氏,原是禁军金枪班教师,善使钩镰枪,后被表弟汤隆赚上梁山,大破连环甲马。梁山大聚义时,梁山一百〇八将之一,排第十八位,上应天佑星,是马军八骠骑兼先锋使第二位,把守正东旱寨。征方腊时在杭州被毒箭射伤,最终死于秀州,追封忠武郎。

《水浒传》中人物之"金钱豹子"汤隆

铁匠心机亦是精,曾同黑李论锤情。

斗斜月尽身姿健,日落星稀草寨行。

锦帛筹囊兄中计,梁山铸甲实堪萌。

纷纭众说论功过,是贬是褒谁可明?

注:汤隆,《水浒传》中人物。绰号"金钱豹子",出身铁匠,延安府知寨官之子。他在武冈镇打铁度日,后遇到李逵,便随其加入梁山。后举荐徐宁,打造钩镰枪,为梁山大破连环马立下大功。梁山大聚义时,成为一百〇八将之一,排第八十八位,上应地孤星,负责监造军器铁甲。征方腊时战死于清溪县,追封义节郎。

2020 年 8 月 11 日

《水浒传》中人物之"鼓上蚤"时迁

飞檐走壁若鹰鸦，性智机谋万众夸。

采点望风常换位，吹灯潜伏隐如蛇。

雁翎金甲初方得，拔地城楼火似霞。

可惜偷鸡偏蚀米，更怜病殁绞肠痧。

注：时迁，《水浒传》中人物。绰号"鼓上蚤"，高唐州人氏，出身盗贼，在与杨雄、石秀投奔梁山途中，因偷鸡被祝家庄活捉，引出梁山三打祝家庄。他曾到东京盗取雁翎金圈甲，赚取徐宁上梁山，并在梁山攻破大名府、曾头市的战役中立下大功。梁山大聚义时，一百○八将之一，排第一百○七位，上应"地贼星"，担任走报机密步军头领。征方腊后病死于杭州，追封义节郎。

《水浒传》中人物之"神行太保"戴宗

甲马从身便疾行，成千八百赶征程。

梁山供职军机处，吴用筹谋漏洞呈。

身陷牢笼终得救，翻成铁杆便纵横。

未从易帜招安去，泰州岳庙伴经声。

注：戴宗，《水浒传》中人物。绰号"神行太保"，原是江州两院押牢节级，能日行八百里。他曾与梁山好汉合谋，伪造蔡京书信以营救宋江，却被识破，判处斩刑，被梁山好汉救出，因此上梁山入伙，是白龙庙二十九英雄之一。梁山大聚义时，梁山一百○八将之一，排第二十位，上应天速星，职司为总探声息头领。征方腊后授兖州府都统制，后辞官到岳庙出家，最终大笑而终。

2020 年 8 月 12 日

《水浒传》中人物之"混江龙"李俊

扬子江中篙橹工，揭阳一霸混江龙。

曾求李立逃三黑，还劝穆弘还宋公。

再赴刑场同协力，驾舟水泊建奇功。

南征北战风云过，传说暹罗居贝宫。

注：李俊，《水浒传》中人物。绰号"混江龙"，庐州人氏，原为扬子江艄公，兼贩私盐，是揭阳岭一霸。后参与营救宋江，大闹江州，是白龙庙二十九英雄之一。梁山大聚义时，一百〇八将之一，排第二十六位，上应天寿星，担任水军头领。征四寇时统领水军，屡立战功。平定方腊后诈病归隐，与童威等人远赴海外，成为暹罗国主。

《水浒传》中人物之"催命判官"李立

蒙汗药翻多少人，不分皂白掠金银。

押司险误成奇鬼，路客遭麻恐摄魂。

此盗欺天无道法，梁山收手管营醇。

倘然李俊难寻此，也许旌旗另是春。

注：李立，《水浒传》中人物。绰号"催命判官"，江州人氏，在揭阳岭开黑店为生，与李俊同为当地一霸。后参与营救宋江，大闹江州，是白龙庙二十九英雄之一。梁山大聚义时，一百〇八将之一，排第九十六位，上应地奴星，担任北山酒店掌店头领。征方腊时战死于清溪县，追封义节郎。

《水浒传》中人物之"小温侯"吕方

谁说温侯在别朝，英雄此刻正招摇。

胭脂抹就枣骝马，玉铘妆成小子骄。

对影山中当草寇，红缨缠处出飞标。

花荣劝见公明后，失足悬崖一命销。

注：吕方，《水浒传》中人物。梁山一百○八将之一，排名第五十四位，上应地佐星，绰号"小温侯"。原本在对影山一带落草为寇，后来因为花荣神箭，和郭盛一起投奔梁山，担任守护中军马骁将。

《水浒传》中人物之"赛仁贵"郭盛

嘉陵一路到黄河，为贩水银翻激波。

天意风云遭不测，自成荡寇作流倭。

因窥对影称王上，欲向雕梁坐头陀。

便有花荣飞一箭，南征路上斗妖魔。

注：郭盛，《水浒传》中人物。四川嘉陵人氏，善使方天戟，外号"赛仁贵"。原来从事水银买卖，但是船在黄河翻了，回乡不得。后来，听说对影山有个使戟的强盗，便前往挑战。花荣和清风寨的人救了宋江后，路过对影山，见到穿白衣的郭盛和穿红衣的吕方都在使方天画戟比武，两戟的绒尾却结住了。花荣用箭把结射开，两人便停止武斗。后来，二人一同上了梁山，梁山大聚义时成为一百○八将之一，排名五十五，上应地佑星。梁山招安后，郭盛随征辽国直至江南方腊，在进攻江南方腊占据的乌龙岭时，被从岭上飞下来的一块大石头连人带马砸死在岭边。

2020 年 8 月 14 日

《水浒传》中人物之"铁扇子"宋清

从来扇子扇清风，何必五金多费工？

到手须知成器物，随军一样作弯弓。

宋家基业谁承袭，功宴排筵主俭丰。

官府招安偏是假，长兄鸩酒饮愚忠。

注：宋清，《水浒传》中人物。因为人孝顺，绰号"铁扇子"，是梁山泊头领宋江的弟弟。上梁山聚义后，成为一百〇八将之一，排名七十六位，上应地俊星。掌管排设筵席之事。后随梁山受招安。征方腊后幸存，被封为武奕郎。宋江去世后，获得承袭其名爵的权力，但宋清婉拒，只愿回家务农，宋徽宗很感动，怜其孝道，赐钱十万贯，田三千亩，以赡其家。后得一子宋安平，应过科举，官至秘书学士。

2020 年 8 月 17 日

《水浒传》中人物之"石将军"石勇

脚踏麻鞋八尺人，头巾裹就赌徒身。

偏生案做柴庄客，因叫老千刀下泯。

函使遍寻心仪者，影山才见执旗宾。

凡胎俗子留光处，舍己终成一小兵。

注：石勇，《水浒传》中人物。北京大名府人，好赌，绰号"石将军"。因赌博打死了人，逃到柴进庄上避难，后前去投靠宋江，到了宋家村宋江家，得知宋江有事在逃。宋太公托其给宋江送信，石勇在对影山附近一酒店和宋江、燕顺相遇，投奔了梁山，梁山大聚义时成为一百〇八将之一，排名九十九，上应地丑星。受招安后，在征讨方腊中，攻歙州时被王寅杀死。

2020 年 8 月 18 日

《水浒传》中人物之"摸着天"杜迁

本领偏低智也平，只因创业出名声。

臂长能揽牛和斗，心顺相逢弟与兄。

谏纳林冲无杂念，火拼秀士演真诚。

梁山有杜梁山起，无杜梁山不复鸣。

注：杜迁，《水浒传》中的人物，绰号"摸着天"，原是梁山二寨主。他是梁山的开山元老，但因本领平常，在晁盖、宋江掌政时期，地位不断下降。梁山大聚义时，成为一百〇八将之一，排第八十三位，上应地妖星，职司为步军将校。征方腊时战死于清溪县，追封义节郎。

《水浒传》中人物之"云里金刚"宋万

水泊梁山是老臣，披荆斩棘首垂身。

王伦小量遭扬弃，宋万平和但认真。

虽是金刚云里隐，未如冯驩怨常呻。

无谋有勇非强者，信得捐躯第一人。

注：宋万，《水浒传》中人物。绰号"云里金刚"，原是梁山三寨主。他是梁山的开山元老，但因本领平常，在晁盖、宋江掌政时期，地位不断下降。梁山大聚义时，成为一百〇八将之一，排第八十二位，上应地魔星，职司为步军将校。征方腊时战死于润州，追封义节郎。

《水浒传》中人物之"出洞蛟"童威

浔阳江上贩私盐，只向龙头启幕帘。

共聚梁山当校尉，同居震泽话咸甜。

涛声阵阵多潇洒，激浪滔滔巧隐潜。

相聚七贤来海外，雕梁画栋又飞檐。

注：童威，《水浒传》中人物。绰号"出洞蛟"，星号地进星。童威是童猛的哥哥，早先兄弟两一起在浔阳江上贩卖私盐，与李俊等有交情。随李俊等人归顺梁山后，成为水军头领。梁山大聚义排座次时，梁山一百〇八将之一，排名第六十八，上应地进星，同阮小五一同驻守梁山东北水寨。后随梁山大军四处征讨，征讨方腊取胜返回时，因不愿做官，在苏州同李俊及弟弟童猛一起，从太仓港驾船远渡到暹罗国。

2020 年 8 月 20 日

《水浒传》中人物之"翻江蜃"童猛

与兄一道走江滩，贩卖私盐渡大漫。

李俊山头连底事，公明手下做军官。

腾游巧技堪称绝，鼓棹功夫冠水坛。

未敢招安奔海路，夷邦浪迹绝凶顽。

注：童猛，《水浒传》中人物。绰号"翻江蜃"，梁山一百〇八将之一，排行第六十九位，上应地退星。童猛是童威的弟弟，早先兄弟两一起在浔阳江上贩卖私盐，与李俊等有交情。随李俊等人归顺梁山后，成为水军头领。梁山大聚义排座次时，同阮小七一同驻守梁山西北水寨。后来跟随梁山大军四处征讨，征讨方腊取胜返回时，因不愿做官，在苏州同李俊及哥哥童威一起，从太仓港驾船远渡到暹罗国。

踏莎行

《水浒传》中人物之"船火儿"张横

七尺身躯，一团匪气，杀人越货寻常计。宋江遇难上扁舟，临危险被张横废。

李俊联盟，梁山聚义，东风解得英雄意。一场愁梦袭来时，水军统领亡亲弟。

注：张横，《水浒传》中人物。绰号"船火儿"，江州人氏，原为浔阳江艄公，与弟弟张顺同为当地一霸。后参与营救宋江，大闹江州，是白龙庙二十九英雄之一。梁山大聚义时，一百〇八将之一，排第二十八位，上应天竟星（一作天平星），职司为水军头领。征方腊时病死于杭州，追封忠武郎。

踏莎行

《水浒传》中人物之"浪里白条"张顺

江里游鱼，水中激浪，履如平地任狂放。谁能比得此儿郎，建功立业梁山上。

张顺机灵，李逵鲁莽，一番对决风声荡。龙争虎斗两罡星，偏成黑白双人唱。

注：张顺，《水浒传》中人物。张顺在梁山好汉中排名第三十位，上应天损星。水寨八员头领第三位。有一身好水功，因生得肌肤如雪，在水中游移如白条闪现，故人称"浪里白条"。

渔家傲

《水浒传》中人物之"没遮拦"穆弘

薛永病虫无拜谒，宋江投金成仇敌。平地风波真告急。方离岌，贼船偏向公明侧。

应说穆弘明眼力，更兼保义江湖德。便向梁山充一职。难预测，竟然染疫临安卒。

注：穆弘，《水浒传》中人物。绰号"没遮拦"，江州人氏，原为揭阳镇富户，是当地一霸。后参与营救宋江，大闹江州，是白龙庙二十九英雄之一。梁山大聚义时，一百○八将之一，排第二十四位，上应天究星，担任马军八骠骑兼先锋使。征方腊时病死于杭州，追封忠武郎。

渔家傲

《水浒传》中人物之"小遮拦"穆春

称霸一方贪苟利，偏将薛宋随心计。大户人家无道义。真恣意，常教英雄添脾气。

疑虑一除归同类，斟杯在手称兄弟。水泊梁山旗共对。呼小辈，从前挨揍还曾记？

注：穆春，《水浒传》中人物。江州人氏，原是揭阳镇富户，与哥哥穆弘同为当地一霸。后参与营救宋江，大闹江州，是白龙庙二十九英雄之一。梁山大聚义时，成为一百〇八将之一，排第八十位，上应地镇星，担任步军将校。征方腊后授武奕郎，后辞官返回揭阳镇。

2020 年 8 月 21 日

《水浒传》中人物之"病大虫"薛永

舞棒挥枪便有风，圈牢划地献真功。

穆庄未付经营费，银两相赠侠义公。

四伏危机霜露冷，烟消误会彩旗红。

宦官后代难从业，据此专呼病大虫。

注：薛永，《水浒传》中人物。绰号"病大虫"，河南洛阳人氏，在江湖使枪棒卖药为生。他在江州卖艺时结识宋江，后参与营救宋江，大闹江州，是白龙庙二十九英雄之一。梁山大聚义时，成为一百〇八将之一，排第八十四位，上应地幽星，担任步军将校。征方腊时战死于昱岭关，追封义节郎。

《水浒传》中人物之"黑旋风"李逵

铁牛赦宥落江州，相熟戴宗从一舟。

落座琵琶腥未得，结缘张顺水蒙羞。

李逵遇假除昏鬼，沂岭添仇击虎头。

两斧难平奸妄事，杯中鸩酒过深喉。

注：李逵，《水浒传》中人物。绰号"黑旋风"，沂州沂水县（今属山东省临沂市沂水县）百丈村人氏。因为打死了人，从牢中逃了出去，但得到了赦免，被戴宗留在江州当牢子。为救宋江和戴宗大劫法场，李逵与众人大闹江州，欲背着老母上梁山享福，但因老母在沂岭被虎所害，李逵怒杀一窝四虎。李逵臂力过人，善使一双板斧，梁山排座次时，位列第二十二位，是梁山第五位步军头领，上应天杀星。招安后，随军征讨辽国、田虎、王庆、方腊，战事结束后被封为镇江润州都统制。因宋江饮高俅等奸臣送来的毒酒中毒后，担心李逵再次起兵造反复仇，便让李逵也饮下毒酒，李逵随后身亡。

2020 年 8 月 22 日

《水浒传》中人物之"圣手书生"萧让

苏黄米蔡体攻精，颁檄行文遣将兵。

偏教太师盲眼力，只欺知府认同声。

纵横翰墨谋全局，直录天书说正名。

笔底蛇龙喷雨露，个中生出万千旌。

注：萧让，《水浒传》中人物。善写当时苏黄米蔡四种字体，济州人氏。宋江被捉到江州，吴用献计让戴宗请圣手书生萧让和善刻金石印记的玉臂匠金大坚到梁山伪造蔡京的文书，以救宋江。一百〇八将之一，萧让是梁山第四十六条好汉，上应地文星，职务为行文走檄调兵遣将。征方腊前被蔡京留住，在蔡太师府中受职，做门馆先生。

《水浒传》中人物之"玉臂匠"金大坚

天锤地凿掌中鸣，金石大家雕技精。

不是宋公成囚犯，何来假计请书生。

筹谋印信差池小，渡劫刑场鬼神惊。

玉臂名非虚里得，艺坛饮誉是头名。

注：金大坚，《水浒传》中人物。绰号"玉臂匠"，济州人氏。他与萧让制造救出宋江和戴宗的假信，却差点断送了他们的性命，因此上了梁山。梁山大聚义时，成为一百〇八将之一，排第六十六位，上应地巧星，负责制造兵符印信。征方腊前被皇帝调走，驾前听用。

2020 年 8 月 23 日

《水浒传》中人物之"通臂猿"侯健

男子居然胜女郎，裁缝手艺也称强。

师从薛永坚筋骨，兼习刀枪备大荒。

不信相逢时日晚，巧随机遇线人忙。

旌旗艳艳梁山立，自有名声霸一方。

注：侯健，《水浒传》人物。因人长得黑瘦轻捷，绰号"通臂猿"。祖籍洪都，裁缝出身，也爱舞枪弄棒，曾拜薛永为师。在宋江攻打无为军时，他正在黄文炳家干活，便与薛永一起，杀了黄文炳一家。上梁山后，负责制作旌旗袍袄等军服，一百〇八将大聚义时，排名第七十一位，上应地遂星。受招安后，随梁山大军四处征战。在征讨方腊时，因座船沉没，不识水性，在杭州外海被淹死。

《水浒传》中人物之"摩云金翅"欧鹏

黄门山上竞称王，仰慕公明日久长。

只为江州生故事，便从云顶做翱翔。

从军路上心难遂，还道村中故落荒。

乱箭终非无用物，南征却遇疾如蝗。

注：欧鹏，《水浒传》中人物。绰号"摩云金翅"，黄州人氏，军户出身，原为黄门山大寨主。他因钦慕宋江，而到梁山入伙。梁山大聚义时，一百○八将之一，排第四十八位，上应地阔星，担任马军小彪将兼远探出哨头领。征方腊时战死于歙州，追封义节郎。

《水浒传》中人物之"神算子"蒋敬

成名路上直堪哀，科举难登未展才。

手舞刀枪勤补拙，虫鸣草寇难惊雷。

不差毫厘神机智，一纳梁山统领财。

兵强马壮君当赞，帏幄筹谋功自来。

注：蒋敬，《水浒传》中人物，绰号"神算子"。潭州人氏，落科举子出身。他原为黄门山二寨主，后因钦慕宋江，而到梁山入伙。梁山大聚义时，成为一百○八将之一，排第五十三位，上应地会星，负责考算山寨钱粮。征方腊后授武奕郎，后辞官返回潭州为民。

《水浒传》中人物之"铁笛仙"马麟

双刀舞动赛琼花，直叫三娘咬白牙。

闲在黄门无事是，常吹铁笛震天涯。

家居吴越难从业，义聚梁山好喝茶。

身世不知何处出，乌龙岭上被刀划。

注：马麟，《水浒传》中人物。绰号"铁笛仙"，建康府人氏，小番子闲汉出身，原为黄门山三寨主。因钦慕宋江而到梁山入伙。梁山大聚义时，排第六十七位，上应地明星，担任马军小彪将兼远探出哨头领。

征方腊时战死于乌龙岭，追封义节郎。

《水浒传》中人物之"九尾龟"陶宗旺

农桑底事在光州，世道艰辛盼出头。

两臂功擒拦路虎，一锹力抵掘田牛。

龙门草寇盼无望，水泊城垣起港沟。

不测前途风雨疾，英雄阔海也添愁。

注：陶宗旺，《水浒传》中人物。绰号"九尾龟"，光州人氏，田户出身。他原为黄门山四寨主，后因钦慕宋江，而到梁山入伙。梁山大聚义时，成为一百〇八将之一，排第七十五位，上应地理星，负责监修山寨城垣。征方腊时战死于润州，追封义节郎。

《水浒传》中人物之"扑天雕"李应

善骑白马背飞刀，枪舞点钢狼鬼嗷。

暗箭伤肩无大碍，梁山施计便穿袍。

筹粮积草寻常技，熟路轻车不费毛。

辞印还乡功就日，独龙岗里专养獒。

注：李应，《水浒传》中人物。绰号"扑天雕"，郓州人氏，原为李家庄庄主。他曾修书给祝家庄，索要时迁，却被祝家庄拒绝，与祝彪交战时又被暗箭所伤，因而与祝家庄交恶。梁山攻灭祝家庄后，将他全家骗上梁山。梁山大聚义时，一百〇八将之一，排第十一位，上应天富星，掌管钱粮。征方腊后授中山府郓州都统制，后辞官回乡，重做富豪。

2020 年 8 月 24 日

《水浒传》中人物之"笑面虎"朱富

黑逶杀虎是英雄，却露行踪官府中。

牢陷旋风哥最急，计翻曹宅弟还聪。

酒麻肴药解危急，苦语良言赚李公。

织就锦囊兵在手，居然肥肉胜真功。

注：朱富，《水浒传》中人物，朱贵的弟弟。绰号"笑面虎"，李逵的同乡。最善使暗器。与李逵及朱贵要好，为了兄弟义气上了梁山。朱富在梁山负责监造、供应酒醋。一百〇八将之一，排梁山第九十三条好汉，上应地藏星。征讨方腊时病死在路途中。

《水浒传》中人物之"青眼虎"李云

排名竟比小徒低，授棒传枪未和泥。

捉罢旋风生不测，吞将肥肉中痴迷。

冲冲怒气凭胸出，句句铮言向耳题。

虽在梁山修辑事，排名竟比小徒低。

注：李云，《水浒传》中人物。绰号"青眼虎"，沂水县人氏，原是县衙都头。后因押解的李逵被朱贵、朱富劫去，被迫投奔梁山。梁山大聚义时，一百〇八将之一，排第九十七位，上应地察星，负责起造修缉房舍。征方腊时战死于歙州，追封义节郎。

《水浒传》中人物之"锦豹子"杨林

公孙举荐未成行，只似江湖一叶萍。

饮马川前逢火眼，沂州附近识飞星。

云龙不见还山泊，蚤客听闻陷甲仃。

聚义厅堂身有福，呈祥避难鹤亭亭。

注：杨林，《水浒传》中人物。绰号"锦豹子"，彰德府人氏，流落绿林。后因结识公孙胜、戴宗，而到梁山入伙。梁山大聚义时，成为一百〇八将之一，排第五十一位，上应地暗星，担任马军小彪将兼远探出哨头领。征方腊后授武奕郎，后前往饮马川，受职求闲。

《水浒传》中人物之"火眼狻猊"邓飞

手舞威风链子锤，不堪花石岗官追。
然将饮马川为据，复与神行太保随。
曾请裴宣山寨主，还驱文恭玉狮骑。
若逢刀劈便无计，直至乌龙岭遇危。

注：邓飞，《水浒传》中人物。绰号"火眼狻猊"，襄阳府人氏，原是饮马川二寨主。后因认识杨林，受到戴宗招纳，遂加入梁山。梁山大聚义时，一百〇八将之一，排第四十九位，上应地阔星，职司为马军小彪将兼远探出哨头领。征方腊时在杭州被石宝所杀，追封义节郎。

《水浒传》中人物之"玉幡竿"孟康

不满官僚欺大雅，幡竿揭饮绿林茶。
新来好汉思前径，旧寨同盟起一叉。
强弩舟船常得顾，名声疾路久飞沙。
艅艎建起成千百，水上旌旗覆似鸦。

注：孟康，《水浒传》中人物。绰号"玉幡竿"，真定州人氏。他原是船匠出身，奉命监造花石纲大船，因杀死提调官，弃家到饮马川落草。后受戴宗招纳，加入梁山。梁山大聚义时，成为一百〇八将之一，排第七十位，上应地满星，负责监造战船。因其监造战船的工作使然，所以受招安后经常与水军头领一同作战，征方腊时，孟康在乌龙岭被火炮打死。后追封义节郎。

2020 年 8 月 25 日

《水浒传》中人物之"铁面孔目"裴宣

上犯官僚罪不轻,心横便向绿林行。

正闻饮马川旗拂,想会枭雄义结盟。

刀笔生风通政法,梁山聚会效神明。

无私铁面终难料,赏罚谁能第一鸣?

注:裴宣,《水浒传》中人物。绰号"铁面孔目",京兆府人氏,曾任六案孔目,因刚正不阿,受到官府迫害,只得上饮马川落草,后受戴宗招纳,到梁山入伙。梁山大聚义时,一百〇八将之一,排第四十七位,上应地正星,担任军政司。征方腊后授武奕郎、都统领,后返回饮马川,受职求闲。古时州县衙门中吏、户、礼、兵、刑、工六房的吏员。

《水浒传》中人物之"病关索"杨雄

公务繁忙不尽家,裙钗岂得不黏沙。

巧云但有红墙出,石秀偏将火眼抓。

如海七情根未绝,三郎百怨性无差。

刑刀处刃如锋利,却向淫妻心口划。

注:杨雄,《水浒传》中人物。绰号"病关索",河南人氏,原为蓟州两院押狱兼充市曹行刑刽子。他和石秀是结拜兄弟,因杀死与人通奸的妻子,而到梁山落草。梁山大聚义时,一百〇八将之一,排第三十二位,上应"天牢星",是步军头领之一。征方腊后病死于杭州,追封忠武郎。

2020 年 8 月 26 日

《水浒传》中人物之"拼命三郎"石秀

路见不平拳未完,杨雄正与结金兰。

杀僧剐道明经纬,忍冤负薪相执安。

一纵楼头无退路，午时三刻借刀寒。

英雄总有临终日，乱箭如疯最可叹。

注：石秀，《水浒传》中人物。江南人氏，自幼父母双亡，流落蓟州卖柴度日，有一身好武艺，又爱打抱不平，外号"拼命三郎"。入梁山做了第八名步军头领，与杨雄驻守西山一带，一百〇八将之一，梁山好汉排座次时第三十三位，上应天慧星。在征讨方腊时与史进、杨春等六人在昱岭关被方腊帐下大将庞万春射杀，死后追封"忠武郎"。

《水浒传》中人物之"鬼脸儿"杜兴

蓟州失手遂生非，囚入牢笼命式微。

劫难欣逢施援手，有求焉可只唏嘘。

宋江得计三重利，妙法盘陀双向飞。

应是主人诚待客，回归岗上已忘机。

注：杜兴，《水浒传》中人物。绰号"鬼脸儿"，中山府人，梁山一百〇八将之一，排名第八十九位，上应地全星。在蓟州做买卖因打死同伙客人被押，为杨雄所救。三打祝家庄后上梁山入伙，为山寨四店打听消息、邀请来宾八头领之一。

《水浒传》中人物之"一丈青"扈三娘

莫言好汉总生男，粉面裙钗更宜谈。

面若天仙姿也绝，刀如彩蝶战犹酣。

玉骢一跨金袍束，劲敌擒来鸳枕贪。

最苦家门遭不幸，缘何甘愿向神龛？

注：扈三娘，《水浒传》中人物。绰号"一丈青"，是梁山三位女将之一。她是独龙冈扈家庄扈太公的女儿，与祝家庄的祝彪定亲，宋江攻打祝家庄时，扈家庄派兵救援祝家庄，扈三娘于阵前俘获了梁山的王英，

又被林冲所擒。宋江派人连夜将她送上梁山，交给其父宋太公看管。三打祝家庄后，她成了宋江的义妹，又被指婚给王英，成为梁山一员女将。梁山大聚义时，成为一百〇八将之一，排名五十九，上应地慧星（或地彗星）。与丈夫王英共同担任"专掌三军内探事马军头领"。梁山受招安后，南征北战，征讨方腊时，丈夫王英战死，扈三娘前往接应时，也被方腊部下郑彪所杀。追封花阳郡夫人。

2020 年 8 月 27 日

临江仙

《水浒传》中人物之"两头蛇"解珍

七尺身材腰膀阔，登州猎户威名。英雄缚虎虎难横。挣扎潜越，竟入太公厅。

要虎不成成死犯，却逢正义呼声。众多好汉斗狰狞。梁山泊里，认得宋公明。

注：解珍，《水浒传》中人物。绰号"两头蛇"，原是登州猎户。他与弟弟解宝因猎虎被地主毛太公陷害入狱，后越狱反登州，上梁山入伙。梁山大聚义时，一百〇八将之一，排第三十四位，上应天暴星，职司为步军头领。征方腊时战死于乌龙岭，追封忠武郎。

临江仙

《水浒传》中人物之"双尾蝎"解宝

身穿虎皮英武汉，弟兄苦命相依。只因缚虎虎余威。大虫中箭，了事出涟漪。

谁想太公无理会，还遭冤怨惊奇。分明天理只成灰。苦无前路，聚义觅生机。

注：解宝，《水浒传》中人物。绰号"双尾蝎"，原是登州猎户。他与兄长解珍因猎虎被地主毛太公陷害入狱，后越狱反登州，上梁山入伙。梁山大聚义时，一百〇八将之一，排第三十五位，上应天哭星，职司为步军头领。征方腊时战死于乌龙岭，追封忠武郎。

《水浒传》中人物之"铁叫子"乐和

自是聪明识管弦，嗓音响处涌清泉。

双雄遇险伸金手，亲戚周旋引铁拳。

正见府衙声震起，已看庄院火烟煎。

刀除恶事凭真性，敢作助人扬善篇。

注：乐和，《水浒传》中人物。聪明伶俐，善奏乐演唱。因其姐嫁与孙立为妻，乐和凭借这层关系做了登州城监狱的小牢子。解珍、解宝兄弟被毛太公陷害入狱后，乐和联系孙立、孙新、顾大嫂等救出解家兄弟，一同上了梁山，成为一百〇八将之一，排名七十七位，上应地乐星。受招安后，在征讨方腊前被王都尉调走，留守京都。

千秋岁

《水浒传》中人物之"病尉迟"孙立

海南琼地，齐鲁官场寄。开硬弩，心无异。长枪擎在手，鞭子随身倚。雄赳赳，登州提辖威风逸。

弟媳呼声起，妻弟铿锵义。情愫在，思潮已。激流抛旧职，落草谋新计。纵横毕，好生献礼梁山祭。

注：孙立，《水浒传》中人物。原是登州兵马提辖，绰号"病尉迟"。后在弟弟孙新、弟妇顾大嫂的劝告下，为救解珍、解宝兄弟，众人联手

劫了牢狱，救出了解家兄弟。又与梁山里应外合，打破祝家庄。梁山大聚义后，一百〇八将之一，孙立排梁山第三十九位，上应地勇星。后跟随梁山南征北战。征方腊后，孙立与孙新、顾大嫂皆幸存，仍归登州。

千秋岁

《水浒传》中人物之"小尉迟"孙新

傍兄同驻，偏在登州府。常习武，刀枪竖。东门开酒肆，家里添财处。真喜喜，顾家大嫂孙新妇。

黑雾惊雷怖，平地风云聚。亲友好，今囚楚。且寻朋辈力，更借亲兄助。声吼处，疾风劲草除顽虎。

注：孙新，《水浒传》中人物。绰号"小尉迟"，琼州人氏，出身军官子孙，随兄长孙立驻防登州。他与妻子顾大嫂开酒店为生，后因搭救表弟解珍、解宝，劫狱反登州，上梁山入伙，并参与祝家庄卧底。梁山大聚义时，一百〇八将之一，排第一百位，上应地数星，担任东山酒店掌店头领。征方腊后授武奕郎，最后返回登州。

《水浒传》中人物之"母大虫"顾大嫂

武艺高强不亚男，持家理店客人酣。

风声四起勤思计，提辖惊魂愿上坛。

细可绣花针眼细，粗能舞棒刃锋蓝。

有情有义女中杰，留作江湖作美谈。

注：顾大嫂，《水浒传》中人物。绰号"母大虫"，梁山仅有三位女好汉之一，登州人氏。她与丈夫孙新开酒店为生，后因搭救表弟解珍、解宝，劫狱反登州，上梁山入伙，并参与祝家庄卧底。梁山大聚义时，一百〇八将之一，排第一百〇一位，上应地阴星，担任东山酒店掌店头

领。征方腊后封东源县君，返回登州。

青玉案

《水浒传》中人物之"独角龙"邹润

登云山上葱林数，不消说，英雄搏。落草无非因坎坷，风尘游戏，平生苦过，满眼烟云锁。

青萍起处呼声扑，朋友诚邀一腔火。试问如何无吆喝？拔刀相助，挥拳利索，杀得顽凶卧。

注：邹润，《水浒传》中人物。邹渊的侄儿，山东莱州人，为人慷慨忠良，有一身好武功，身材长大，长相奇异，脑后生有一个肉瘤，人唤"独角龙"。邹润和人争闹，一时性起，一头撞去，竟撞折了一棵松树。他与孙新熟知，为救解珍、解宝打入祝家庄。祝家庄被攻破后归顺梁山，为步军将校第十三名，成为一百〇八将之一，是梁山第九十一条好汉，上应地角星。受招安后，邹润被封为武奕郎。

青玉案

《水浒传》中人物之"出林龙"邹渊

登云叔侄看林绿，浪虽小，山还簇。不似高峰肥且沃，只消风水，但凭友笃。

交逢真处诚相祝，危急关头出拳速。练就功夫无退缩，大虫当死，不周已哭，唯我头成酷。

注：邹渊，《水浒传》中人物。绰号"出林龙"。原是登云山寨主，后与孙新等人劫牢，因此上了梁山。梁山大聚义时，成为一百〇八将之一，排第九十位，上应地短星，职司为步军将校。征方腊时战死于清溪

县，追封义节郎。

《水浒传》中人物之"百胜将"韩滔

军官原是驻陈州，欲破梁山便搠矛。

正印先锋封百胜，连环甲马计全谋。

徐宁演练钩镰法，将佐无缘第一筹。

笑看韩滔先折阵，公明礼待手还搂。

注：韩滔，《水浒传》中人物。绰号"百胜将"，东京人氏，原为陈州团练使，善使枣木槊。他随呼延灼征讨梁山，被刘唐、杜迁生擒，遂投降梁山。梁山大聚义时，一百〇八将之一，排第四十二位，上应地威星，是马军小彪将兼远探出哨头领之一，常与彭玘搭档。征方腊时战死于常州，追封义节郎。

《水浒传》中人物之"天目将"彭玘

善使三尖两刃刀，武门累代欲功高。

不甘寂寞偏锋出，正遇牵勾紧索牢。

男子无颜娇女技，官军不似粉脂骚。

今朝旧部难回去，本领随身向尔曹。

注：彭玘是《水浒传》中的人物，绰号"天目将"，东京人氏，原为颖州团练使，善使三尖两刃刀。他随呼延灼征讨梁山，被扈三娘生擒，遂投降梁山。梁山大聚义时，一百〇八将之一，排第四十三位，上应地英星，是马军小彪将兼远探出哨头领之一，常与韩滔搭档。征方腊时战死于常州，追封义节郎。

《水浒传》中人物之"轰天雷"凌振

攻城拔寨响雷精，传道中华第一鸣。

有技轰天城郭破，无缘爆竹鬼神惊。

今朝炮手投山寨，即叫连环演绝声。

不用军师心似捣，昆仑既倒地维倾。

注：凌振，《水浒传》中人物。绰号"轰天雷"，祖贯燕陵，善于制造火炮，能打十四五里远。原来是东京甲仗库副使炮手，呼延灼攻打梁山时，请来凌振协助。凌振炮击梁山时，被吴用用计，使阮小二在水中活捉。因此归顺了梁山，梁山大聚义时成为一百〇八将之一，专为梁山兵马造大小火炮，排梁山第五十二名，上应地轴星。招安后跟随梁山军队四处征战，征方腊后幸存，被火药局御营任用。

2020 年 8 月 29 日

《水浒传》中人物之"操刀鬼"曹正

开封屠户说操刀，一似庖丁技也高。

师是林冲勤习武，居迁鲁地卖醪糟。

二龙山上多周折，酒店堂中结土豪。

设宴庆功声也沸，须知正是此君劳。

注：曹正，《水浒传》中人物。绰号"操刀鬼"，开封人氏，出身屠户，在山东境内开酒店，曾协助鲁智深、杨志夺取二龙山。后与三山头领一同归顺梁山。大聚义时，成为一百〇八将之一，排第八十一位，上应地稽星，负责屠宰牲口。征方腊时战死于宣州，追封义节郎。

《水浒传》中人物之"混世魔王"樊瑞

一身妖法叫全真，唤雨呼风动鬼神。

芒砀山中当寨主，流星锤起似车轮。

欲擒晁宋掀迷雾，偏遇公孙破骇因。

乱发披肩施号令，安知天外有能人。

注：樊瑞，《水浒传》中人物。绰号"混世魔王"，濮州人氏，原为芒砀山寨主。他扬言要吞并梁山，结果遭到宋江的征剿，被公孙胜降服，遂归顺梁山。梁山大聚义时，成为一百〇八将之一，排第六十一位，上应地然星（一作地默星），担任步军将校。征方腊后授武奕郎、都统领，后辞官出家，随公孙胜修道。

《水浒传》中人物之"八臂哪吒"项充

飞刀插背舞团牌，滚滚风轮万里崖。

高祖同乡偏异姓，霸王共族竟千差。

狂言不抵三斤力，妖法何如一小豺。

芒砀难堪山泊盛，还归一统好安排。

注：项充，《水浒传》中的人物。绰号"八臂哪吒"，徐州沛县人氏，原为芒砀山寨主。他与樊瑞、李衮扬言要吞并梁山，结果遭到宋江的征剿，被公孙胜降服，遂归顺梁山。梁山大聚义时，成为一百〇八将之一，排第六十四位，上应地飞星，担任步军将校。征方腊时战死于睦州，追封义节郎。

2020 年 8 月 30 日

《水浒传》中人物之"飞天大圣"李衮

廿四标枪背上扛，团牌舞动有花腔。

山头郁绿沾沾喜，井底湛蓝小小窗。

戏说飞天充大圣，疯言逐地竟无双。

只因老虎回林去，便看猿猴舞木桩。

注：李衮，《水浒传》中人物。绰号"飞天大圣"，邳县人氏，原为芒砀山寨主。他与樊瑞、项充扬言要吞并梁山，结果遭到宋江的征剿，被公孙胜降服，遂归顺梁山。梁山大聚义时，排第六十五位，成为一百〇八将之一，上应地走星，担任步军将校。征方腊时战死于睦州，追封义节郎。

《水浒传》中人物之"金毛犬"段景住

当知伯乐在今朝，千里龙驹一眼挑。
北国原肥膘马壮，玉狮身雪铁蹄飚。
金毛小子心机重，越影威风陌路迢。
不料青萍生节外，天王箭唱鬼门谣。

注：段景住，《水浒传》中人物。绰号"金毛犬"，涿州人氏，以盗马为生。他盗取金国王子的照夜玉狮子马，想献给宋江，却在途中被曾头市劫去，只得上梁山告知此事，结果引发了"晁盖战死、宋江上位"等事件。梁山大聚义时，一百〇八将之一，排第一百〇八位，上应地狗星，担任走报机密步军头领。征方腊时溺死于杭州外海，追封义节郎。

2020 年 8 月 31 日

《水浒传》中人物之"玉麒麟"卢俊义

欲使梁山少口唇，宋江愁赚玉麒麟。
军师自有锦囊计，俊义偏生鲠刺因。
不认卦歌原杜撰，谁知桀骜更难驯。
富商离了繁华地，便是南柯一梦绅。

注：卢俊义，《水浒传》中人物。绰号"玉麒麟"。仪表堂堂，重情重义，感情内敛含蓄，武艺高强，棍棒天下无双，江湖人称"河北三绝"。武功天下第一。祖居北京大名府（今河北省邯郸市大名县），有妻

子贾氏、管家仆人李固和燕青。原本是河北大名府富商、大财主、员外，被吴用等人利用李固与贾氏的奸情，使计骗上梁山，后来成为梁山第二首领，上应天罡星。卢俊义和宋江一同受招安后，征讨了辽国、田虎、王庆、方腊，加授武功大夫、卢州安抚使兼兵马副总管。

《水浒传》中人物之"浪子"燕青

幼殁双亲便进卢，周身花绣挎弓壶。

吹箫熟手徽宗笑，相扑高才太尉输。

游说招安勤献计，向情员外愿捐躯。

坠空灵鹊精诚至，堪羡麒麟有孝儒。

注：燕青，《水浒传》中人物。又名"燕小乙"，绰号"浪子"，北京人氏，原是北京富户卢俊义的心腹家仆，随卢俊义上梁山。他文武双全，多才多艺，在梁山大聚义时，一百〇八将之一，排第三十六位，上应"天巧星"，担任步军头领。曾在东京李师师处面见宋徽宗，促成梁山招安，征方腊后退隐江湖。

忆馀杭

《水浒传》中人物之"铁臂膊"蔡福

刑剑高强，技艺无需辞赞赏，难能铁臂未虚名，省识又精明。

反诗收取卢员外，奴仆化缘素斋戒。与人方便与心甘，乐助也思贪。

注：蔡福，《水浒传》中人物。原为大名府两院押狱兼行刑剑子手，因杀人手段高强，人呼"铁臂膊"。梁山人马攻打大名府时，蔡福、蔡庆兄弟两个无路可走只好上了梁山，专管梁山杀人行刑的事情，一百〇八将之一，排梁山泊好汉第九十四位，上应地平星。在征讨方腊时，蔡福

阵亡，后追封义节郎。

忆馀杭

《水浒传》中人物之"一枝花"蔡庆

浪子相求，李固昧心施毒手，牢头有意辨情仇，肝胆识春秋。

却逢人难应施救，更遇圣贤宜扫丑。去邪扶正眼无沙，莫负一枝花。

注：蔡庆，《水浒传》中人物。蔡庆是蔡福的弟弟，大名府专管牢狱的小押狱，是个有名的刽子手。他生来爱戴一枝花，绰号"一枝花"。投靠梁山以后，一百〇八将之一，排名第九十五位，上应地损星，征方腊后返乡为民。

2020 年 9 月 1 日

《水浒传》中人物之"丑郡马"宣赞

武艺高强惯使刀，郡王府里正操劳。

黄须黑面人还丑，击弩斗番功有褒。

关胜帐前当勇将，大名府畔正酣鏖。

花荣三箭全空忽，失手秦明换战袍。

注：宣赞，《水浒传》中人物。绰号"丑郡马"，原是郡王府郡马，相貌丑陋，使得郡主怀恨身亡，因而不得重用，屈为步司衙门防御使保义。他曾向蔡京举荐关胜，并随关胜征讨梁山，与郝思文同为副将，后被俘归降。梁山大聚义时，一百〇八将之一，排第四十位，上应地杰星，职司为马军小彪将兼远探出哨头领。征方腊时战死于苏州，追封义节郎。

《水浒传》中人物之"大刀"关胜

青龙偃月又重挥，围魏雄韬最是威。

吴用深谋堪慎密，大刀独战陷星辉。

生擒宋将无费力，约战秦林只单飞。

计中呼延归水泊，仍将宣郝立周围。

注：关胜，《水浒传》中人物。绰号"大刀"，在梁山好汉中排名第五，位居马军五虎将第一位，上应天勇星，河东解良（今山西省运城市）人，是三国名将关羽的后代，精通兵法，惯使一口青龙偃月刀。他原是蒲东巡检，因梁山攻打北京，被宣赞推荐给蔡京，领兵攻打梁山以解北京之围，曾力战林冲、秦明两人。宋江恐怕伤害关胜于是收兵罢战。之后吴用安排呼延灼诈降引关胜兵马进入宋江大寨，关胜被挠钩拖下马鞍活捉。关胜感受到宋江的仁德与义气，便归顺了梁山。蔡京调兵进攻梁山，关胜杀败单廷圭，单廷圭便投降了梁山。受招安征讨辽国、田虎、王庆、方腊后，被封为大名府正兵马总管。一天，操练军队之后回家，喝醉了而堕马，因而得了重病，不久不愈而病死。

2020 年 9 月 2 日

《水浒传》中人物之"井木犴"郝思文

井宿投胎便出才，思官列职正徘徊。

英雄结义称兄弟，武艺精通震闪雷。

点将欣逢随主帅，争锋着索失军盔。

既然择路梁山道，最宜邀君共执杯。

注：郝思文，《水浒传》中人物。绰号"井木犴"，是关胜的结义兄弟，随其征讨梁山，与宣赞同为关胜副将，后被捉归降。梁山大聚义时，一百〇八将之一，排第四十一位，上应地雄星，担任马军小彪将兼远探出哨头领。征讨方腊时，郝思文与徐宁率小队巡哨至杭州北门，被敌人

052

发现，郝思文奋力反抗，却被生擒至城中，最终被碎剐而死，追封义
节郎。

《水浒传》中人物之"活闪婆"王定六

既能戏水大江边，也善雷行疾似烟。

习武难师高不着，经商有序酒真绵。

思追正道待时日，仰慕天经助胛肩。

虽是伶仃肌骨瘦，还帮张顺度熬煎。

注：王定六，《水浒传》中人物。因平生只好赴水使棒，走跳得快，
绰号"活闪婆"。建康府人氏，在扬子江边开酒店为生。他非常倾慕梁
山，后因结识张顺，便投梁山入伙。梁山大聚义时，一百〇八将之一，
排第一百〇四位，上应地劣星，担任北山酒店掌店头领。征方腊时战死
于宣州，追封义节郎。

《水浒传》中人物之"神医"安道全

蜚声自有杏林知，当世华佗盛名时。

病缺灵丹头领急，情牵李姐道全迟。

巧奴弑去思方绝，妙手拈来疽已夷。

只自梁山圆满后，郎中一跃做宫医。

注：安道全，《水浒传》中人物。绰号"神医"，建康府人氏。宋江
让张顺去建康府请安道全，安道全无奈，上了梁山。梁山大聚义时，成
为一百〇八将之一，排第五十六位，上应地灵星，负责医治梁山好汉。
征方腊中被皇帝调入宫中。

《水浒传》中人物之"圣水将"单廷珪

狻猊宝甲见狰狞，獬豸锦袍惊鬼神。

统辖玄军期水战，欲擒保义押东京。

凌州城外硝烟急，关胜刀前霸气倾。

未破梁山先着索，可怜官府只钻营。

注：单廷珪，《水浒传》中人物。擅长用水浸兵之法，绰号"圣水将"。原与魏定国同为凌州团练使，奉命攻打梁山，被关胜用拖刀计捉住后归顺梁山。一百〇八将之一，梁山大聚义时排名第四十四，星号地奇星，任马军小彪将兼远探出哨头领。征方腊时，随卢俊义打歙州时中计，与魏定国一同摔入坑中，被伏兵所杀。

《水浒传》中人物之"神火将"魏定国

硫磺硝石逞奇能，遍地烽烟霸气兴。

纵虎奔牛慌敌手，飞天裂地看雄鹰。

自从关胜登场后，便叫龙蛇气血凝。

实为梁山添猛将，奈何黑夜缺明灯。

注：魏定国，《水浒传》中人物。绰号"神火将"，凌州人氏，原为凌州团练使，善用火攻。他与单廷珪一同奉诏征讨梁山，尚未出征便被关胜围城，城破后归顺梁山。梁山大聚义时，一百〇八将之一，排第四十五位，上应地猛星，担任马军小彪将兼远探出哨头领。征方腊时战死于歙州，追封义节郎。

《水浒传》中人物之"丧门神"鲍旭

枯树山中是寨王，打家劫舍作强梁。

偏逢水火囚宣郝，遂演螳螂捕响盲。

奔袭凌州城已陷，会盟将士敌仓皇。

李逵泪出非容易，唯哭亲娘及鲍郎。

注：鲍旭，《水浒传》中人物。绰号"丧门神"，寇州人氏，原是枯树山寨主，后与李逵结交，率部投靠梁山。梁山大聚义时，成为一百〇八将之一，排第六十位，上应地暴星，担任步军将校，是李逵的副手。征方腊时战死于杭州，追封义节郎。

2020 年 9 月 3 日

《水浒传》中人物之"没面目"焦挺

相扑功夫第一流，竟然两败黑疯牛。

虽难面对平生志，依旧心思水泊投。

机巧总因天意巧，深谋定胜计无谋。

凌州权作进山礼，鲍旭还应共一舟。

注：焦挺，《水浒传》中人物。绰号"没面目"，中山府人氏，出身相扑世家，后流落江湖。他因结识李逵，而到梁山入伙。梁山大聚义时，一百〇八将之一，排第九十八位，上应地恶星，担任步军将校。征方腊时战死于润州，追封义节郎。

《水浒传》中人物之"险道神"郁四保

膀大腰圆一丈高，道中站立有谁逃？

夺鞭便下恨仇种，戴德终成破敌刀。

曾市踏平方首力，龙驹即返理鬃毛。

军中欣喜将兵勇，但看帅旗风里翱。

注：郁保四，《水浒传》中人物。身长一丈，腰阔数围，绰号"险道神"，原是青州强盗，曾劫夺梁山马匹，投奔曾头市。后又暗投梁山，到曾头市卧底，为扫平曾头市立下功劳。梁山大聚义时，一百〇八将之

一，排第一百〇五位，上应地健星，负责把捧帅字旗。征方腊时战死于
清溪县，追封义节郎。

2020 年 9 月 4 日

《水浒传》中人物之"双枪将"董平

> 风流勇将执双枪，也奏焦桐流水长。
> 来使终来心底火，陷坑专陷阵中郎。
> 常思小女无声息，便使英雄动寸肠。
> 献礼求功忘疾石，耳根痕否未端详。

　　注：董平，《水浒传》中人物。绰号"双枪将"，河东上党郡人氏。
他原是东平府兵马都监，后被宋江用计生擒，遂归顺梁山。梁山大聚义
时，一百〇八将之一，排第十五位，上应天立星，担任马军五虎将。因
常打头阵，又称董一撞。征四寇时屡立战功。征方腊时战死于独松关，
追封忠武郎。

《水浒传》中人物之"没羽箭"张清

> 擅长飞石作良弓，连击梁山十五雄。
> 两虎随身添战力，数番取胜抖威风。
> 东昌城固张清守，水路舟多羽箭空。
> 疾粒丸囊今可在？东征西战定争功。

　　注：张清，《水浒传》中人物。绰号"没羽箭"，彰德府人氏，原为
东昌府守将。他擅用飞石，曾连打梁山十五员战将。归顺梁山后，梁山
一百〇八将之一，排第十六位，上应天捷星，担任马军八骠骑兼先锋使。
征四寇时屡立战功。征方腊时战死于独松关，追封忠武郎。

《水浒传》中人物之"花项虎"龚旺

马上飞枪舞似龙,门旗左侧向前冲。

遍身虎印斑斓秀,只手空拳弱势浓。

落草梁山虽最后,阵前征战总争锋。

张清副将声名在,欲睹英雄已失踪。

注:龚旺,《水浒传》中人物。有虎斑和虎头文身,绰号"花项虎",在马上会使飞枪。原是东昌府将领没羽箭张清手下的副将。卢俊义攻打东昌府失败,宋江前去支援,龚旺被林冲、花荣活捉,归降了梁山。梁山一百〇八将之一,排第七十八位,上应地捷星,任步军将校。梁山受招安后,龚旺参与了征四寇的战争,最后在征讨方腊时战死。

《水浒传》中人物之"中箭虎"丁得孙

列阵东昌说战机,门旗右侧将星飞。

人言猛虎挨金箭,却是疤痕暴黑肌。

未及投叉身竟伏,偏成缚将志先微。

只自南征生险恶,长蛇毒汁发余威。

注:丁得孙,《水浒传》中人物。面颊及全身都有疤痕,绰号"中箭虎",原来是东昌府将领没羽箭张清手下的副将。卢俊义攻打东昌府失败,宋江前去支援,丁得孙被吕方、郭盛所捉,归降了梁山。成为一百〇八将之一,梁山大聚义中排第七十九位,上应地速星,任步军将校。梁山受招安后,丁得孙参与了"征四寇"的战争。征讨方腊时被毒蛇咬伤而死,死后追封义节郎。

《水浒传》中人物之"紫髯伯"皇甫端

过腹紫髯三尺长,调骝治骥有名堂。

东昌府里家传术，聚义厅中手书方。

长驰疾越英姿健，拔寨摧城铁蹄扬。

正说梁山才尽用，马肥兵壮敌仓皇。

注：皇甫端，《水浒传》中人物。祖籍幽州，长有西方人式的碧眼黄须，绰号"紫髯伯"。原是东昌府城内的兽医，同东昌府将领没羽箭张清是好友。宋江攻下东昌府后，张清归顺梁山，便向宋江推荐了皇甫端。皇甫端从此也上梁山成为梁山好汉一员。皇甫端是《水浒传》全书中最后出场的一名梁山好汉。他上山之后，开始进行梁山大聚义，成为一百〇八将之一，排名五十七位，上应地兽星，为"掌管专攻医兽一应马匹"。梁山受招安后，皇甫端跟随梁山征辽、征田虎王庆，但在梁山征方腊前被宋徽宗留在东京，没有参加。

《水浒传》中人物之"擎天柱"任原

技到巅峰便自狂，目斜尊者命将亡。

燕青鹁鸽旋天地，但见任原流脑浆。

注：任原，《水浒传》中人物。任原自称"擎天柱"，在泰安州东岳庙摆擂台，两年未遇敌手，却被善于相扑的天巧星"浪子"燕青打败。后被天杀星"黑旋风"李逵用石板砸碎了脑袋。

2020 年 9 月 5 日

《从军六十年回忆》篇

从军六十春

六十年前有纸来[1]，此身一世捧军盔。

洪荒少小还迟钝，格致清规未徘徊。

取道长安[2]修律吕，临园绿荫隐楼台[3]。

甲申来罢归田日[4]，两耳常闻鼓角催。

注：1. 1960 年 7 月，收到保送军校通知书。

2. 军校在西安，故为"取道长安"一说。

3. 1963 年 7 月，西安军事电信工程学院一半迁重庆林园，是为重庆通信兵工程学院。林园是抗日战争时期国民党政府主席林森的官邸，位于歌乐山双河街，修建于 1939 年，1943 年林森因车祸辞世，蒋介石迁居林园，蒋住 1 号楼，宋美龄住 2 号楼，3 号楼为蒋办公和开会用，林森原居编为 4 号楼。1945 年 8 月 28 日，毛泽东同志从延安飞赴重庆参加国共谈判。蒋介石于当日晚邀毛泽东、周恩来、王若飞至林园，为其接风摆宴。毛泽东等当晚宿于林园 2 号楼。29 日清晨，毛泽东在花园散步，于小礼堂前林阴处与蒋介石不期而遇，两人便就近在一张石桌边对坐交谈，毛泽东等于 30 日离开林园，林园现为市级文物保护单位。

4. 2004 年为甲申年，上半年退休。

作于 2020 年 2 月 27 日

1960 年 8 月 13 日是我人生的转折点

诚然好事会多磨，欲往西安有沓拖。

未及亲娘松一语，将临止刻日无多，

婆心苦口终生效，柳暗花明尚嗟哦。

汽笛声催年少志，何如静水涌洪波。

注：60 年前的 8 月 13 日，是中国人民解放军西安军事电讯工程学院保送生启程的最后时日，因为母亲不同意我做游子，故一直不能成行。将近一个月的苦口婆心，终于在最后时刻松口，于是，也是在最后的时刻，登上了西行的火车。

想起那一段往事，感慨万千，也历历在目，如在眼前……

1960 年 8 月 15 日到西安军校报到

短装酷暑此身轻，简单行囊亦最平。

下得乌龙爬解放，多经拐路进军营。

灯昏月暗无看处，眼促心奇有掌声。

一句叮咛还未忘，今天我已是新兵！

注：（1960 年 8 月 15 日，星期一，农历六月二十三）历经 54 小时的火车行程到达西安。从火车站出来，上解放牌卡车，把我们接到学院。有欢迎人群的掌声，欢迎辞大多已忘，唯一句"从今我是一个兵"铿锵有力，至今仍在耳边回响！

2020 年 9 月 5 日

发军装

哨声一响到操场，排队点名还打量。

顾盼高低和胖瘦，递来鞋袜及衣装。

脱除民服穿军服，喜看金光映绿光。

嘱咐殷殷常在耳，初心不负是奇方！

队列出操早训练

起床号角响三声，醒梦穿衣急疾行。

列队点名呼一二，挺胸收腹看分明。

秋冬呵气生寒雾，夏日初阳吐热情。

为有天长兼日久，方从百姓练成兵。

拍张军装照寄回家

伫立机前亮领花，拍张照片寄回家。

师傅蒙头只挥手，我是甜心不露牙。

衣领帽徽需对准，武装腰带正该斜。

诚求能否提前印，早让亲人脸展霞。

到公社背越冬大白菜

临冬最为后勤忙，一日三餐便是钢。

传令虽离公社远，寻思不管路途长。

我原本是农家仔，任务还需硬骨郎。

手抱肩担身背负，半天"堡垒"起操场。

注：1960 年 10 月的某星期天，全班出动去郊区公社，为越冬备三
餐，到公社背白菜，路虽远未退缩，冰雪后映晶辉。

记在部队第一次过元旦并包饺子

异乡别地过新年，教室情深暖气旋。

手足相依如兄弟，"师徒"互助更周全。

北人专教南方仔，肢体相连友谊船。

但等蒸来饺子熟，钟声便自北京传。

注：1961年的元旦就在包饺子和听怀仁堂的钟声中迎来的。

记院长黎东汉将军到学员宿舍查铺

北京会后渭河边，夜半深沉冷月悬。

不向家中消倦意，偏朝宿舍探生员。

近前细揑裘衾角，俯就轻拈军帽沿，

不忘回眸叮嘱紧，"须将弟妹顾周全！"

注：黎东汉（1914年—2007年6月7日），湖南省浏阳市人，1930年8月参加红军。离休前任总参通信兵部副主任、顾问等职。1955年被授予少将军衔。曾被授予二级八一勋章、二级独立自由勋章、二级解放勋章和一级红星功勋荣誉章。是中国人民解放军通信兵的创始人之一。于1927年加入中国共产主义青年团，1930年参加了中国工农红军，同年加入中国共产党。

将军深夜从北京开会回来，连家都未回，便到我们预科班的宿舍查铺查哨，是很感动人的。

记忆中有一位同学叫李先明

党员不只说锤镰，自有躬行弃舌尖。

莫说公差挥汗水，关怀同学问咸甜。

形虽矮小犹强力，语不锋芒似铁砭。

未有深交求底里，常将此影做标签。

注：李先明同学是我们预科级班里唯一的一名预备党员。无论是公差勤务，还是待人接物，以及刻苦学习等方面，既无矫揉造作之感，也无故作姿态之嫌，一切都很自然，给我的印象很深刻。虽然我当时连团员都不是，但暗里把他作为我的榜样。

记预科学习结束后的专业分配

学子辛勤已半年，预科课结业需延。

关门闭户垂帘幕，站岗放哨看四边。

细语低声言保密，路明标定记心田。

原来障目将聋术，决胜长空电子篇。

注：因为我们是高二保养生，高三的课程便用半年完成，故称为预科。1961年3月，新学期开始时进行专业分配，很神秘，也很严肃：关门闭窗，站岗放哨，再三叮嘱，保密保密！老师在黑板上写下"电子对抗"四个大字，未几就擦掉了，这就是我们所要学习的专业。后来因国家和军队有困难，此专业下马，我们分配到无线电工程专业。

记1961年的五一节

渭河五月正黄花，堪作郊游共物华。

足胫因循尘土路，曲江东去世纪遮。

借来假日同班友，意竟柔思宝钏家。

瓶插万年青若许，无如史事映霓霞。

注：1961年5月1日，与胡晓初、刘尚印三人，自学院驻地，步行至武家坡之寒窑。一路往返，彼得情绪……

记第一次回家探亲

只影离家一整年，欣闻将至母跟前。

西安客站斜阳照，沪地申城夜幕悬。

月暗无车凭两腿，轻装熟路已周全。

叩门星落邻居醒，此刻娘亲立后边。

注：1961 年 7 月末，暑假，获许探亲，欣喜若狂。绿皮火车经过 54 小时的奔驰，在上海北站停靠，夜已深，到徐家汇已无公共汽车，徒步从徐家汇到老家。

2020 年 9 月 6 日

欢送江火明同学

何来五指一般长？人歇君躬学最忙。

智商有缺勤劳补，知识艰承毅力骧。

虽是身心全注入，依然大惑理难详。

听从组织回乡去，坦荡胸怀伴两行。

注：江火明同学湖北人，和我们一同进入西安军事电讯工程学院，因学习困难，虽经自己的努力和同学们的帮助，仍未能达到学业上的要求，在入院一年后退役退学，江火明同学坚决服从学院的决定。

我曾经是一名国家二级篮球裁判

师从同族唤"长安"，始在球场做判官。

身教言传情似火，汗流气喘语还欢。

"哨声果断音阶别，手势从容表意完。"

"执法公平需准确，"眼前身影似飞湍！

注：王长安，1951 年参加人民解放军，是我国首批国家级裁判员

中最年轻的裁判员。1979年被国际篮联正式授予篮球国际裁判。中国裁判界元老、中国篮球裁判界泰斗，被誉为我国的"金哨子"。1961年初，路过西安时，学院领导请王长安老师培训学院的篮球裁判。经他的训练，并经多次执法与考核，于年底批准我为篮球三级裁判。以后又经过学习和临场执法，两年后的1963年，国家体育运动委员会批准我为篮球二级裁判，为部队开展体育运动做贡献。

记1962年暑假的一天

暑假人稀日正炎，同窗有意试瓜甜。

凑成分子寻工具，选出公差启幕帘。

刀剖红瓢流汁水，嘴含津液化舒恬。

须臾肚胀难吞得，抓阄猜拳奖舌尖。

注：1962年暑假，我和单增禄、邓承祐等五六个同学正在宿舍里聊天，有人提议每人凑五角钱，派邓承祐去购西瓜。此事真成了，西瓜买回来了，切瓜、吃瓜，直吃得肚饱气胀，捂住肚子不敢笑。偏有人还专门讲笑话逗你笑，一笑肚子胀得痛。最后，竟用抓阄猜拳方式，为胜者"奖励"，于以"瓜分"之。

记在西安市里看话剧《霓虹灯下的哨兵》

一从幕起便惊心，霓虹闪烁播良箴。

柔情不见刀光弹，花果深藏喋血针。

从此"香风"成醒语，偏将"毒雾"记深沉。

南京路上八连好，一面红旗代代吟。

注：大约是1962年冬，比我高一届的一位学员（陈立得，甘肃天水人，我到重庆以后也没有更多的联系了。）邀我去市里看话剧《霓虹灯下的哨兵》，那次走得很匆忙，未向班主任请假，回来已是深夜，大家

都睡觉了。班主任还候着我，见我回来便问我哪里去了？又问我同谁去的？我如实做了汇报。班主任又问过陈立得，没有撒谎，故也没有批评，事情就这样过去了，否则不请假外出是犯纪律的，要受纪律处分的。首次看这么好的话剧，教育很深，心情久久不平，于是，对剧中的几个人物写诗，可惜未记录下来，只记得描写赵大大的一首诗："赵大大生性刚强，他脸上漆黑发光，资产阶级见了发笑，这才是烈火纯钢！"写春妮的诗只记得其中两句："生来就是情谊长，支援军队过长江"，其余写童阿男和陈喜排长的诗都忘记了。

坐闷罐车到重庆

总参军校今调整，一半学员迁渝境。
歌乐山旁绿荫深，林园深处红楼静。
途中二日铁皮车，黑夜三更开水饼。
到得山城只见坡，层层雾幕常遮景。

注：1963 年 7 月，西安军事电信工程学院分出一半（二个系：二系和四系）迁往重庆林园，为通信兵工程学院，番号由原西安的总（属总参谋部管辖）字 411 部队成为总字 412 部队，其他一切如初。从西安到重庆坐的是铁皮闷罐车，没有任何设施，只是一个带小窗的长方体空间，吃喝拉撒睡都在里面。闷热无风，只有行驶的时候稍好些，时值 7 月份，正是炎热季节，我们也熬过来了。

2020 年 9 月 8 日

记参加院运动会

林园出发练长跑，折返爬山再进巢。
三月贮存精力足，一遭拼搏彩头交。
身无甲马行难疾，手有精灵运可娇。

终点虽然未撞线，季军同样是前茅。

注：1964年秋季，学院举行运动会，我报名参加的是四百米竞走兼计算尺运算（用计算尺进行三角函数等的运算，比运算速度和准确率）。比运动速度可能不行，但比技巧，比计算速度我还行，最终获得第三名。那届运动会我们二系611班在国澄明等同学的领衔下，在张佑元、张重明、申主豪等同学的努力下，获全院总分第一的佳绩，我也算是为集体荣誉出了力。

2020年9月9日

访渣滓洞和白公馆

凶残演在绿阴深，世上魔宫最鬼森。
志士仁人仇疾恶，牛头马面露狰狞。
牢笼铁链封躯体，使命初心炼足金。
歌乐山中方寸地，红旗染血最釜钦。

注：白公馆和渣滓洞离林园不远，曾去那里接受革命英雄主义的和理想信念的教育，很受震撼。

记参加通信兵文艺会演

军旗猎猎化青松，通信官兵练硬功。
千里眼看波谲鬼，顺风耳辨小蛩虫。
跨江越海巡天雁，四面八方腾地鸿。
歌舞编排音乐配，翻成精彩映霓虹。

注：1964年10月，参加通信兵文艺会演，以一首《通信兵之歌》为主旋律，排成歌舞，并登台演出，引来掌声。

记班主任李云亭同志

曾从抗战赴疆场，戎马无由弃李郎。

始自朝鲜回祖国，便将院校作前方。

辛勤不惜躬身影，管教何如胆剑光。

不惑之年双福至，孪生晋校喜洋洋。

注：李云亭同志，自我们升入本科后任职班主任，一直到我们毕业。他 1940 年参加抗日战争，后参加了抗美援朝战争。做我们班主任时是大尉军衔，后与我们一同到了重庆，1964 年晋升少校。其爱人是学院的护士，一直未有孩子。1964 年喜得贵子，而且是孪生，真是喜上加喜。他对工作认真负责，对学员关怀备至，深受学员的尊敬。

与村民一道参加担沙固陇

白日梯田喜抹阳，担沙固陇路犹长。

风勾律出欢欣素，手拨弦传羽翼裳。

只怨寒冬难为客，偏逢小雨最无方。

随心笑说春来晚，始袭平生第一香。

记 1966 年的国庆节

万里东风最及时，喜从天降乐滋滋。

北京十月广场客，眼里千遍伟人姿。

急就巨龙生恐晚，高呼万岁不曾迟。

气冲霄汉星辰落，尽唱英雄赞美诗。

注：经军委批准，通信兵工程学院的学员获准参加（1966 年 10 月 1 日）国庆活动。听到此消息后十分兴奋，毕竟是第一次进京，又能见到伟大领袖毛主席，感到无比幸福！在学院领导统一组织下，我们坐火车

赴北京，住通信兵兵部大院，结束后因有"大串连"，故不做统一安排，
自行离京。

记1966年10月18日毛主席第四次检阅红卫兵

心急奈何天不急，未曾鱼白红书集。

夜行更是借星光，席地还来沾露湿。

压压人群顾盼频，殷殷热血遍身袭。

轿车缓缓伴欢呼，引颈犹如青蒜立。

注：我们参加了国庆活动后，没有立即离开北京。先是逗留了几天
（当时叫串连），然后于1966年8月18日接受了毛主席第四次对百万红
卫兵的检阅。那次，我们聚集在道路两旁，毛主席等党和国家领导人伫
立吉普车上，频频向人群挥手，在人群前缓缓驶过。

记返院后在图书馆的三个多月

三十八卷鸿巨篇，翻翻阅阅喜连连。

恐难描述心何得，默化潜移脑识天。

尚记"燃烧"称老友，书成"革命"育先贤。

如无批我忘时事，更学马翁鞋印穿。

到福州基地通信营驻地

福州出站便匆匆，但过台江景不同。

步卓西来行不远，村民近问语难通。

营门荔树频挥臂，南向雄鹰正俯冲。

仰望青云催疾电，此心只念护长空。

注：通信营驻地在"三叉街"之南，"步卓"之西，在这里足足蹲

了 15 个年头，没有挪过窝，依然是修理所所长。

2020 年 9 月 15 日

到指挥所值班

各司其职协同篇，我助雄鹰卫九天。
静看机灯勤闪烁，耳闻天地电波连。
神情若定首长喜，联络畅通心底甜。
但等收班时刻到，检查维护更周全。

注：有飞行训练时，修理所需派无线电技师在塔台值班，如有故障，必须以最快的速度恢复，以保证对空联络的畅通、不间断，确保飞行的圆满和安全。

2020 年 12 月 25 日

去远距导航台巡查

记忆当年万米遥，乘船摆渡路迢迢。
衣沾朝露匆匆步，日吐晨曦隐隐霄。
午后巡查方结束，斜阳眯眼欲伸腰，
末班汽笛催人急，抽板关门赶晚潮。

注：导航台用来给飞机导航，它发射的一定形式的信号，由数个长、短符组成，是一个机场的标识。比如"嘀嗒嘀嗒"是某一机场导航台发射的信号，只要接收机收到此信号，罗盘会对准此方位，即可飞向该机场。所以，导航台信号的好坏和强弱，直接影响飞行距离和训练质量，必须定期维护检查。福州场站的导航台有两个：远距（设置在离机场 12000 米）和近距（设置在离机场 3500 米处）。到远距导航台去还要过河摆渡。

2020 年 12 月 27 日

在三千米定向台

成双振子演神奇，西北东南各有规。

就位登高听八面，开机显影望战机。

疾声询问荧光亮，一句回音疾电追。

方位无差心便定，只因对答系安危。

注：定向台是用来给飞机通报航向用，以便使飞机及时了解其正确的航向。

2020 年 12 月 29 日

信标台的作用

空茫四处难知向，偏有电波来导航。

不怕云层千里厚，只需信号耳边狂。

可知跑道穿中线，便是机场向"客堂"。

迎接雄鹰编嘀嗒，安全抵达定周详。

注：信标台设在离跑道着陆端三千米处。信标机发出两束与跑道宽度一致且强度相同的波束。如果飞机偏左或偏右，则相应方的信号强，若对准跑道中心线，则两束电波强度相同，此时机上的接收设备会告诉飞行员是偏左、偏右或正对跑道，为飞行员提供安全的着陆信息。

2020 年 12 月 31 日

在福州场站"农场"参加农业生产

福州场站有农场，干部轮流种菜粮。

曾下水田卷裤腿，也随季节弄瓜秧。

捕鱼不是好身手，放鸭堪称最在行。

赶往塘中便无事，翻书不觉至斜阳。

注：当年福州场站有个生产队，由场站各单位抽调人员组成，负责农副业生产，为部队增收节支，我也奉命在生产队劳动了半年，那是初到场站的时候。

2021 年 1 月 20 日

到通信团教导队培训福空各场站的无线电技工

惯于学子已多时，今立杏坛当业师。

虽有担肩须努力，应将学识化常辞。

疑难不怕三更烛，技艺方催百胜骑。

且育秧苗成大树，强军护国固根基。

注：1969 年 9 月接通知，到福空通信团教导队当教员，培训福空各场站的无线电技工，讲授电工学和收发信机原理，以及当时部队通用的收发信机的一般维修，以提高使用和维护通信设备的质量。培训结束后返回原福州场站通信营修理所，凡三次（1971 年和 1973 年）。

2021 年 1 月 23 日

1972 年 2 月 14 日在军营结婚

一斤糖块一壶茶，一本红书两朵花。

无有三亲和六戚，只循切实又无华。

红苹摘果¹方盛橘，军被才温即走车。

未等回身人已远，愁声不及到天涯。

注：1. 简单的军营婚礼再简单不过了。那时物资紧张，一斤糖果，些许些茶叶和福橘。（1972 年 2 月 14 日）那天晚上放电影（那时难得看到电影），朝鲜片《摘苹果的时候》，之后才举行简单的婚礼。过后才知道，2 月 14 日是"情人"节。

2021 年 1 月 27 日

家属随军

天涯各处几多年，异地相思堪可怜。

虽有鸿雁传信息，何如地角到中天。

潜心织网友朋辈，巧遇机缘户部仙。

此刻欣闻传调令，南平户口向榕迁。

注：几经努力，终于在 1974 年 10 月将爱人从南平调到福州，做了随军家属，结束了多少年的两地分居生活。

任命我当修理所所长

统率"三师"便是军，运筹通信护机群。

秤砣虽小低微辈，责任堪沉千百斤。

电报长传无漏点，地空迅捷有天闻。

既然使命担肩后，便是经心五体勤。

注：1976 年 9 任命我为通信营修理所所长。下辖无线技师、有线技师和油机技师"三师"，和若干个技工，俨然是"军"的编制，当时的通信营长吴银堂戏称我为"王军长"。

调往福州军区空军通信团

窝居机场十五年，沉心一下未思迁。

技工跨步乘车马，小卒过河称大贤。

惟汝依然如砣铁，井蛙整日想蓝天。

春临总有百花放，世俊诚邀去赏鲜。

注：1982 年底，时任福空通信处长的顾世俊到福州场站做年终工作检查，问起我在场站的想法，鉴于我在场站工作了 15 年，岗位和职务都没有升迁，遂于 1983 年春节后调我到福空通信团当信道室主任，并告诉

我过一段时间再调整岗位。

2021 年 3 月 29 日

曾在学院的三产企业里当过近两年的支部书记

时值窝蜂企业风，挣钱手段不雷同。

陈仓[1]屡有遭偷渡，栈道[2]时常遇夹攻。

为保声名排干扰，便将我辈作偏锋。

终因左道难融合，于是还身执老弓。

注：1991 年 7 月，学院领导把我调到蓝天企业闭路中心当支部书记，增强对企业的领导，完成五角场居民区的闭路工程的改造，平息周边群众的不满情绪。于 1993 年 7 月重返教学岗位。

1. 某些企业只顾赚钱，丢了信誉。

2. 还引起周边群众的不满，时有到学院告状的，干扰了领导的办公。

曾获上海市育才奖

愧对逝年当有知，一生纵览几参差。

无功俸禄生羞色，着意遣词吟小诗。

细雨无声庭院绿，小溪金照水珠痴。

寸心常敲渔夫桨[1]，不忘油灯引线时。

注：本人军旅一生，没有立过功，但荣誉常有。在部队时，获得过"技术革新"奖，"五好技师"奖。特别是到学院后，获得过"学雷锋标兵""优秀教员"，"优秀共产党员"等奖项，从空军到学院都有，红本子不少。1997 年 9 月，获得了"上海市育才奖"。

1. 渔夫桨，伍子胥听到木桨声，从而不忘渔翁救命之恩。

退休

白驹过隙竟飕飕，虚度光阴六秩秋。

身受和丸多涕泪，胸存割股未含羞。

游离局外心怀善，着意青山眼看丘。

且说廉颇能碗饭，还存愿望执吴钩。

注：2004 年 4 月下达了退休令，正是 60 周岁过也。

2021 年 4 月 1 日

2011 年登台演"洗衣歌"中的老班长

满头银发再登台，心在剧中春又回。

鹞子翻身还到位，山膀云手引弓开。

舞姿轻逸随歌动，旋律悠扬鼓掌来。

从此相逢挥臂后，一声班长送情怀。

注：为庆祝建党九十周年，杨浦区军休中心组织了一台文艺节目，其中有舞蹈"洗衣歌"，班长一角选我担任。经过努力，演出获得成功，引来阵阵掌声。事后老同志见到我，一是惊讶我还有这个"本事"，二是赞我是这么大的年纪还登台且演得好。从此，见到我就不叫我名字，直接叫"老班长"，这真叫老有所乐吧！

《建党百年》篇

第一章　前奏

鸦片的祸害

清廷腐朽病身躯，常被西方唤老愚。

锁国难摧钢舰炮，闭关总殖绿蜘蛛。

鸦烟毒祸三千害，少穆[1]功名万世殊。

无奈国门成锈铁，山河破碎吠飞狐。

注：1840 年的鸦片战争，使一个封建独立的中国，逐渐演变成半殖民地半封建社会，也使阶级矛盾和民族矛盾进一步加深，灾难深重的中国正酝酿一场翻天覆地的革命。

1. 少穆，即林则徐。

2021 年 1 月 28 日

太平天国运动

金田走出太平军，直叫清廷急似焚。

破竹长驱师北伐，呼号勇斗演风云。

天京止步终成憾，鼠眼无珠必进坟。

内讧纷争群不固，缘无旗帜缺良君。

注：太平天国运动是反帝反封建的革命运动，是风起云涌的中国革命的前奏。

2021 年 1 月 29

辛亥革命

武昌城里起风烟，救难兴邦有圣贤。

清帝途穷成末路，共和大势起宏篇。

鼎新革古图强国，驱虏兴中均地权。

从此浪潮汹涌起，催生主角写春天。

注：辛亥革命开创了完全意义上的近代民族民主革命，极大地推动了中华民族的思想解放，打开了中国进步潮流的闸门，为中华民族发展进步探索了道路。

2020 年 1 月 30 日

十月革命

北窗新曲递清风，旷世神奇最不同。

广宇缤纷开眼界，惊雷霹雳启蒙胧。

洪流搅动千溪水，贤哲传承万世功。

激醒中华除浊雾，神州大地起莲蓬。

注：十月革命为俄国人民带来了社会主义。十月革命的胜利不仅对俄国有深远的影响，对世界具有极其重大的划时代意义。中国一批先进的知识分子，就是在十月革命的影响下，走上了马克思广义的道路，创建了中国共产党，开创了中国革命的新天地。

五四运动

巴黎"和会"起风波，未得杯羹被砸锅。

毕竟蠹虫无节骨，何如先哲救沉疴！

神州五四添新气，民子今朝挥巨柯。

但看睡狮从此醒，红旗舞动上高坡。

注：五四运动是中国人民彻底的反对帝国主义、封建主义的爱国运动，是中国新民主主义革命的开端。五四运动促进了马克思主义在中国的传播及其与中国工人运动的结合，从而在思想上和干部上为中国共产党的建立准备了良好的条件。

2020 年 1 月 31 日

第二章　启幕

南陈北李，相约建党

南陈北李演双雄，道合筹谋建党功。

"司令"《青年》传马列，举旗《周论》启睛瞳。

京城不屑虫和鬼，人主但尊农又工。

劈雾开云清玉宇，故宫前面是冬宫。

注：中共党史上有"南陈北李，相约建党"之佳话。"陈"是指陈独秀，"李"是指李大钊。两人的姓前之所以冠之以"南"和"北"，主要是指建党时期陈独秀在上海、广东，而李大钊在北京从事一项共同的伟大事业。两人一南一北，交流往来，最终建立起了中国共产党。陈独秀是新文化运动的旗手，五四运动的总司令；李大钊则是在中国大地上举起社会主义旗帜的第一人。

陈独秀创办《新青年》，李大钊创办《每周评论》，宣传马克思主义。

2021 年 1 月 31 日

陈望道与《共产党宣言》

群乌衔土孝亲人，一脉相承故地仁。
唐宋金元名士出，风云雨露古城新。
宾王涤旧升清气，望道传经灭毒菌。
曌檄私情[1]征武后，《宣言》传递满天春。

注：陈望道，浙江义乌人，与唐代文学家骆宾王、宋代名将宗泽、金元四大名医之一朱丹溪及现代文艺理论家冯雪峰、历史学家吴晗等历史名人是同乡。是中国著名的思想家、社会活动家、教育家、语言学家、共产党创始人之一。早年留学日本，毕业于日本中央大学法科，获法学士学位。回国后积极提倡新文化运动，任《新青年》编辑，翻译出版了《共产党宣言》第一个中文全译本，是中国共产党上海发起组成员。

1. 指骆宾王书《为徐敬业讨武曌檄》。

中国共产党第一次全国代表大会

炎黄上下五千年，地覆天翻第一篇。
石库门中迎北斗，神州广袤聚群贤。
锤镰织锦长风起，五岳腾龙金凤旋。
云涌催生民族梦，长征起处见新天。

注：中国共产党第一次全国代表大会于 1921 年 7 月 23 日在上海召开。出席代表共 12 人，他们是：上海小组的李达、李汉俊，武汉小组的董必武、陈潭秋，长沙小组的毛泽东、何叔衡，济南小组的王尽美、邓恩铭，北京小组的张国焘、刘仁静，广州小组的陈公博，旅日小组的周

佛海。参加会议的还有武汉小组的包惠僧（他是在广州与陈独秀商谈工作期间，受陈个人委派参加会议的）。他们代表着全国50多名党员。当时，对党的创立做出了重要贡献的李大钊、陈独秀因各在北京和广州，工作脱不开身，而没有出席大会。共产国际派马林和赤色职工国际代表尼克尔斯基出席了会议。

2021 年 2 月 1 日

望志路树德里的石库门

晨曦正透石库门，恰似魁杓[1]照老村。

贤哲相逢论玉宇，初心立志扭乾坤。

春潮涌动开新局，旭日东升涤旧魂。

自有清风醒万类，炎黄默默谢君恩。

注：这是一幢沿街砖木结构一底一楼旧式石库门住宅建筑，坐北朝南。中国共产党第一次全国代表大会于 1921 年 7 月 23 日至 7 月 30 日在楼下李汉俊二哥李书城的客厅举行。各地中共早期组织代表毛泽东、何叔衡、董必武、陈潭秋、王尽美、邓恩铭、李达、李汉俊、陈公博、张国焘、刘仁静、周佛海、包惠僧，以及共产国际代表马林、赤色职工国际代表尼科尔斯基，参加了此次会议。

1. 这里指北斗星。

2021 年 2 月 4 日

嘉兴南湖的红船

南湖驶出一红舟，万里长风壮志酬。

国有中坚擎大纛，胸存热血寄神州。

正逢危局降贤哲，历定航程见智谋。

碾碎惊涛经百载，巨轮意发灭蜉蝣。

注：1921 年 7 月，中共"一大"在上海秘密举行。7 月 30 日晚，因突遭法国巡捕搜查，会议被迫休会。8 月 2 日上午，"一大"代表毛泽东、董必武、陈潭秋、王尽美、邓恩铭、李达、张国焘、刘仁静、周佛海、包惠僧等，由李达夫人王会悟做向导，从上海乘火车转移到嘉兴，在南湖的一艘丝网船上完成了大会议程，宣告了中国共产党的诞生。

2021 年 2 月 4 日

第三章　风起云涌

第一次工人运动掀高潮

登上舞台心力增，返身工运即飞腾。
岭南席卷海员浪[1]，江北消融铁轨冰[2]。
尽管吴营流热血[3]，终于黑夜见明灯。
孤军奋战知难就，便下功夫效大鹏。

注：1922 年 1 月至 1923 年 2 月，全国兴起了第一次工人运动高潮。包括 1：香港海员罢工。2：京汉铁路大罢工等。第一次工人运动高潮是在中国共产党的领导下进行的，它显示了党的组织发动能力，显示了中国工人阶级的斗争力量。但是，它也清楚地告诉中国共产党人，中国革命仅靠无产阶级，不进行武装斗争是不可能取得最终的成功的。3：指即遭军阀吴佩孚镇压造成流血事件。

中国共产党第二次全国代表大会

申城二度聚精英，再取风云日月精。
一准宫商明律吕，即编新曲定高声。
谱成流水争河汉，旗举劳农斗鬼狞。
史册留存中肯语，翻山越岭指征程。

注：1922 年 7 月 16 日至 23 日，中国共产党第二次全国代表大会在上海南成都路辅德里 625 号召开，出席会议的代表共 12 名，代表全国 195 名党员。大会根据列宁关于民族和殖民地问题的理论和中国社会半殖民地半封建的性质，制定了党的最高纲领和最低纲领。

中国共产党第三次全国代表大会

羊城聚会探行程，便有新题告众萌。

战线纷长迎统一，弟兄合力结同盟。

中山借手联扶[1]策，国共挥师燕赵征[2]。

最是雄浑岗上绕，黄花响曲见忠贞。

注：1923 年 6 月 12 日至 20 日，中国共产党第三次全国代表大会在广州召开。陈独秀、李大钊、毛泽东、蔡和森、陈潭秋、恽代英、瞿秋白、张国焘、李立三、项英等来自全国各地及莫斯科的代表 30 余人出席大会，他们代表了全国 420 名党员。共产国际代表马林参加了会议。陈独秀主持会议并代表第二届中央执行委员会做报告。

1. 指孙中山的联俄、联共，扶助农工的政策。

2. 国共合作，举行的打倒军阀的北伐战争。

第一次国共合作

孙文组党论盟枪，革命同仁宜共襄。

主义三民新注释，弟兄同力好篇章。

嘈声混杂横邪类，鬼魅丛生裂锦囊。

虽是匆匆离别去，方知捉鬼靠身强。

注：1924 年 1 月 20 日至 30 日，中国国民党第一次全国代表大会在广东召开。大会通过了新的党章，改组了国民党组织，选举了有共产党员参加的新一届中国国民党中央领导机构，重新解释了三民主义，形成

了"联俄、联共、扶助农工"等重大政策，实现了第一次国共合作。

2021 年 2 月 6 日

中国共产党第四次全国代表大会

工农运动起风雷，国共联盟始伴陪。

晨曦相随朝雾袭，浪潮夹带浊流推。

群贤毕至论时势，老少相逢辨绿梅。

终得深知还懂道，自家桌是自家杯！

注：1925 年 1 月 11 日至 22 日，中国共产党第四次全国代表大会在上海召开。出席大会的有陈独秀、蔡和森、瞿秋白、谭平山、周恩来、彭述之、张太雷、陈潭秋、李维汉、李立三、王荷波、项英、向警予等20 人，代表着全国 994 名党员。共产国际代表维经斯基参加了大会。

五卅运动

吸血从来不厌咸，麦芒于是对针尖。

屡遭资本欺工友，便使英雄握铁镰。

荡秽何如扬道法，治蝗[1]最可撒精盐！

浦江潮涌旌旗出，从此风云看铁钳。

注：五卅运动沉重打击了帝国主义，对中华民族的觉醒和国民革命运动的发展起了巨大的推动作用，大大提高了中国人民的觉悟，揭开了大革命高潮的序幕。中国共产党在领导五卅运动的斗争中受到很大锻炼，培养造就了一大批干部，党组织也得到极大发展，在斗争实践中总结了宝贵的经验，为以后党领导大规模的群众斗争奠定了基础。

1. 蝗，这里指吸血的蚂蟥。

2021 年 2 月 7 日

北伐战争 [1]

军阀谋私日复年，民生涂炭苦堪怜。

群情欲捣黄龙府，中正钻营八卦拳。

直取湘徽奔汉地，进兵浙沪据申田。

叶团 [2] "如鲠"心头刺，黑手狂挥子胥鞭 [3]！

注：1. 由中国国民党领导下的国民政府以国民革命军为主力，蒋介石为总司令，于1926年至1928年间发动的统一战争。

2. 在汀泗桥和贺胜桥的战役中，共产党领导的叶挺独立团建立了赫赫功勋，成为百战百胜的先锋队，为它所在的国民革命军第四军赢得了"铁军"称号。

3.1927年4月12日，蒋介石在上海发动"四一二"反革命政变，逮捕并屠杀中国共产党员和国民党左派。

中国共产党第五次全国代表大会

正逢黑手举长鞭，时态非常宜透穿。

方可命题求破解，却循歧路引航船。

专诸已递羹汤近，寒月未朝嬴政悬。

万眼期盼庚宿出，除霾去雾迎春天！

注：1927年4月27日至5月9日，中国共产党第五次全国代表大会在武汉召开。出席大会的代表有：陈独秀、蔡和森、瞿秋白、毛泽东、任弼时、刘少奇、邓中夏、张国焘、张太雷、李立三、李维汉、陈延年、彭湃、方志敏、恽代英、罗亦农、项英、董必武、陈潭秋、苏兆征、向警予、蔡畅、向忠发、罗章龙、贺昌、阮啸仙、王荷波、彭述之等80多人，代表着57900多名党员。共产国际代表罗易、鲍罗廷、维经斯基等出席了大会。

党的八七会议

简筒终抽惊喜签，楚中江汉密垂帘。

一天研判布新局，即揭檄文酬对联。

危急关头求广益，图存时刻出针尖。

应思哲理铿锵句，切记刀枪味最甜！

注：1927 年 8 月 7 日，根据共产国际指示和党内同志的要求，中共中央在汉口秘密召开紧急会议。出席会议的有李维汉、瞿秋白、张太雷、邓中夏、任弼时、顾顺章、蔡和森、毛泽东、陆定一、王一飞等 21人。参加会议的还有中共中央秘书处处长邓小平。共产国际代表罗明纳兹和纽曼也出席会议。会议主席李维汉，实际主持人瞿秋白。八七会议通过了《中国共产党中央委员会告全党党员书》《最近农民运动的决议案》《最近职工运动的决议案》及《党的组织决议案》。会议在中国革命的危急关头，总结了大革命失败的经验教训，就国共两党关系、土地革命、武装斗争等问题进行了讨论。

八七会议坚决纠正了以陈独秀为代表的右倾投降主义错误，确定实行土地革命和武装反抗国民党反动派的总方针，并把发动农民举行秋收起义作为当时党的主要任务。会上，毛泽东同志明确提出了"须知政权是由枪杆子中取得的"的论断。

南昌起义

屠刀竟砍弟兄头！恶鬼爬墙引虎猴。

御敌方知刀剑好，解牛正借冷锋飕。

南昌拼出新天地，革命催生风雨楼。

唤起工农千百万，枪杆子里救神州！

注：1927 年 8 月 1 日，中国共产党联合国民党左派，打响了武装反抗国民党反动派的第一枪，揭开了中国共产党独立领导武装斗争和创建

革命军队的序幕。从此，8 月 1 日成为中国工农红军和后来的中国人民解放军的建军节。

2021 年 2 月 8 日

秋收起义

湘赣风烟修水田，安源铜鼓接连篇。

红旗卷起农奴戟，巨手相逢砭市前。

始自改编[1]谋上策，便寻新路执长鞭。

三湾淬火刀锋利，终念真经出圣贤。

注：1927 年大革命失败，中国共产党八七会议决定发动农民在秋收季节举行武装起义。毛泽东在湖南省东北部和江西省西北部领导农民、工人和一部分北伐军，成立一支工农革命军。9 月 9 日起在修水、铜鼓、平江、浏阳一带举行武装起义，遭到敌人围击。10 月，毛泽东率领起义部队到达井冈山地区，成功地创立了中国第一个农村革命根据地。

1. 即"三湾改编"。

广州起义

只因贼手恶挥鞭，便有羊城烽火溅。

应对危艰生赤卫，冲开血路扭坤乾。

捐躯裂骨无畏惧，赤胆忠心有大贤。

王道迎来新秩序，愿君永记太雷篇[1]。

注：广州起义是指 1927 年 12 月 11 日中国共产党在广州领导工人、农民和革命士兵举行的反抗国民党反动派的武装起义，是中国共产党和中国人民继南昌起义、湘赣边界秋收起义之后，对国民党反动派的又一次英勇反击，是在城市建立苏维埃政权的大胆尝试，在国内外都引起了很大的震动。

1：张太雷是著名的广州起义的主要领导人，他在起义中被敌人枪击阵亡，为探索中国革命道路献出了 29 岁年轻的生命，用自己的热血和青春实践了他年少时立下的"愿化作震碎旧世界惊雷"的誓言，成为中共历史上第一个牺牲在战斗第一线的中央委员和政治局成员。

2021 年 2 月 9 日

井冈山的斗争

井冈山险在罗霄，与敌周旋旗正飘。

开辟农村根据地，迎来革命复兴潮。

多番破剿锦囊计，几度筹谋建党招。

从此朱、毛征腐恶，小楼[1]灯火向天烧。

注：井冈山革命根据地的建立，点燃了"工农武装割据"的星星之火，为中国革命的中心工作完成从城市到农村的伟大战略转移，走上农村包围城市，武装夺取政权，开辟了新的道路。

1. 小楼，指井冈山八角楼，是毛泽东在此办公的地方。

2021 年 2 月 10 日

中国共产党第六次全国代表大会

红场着意挽东童，密室筹谋基本功。

直解方程求正答，厘清头绪识迷宫。

磨刀最可善其事，蓄势终将挽铁弓。

"六大"驱霾留史册，方知事后起雄风。

注：1928 年 6 月 18 日至 7 月 11 日，中国共产党第六次全国代表大会在莫斯科近郊兹维尼果罗德镇"银色别墅"秘密召开。党的六大是在特定历史时期和历史条件下召开的具有重大历史意义的会议。六大认真地总结了大革命失败以来的经验教训，对有关中国革命的一系列存在严

重争论的根本问题，做出了基本正确的回答。

瑞金中央革命根据地

奋斗十年磨剑锋，瑞金出鞘练真功。

曾寻胜道古田路，四破阴霾[1]游击风。

偏有吴宫吹越调[2]，遂将胜算化空蒙。

奈何邪恶乱时局，致使长驱[3]苦折弓。

注：瑞金中央革命根据地，即中央苏区，地跨赣、闽、粤三省，土地革命战争时期由毛泽东、周恩来、朱德等老一辈无产阶级革命家领导创建，为土地革命战争时期全国最大的革命根据地，是全国苏维埃运动的中心区域，是中华苏维埃共和国党、政、军首脑机关所在地。

1. 指在正确路线指引下，取得四次反"围剿"的胜利。

2. 指机会主义使第五次反"围剿"失败，葬送了大好革命形势。

3. 被迫进行战略转移——长征。

万里长征

吴宫越调乱琴弦，迫使长征艰苦篇。

幸得毛公掌舟楫，终于遵义化危烟。

雪山酷冷衣衫薄，铁索冰寒意志坚。

大道无邪添正气，曙光千缕出云巅。

注：长征精神是中华民族百折不挠、自强不息的民族精神的最高表现，是保证我们革命和建设事业走向胜利的强大精神力量。

遵义城的霞光

黎平会议[1]救红军，遵义城头辨寸斤[2]。

苗岭欣逢新舵手，乌江荡涤旧氤氲。

重开长篙千钧力，一破危艰扫霭云。

自此凶奴无技法，兵锋瀚海展雄文。

注：1. 黎平会议是一次关系红军命运、中国革命前途的重要会议。1934年12月15日，长征途中的中央红军占领黎平。为了确定红军的进军路线问题，中共中央政治局在黎平召开政治局特别会议，史称"黎平会议"。

2. 遵义会议是指1935年1月中共中央政治局在贵州遵义召开的独立自主地解决中国革命问题的一次极其重要的扩大会议。是在红军第五次反"围剿"失败和长征初期严重受挫的情况下，为了纠正博古、王明、李德等人"左"倾领导在军事指挥上的错误而召开的。

这次会议是中国共产党第一次独立自主地运用马克思列宁主义基本原理解决自己的路线、方针和政策方面问题的会议。这次会议，在极端危急的历史关头，挽救了党，挽救了红军，挽救了中国革命，在中国共产党和红军的历史上，是一个生死攸关的转折点。

2021年2月11日

延安

历经斩棘再披荆，北上延安为抗争。

一盏油灯如北斗，连篇据典出千钧。

挥师点将征凶贼，换地改天迎圣明。

春夏十三烟雨过，炎黄赞誉好名声。

注：延安古称肤施、延州，是中华民族重要的发祥地，党中央和毛主席等老一辈无产阶级革命家在这里生活战斗了十三个春秋，领导了抗日战争和解放战争，培育了延安精神。

瓦窑堡会议

"何梅"[1]"秦土"主权亡，致使东洋狂又狂。

国难家仇何是了，中央首脑破迷茫。

润芝纵论英明策，决议横求战线长。

从此乘风飞羽箭，弯弓满月射天狼。

注：瓦窑堡会议是指 1935 年 12 月 17 日，中共中央在陕北子长县瓦窑堡召开的一次重要的政治局扩大会议。

《秦土协定》是指察哈尔省代理主席秦德纯与关东军特务机关长土肥原贤二于 1935 年 6 月 27 日在北平签订的丧权辱国的协定。《秦土协定》的签订，使中国丧失了在察哈尔省的大部分主权，也丧失了察省疆土的 70%—80%。这一协定与《何梅协定》一起为日本吞并中国华北大开了方便之门。

1. 何梅协定请看第三十六首之注解。

西安事变中的张学良和杨虎城

回首当年两将才，西安兵谏响惊雷。

胸忧外患思驱寇，手执长缨缚总裁。

寒夜骊山千壑震，檄文布告八条开。

可怜少帅陷囹圄，刀客魂伤夺命台。

注：张学良 1920 年毕业于东三省陆军讲武堂，先于奉系军中担任要职，"皇姑屯事件"之后，他继任为东北保安军总司令，拒绝日本人的拉拢，坚持"东北易帜"，为祖国统一和民族团结做出了贡献。后任中华民国陆海空军副司令，陆军一级上将。西安事变后遭蒋介石父子长期软禁。1990 年恢复人身自由，1995 年起离台侨居美国夏威夷，2001 年 10 月 14 日病逝于檀香山，享年 101 岁。

杨虎城（1893 年 11 月 26 日—1949 年 9 月 6 日）民国陕军将领，刀客出身。西安事变后，杨虎城失去了对西北军控制，被迫去欧洲"出国考察"，继续批评国民政府。七七事变后，杨虎城多次致电要求回国参加抗战。1937年12月他偷偷回国，和秘书、家人一起在南昌被逮捕软禁，此后一直被关押12年。1949年9月6日，国军弃守重庆前夕，毛人凤受蒋介石指示，在其直接命令下，杨虎城及其幼子杨拯中、幼女杨拯贵，秘书宋绮云和夫人徐林侠，以及他们的幼子"小萝卜头"宋振中等一共8人在重庆戴公祠被杨进兴、熊祥、王少山、林永昌等4名军统特务人员用匕首捅死，并用硝镪水毁灭尸体。

西安事变

国难当头屡请缨，骊山彻夜响枪声。

逼宫委座征倭患，炼狱张杨怀国情。

中共调停消浊水，全民抗日志成城。

难平小屋偏囚虎，常使茫然满眼睛。

注：1936年12月12日，为挽救民族危亡、劝谏蒋介石改变"攘外必先安内"的既定国策、停止内战一致抗日，张学良、杨虎城毅然在临潼对蒋介石实行"兵谏"，扣留来陕督战的蒋介石，发动了震惊中外的"西安事变"，亦称双十二事变。提出抗日救国八项政治主张，逼蒋介石抗日。1936年12月25日，在中共中央和周恩来等人的努力下，蒋介石被迫接受"停止内战、联共抗日"等六项主张，为"西安事变"的和平解决奠定了基础。

西安事变的和平解决，为抗日民族统一战线的建立准备了必要的前提，成为由国内战争走向抗日民族战争的转折点。

2021年2月14日

第四章　抗日战争篇

想起甲午战争

明治维新岛国[1]升，清廷固步夜郎称。

回光难比蒸蒸势，腐朽当如坠坠蝇。

铁甲水师鱼腹卧，春帆楼[2]室血仇增。

中流砥柱[3]虽骁勇，亿万玉尘[4]输劣僧。

注：甲午战争是19世纪末日本侵略中国和朝鲜的战争，甲午战争的结果给中华民族带来空前严重的民族危机，大大加深了中国社会半殖民地化的程度。

1. 此处指日本，因日本有岛国之称。

2. 《马关条约》又称《春帆楼条约》

3. 中流砥柱指北洋水师名将邓世昌。

4. 《列仙传》载：仙人对赌，一人"输却玉尘九解"，玉尘指仙界珍品，此处指向日本做战争赔款的两万万两白银。

难忘九一八

羊年鸡月鼠天狂[1]，未及秋分已下霜。

波泛柳湖融血泪，人亡铁轨演刀枪。

性情软柿常遭捏，国难燃眉竟不慌。

皆因手喻[2]阋墙急，方引强梁致国殇。

注：九一八事变是由日本蓄意制造并发动的侵华战争，是日本帝国主义侵华的开端。九一八事变也标志着世界反法西斯战争的起点，揭开了第二次世界大战东方战场的序幕。

1. 1931年8月18日，在中国天干地支纪年中分别是羊年鸡月和鼠日，尚未交"秋分"节气。

2. 手喻指蒋介石的"攘外安内"之语。

2021 年 2 月 15 日

《九一九宣言》

时逢日帝铁蹄狂，但看蒋、张翘二郎。

民众顿生心底怒，夜空忽闪电雷光。

从来委座专安内，偏有工农持猎枪。

中共举旗成砥柱，车轮滚滚碾螳螂。

注：九一八事变当夜起草并经第二天紧急会议讨论后发表的《中共满洲省委为日本帝国主义武装占领满洲宣言》，这是中国 14 年抗战开始的"法理依据"，表明中国共产党正以卓有战略、政略的远见引领抗战方向。《九一九宣言》吹响了民族抗战的号角，中国共产党中流砥柱作用从此发端。

第一次淞沪抗战

山河破碎国飘摇，最是忧心怒火烧。

必有英雄枪击手，齐扶守土将兵腰。

扬言一日申城灭，谁道万尸黄浦漂。

敌忾同仇声振起，全民抗战进高潮。

注：九一八事变后，日本为了转移国际视线，并迫使南京国民政府屈服，于 1932 年 1 月 28 日晚进攻上海中国守军的事件。日本在一·二八淞沪抗战爆发时竟扬言"三小时占领闸北""十二小时搞定上海"，气焰甚为嚣张。但是，第十九路军和第五军将士发扬爱国精神，抱定"不抵抗无以为人，不抵抗无以救国"的决心，气吞倭寇，血溅沪野，造成日军伤亡过万。这一战局的出现，让不可一世的日军在国际上的"声誉"一落千丈。

《何梅协定》[1] 和《八一宣言》[2]

自家庭院自家窗，竟有豺狼砸我缸。

灭鼠英雄"勤"[3]是汉，充奸恶鬼白、胡[4]邦！

"梅"添吠哮豺狼厉，"何"是躬身奴隶腔。

但看《宣言》方国策，全民共力竖篱桩。

注：1. 指的是 1935 年 5 月—7 月间，国民党华北军分会代理委员长何应钦按照蒋介石的旨意，与日本华北驻屯军司令官梅津美治郎签订的一份备忘录。《何梅协定》拱手让出河北、察哈尔两省的大部分主权，使华北名存实亡，为两年后日本发动全面侵华战争埋下了更大的隐患。

2. 1935 年 8 月 1 日，中国共产党驻共产国际代表团草拟了《中国苏维埃政府、中国共产党中央为抗日救国告全体同胞书》（即《八一宣言》），宣言号召全国人民团结起来，停止内战，抗日救国，组织国防政府和抗日联军。这个宣言对推动抗日统一战线工作和抗日救亡运动，起了积极作用。

3. 勤，指孙永勤。在家乡组建"民众军"，进行抗日武装斗争，打击日伪势力，从而得到了人民群众的拥护和支持。

4. 白、胡，指白逾桓、胡恩溥。二人均系亲日派人物，经常往来于伪满地区及日本，二人所办报纸受日本驻天津军事机构资助，并为日本侵华政策做宣传辩护。

一二·九抗日救亡运动

阴谋步步变阳谋，华北沦亡事未休。

中共呼吁同救国，学生振臂练吴钩。

决堤潮水终成势，反帝呼声已过丘。

翰海兵锋时近日，庖丁游刃解疯牛。

注：1935 年的"一二·九"运动公开揭露了日本帝国主义侵略中国，

吞并华北的阴谋，打击了国民党政府的妥协投降政策，大大地促进了中国人民的觉醒。它配合了红军北上抗日，促进了国内和平和对日抗战，标志着中国人民抗日民主运动新高潮的到来。

2021 年 2 月 16 日

卢沟桥事变

卢沟晓月接乌云，燕赵悲歌天地闻。

为有牺牲多玉碎，常流热血染新坟。

狂涛惊起三千尺，将士飞来八路军。

列祖金瓯谁敢动？倭匪能有几条筋！

注：1937 年 7 月 7 日夜，卢沟桥的日本驻军在未通知中国地方当局的情况下，径自在中国驻军阵地附近举行所谓军事演习，并诡称有一名日军士兵失踪，要求进入北平西南的宛平县城（今卢沟桥镇）搜查，被中国驻军严词拒绝，日军随即向宛平城和卢沟桥发动进攻。中国驻军第 29 军 37 师 219 团奋起还击，进行了顽强的抵抗。七七事变的第二天，中共中央通电全国，号召中国军民团结起来，共同抵抗日本侵略者。全国各族各界人民热烈响应，抗日救亡运动空前高涨。在这种形势下，蒋介石于 7 月 17 日在庐山发表谈话，宣布对日作战。

第二次淞沪抗战

三月亡华何是易？祖传太极斗顽螭。

长蛇阵里飞刀戟，惊鬼涛中舞战旗。

自古中华多勇士，终将日寇化狐罴。

枪声正伴血光闪，定叫东洋死不归。

注：1937 年 8 月 13 日，上海南火车站的日军首先遭到国军轰炸，虽然日本方面派出上海派遣军（三个月后增加到 50 万人），开始向上海

进攻；中华民国则派出中央军精锐和大批内地省份部队（包括川军、滇军、桂军、粤军、湘军等）合计 70 万人，与日军血战三个月之久，粉碎其"三月亡华"之战略，此即为淞沪会战（第二次淞沪抗战）这是中国从局部抗战向全面抗战转变的重要标志。

平型关大捷

只从八路一新生，即作纵横向敌营。

师长关前观地利，官兵阵里伏旗旌。

拦头截尾拖腰腿，投弹挥枪缚日兵。

杀得天昏焦土后，还传捷报到东京？

注：平型关大捷（又称平型关战斗、平型关伏击战），是指 1937 年 9 月 25 日，八路军在平型关为了配合第二战区的友军作战，阻挡日军攻势，由 115 师师长林彪、副师长聂荣臻指挥，充分发挥近战和山地战的特长，首次集中较大兵力对日军进行的一次成功伏击战，八路军在平型关取得首战大捷。

2021 年 2 月 17 日

忻口战役

城防忻口有忠肠，铁骨铜身志也刚。

奋战三周丧敌胆，歼狼过万好儿郎。

飞机大炮蛇虫恶，热血雄师生死忘。

可贵终能兄弟合，同心戮力谱新章。

注：忻口战役是抗日战争时期，中国军队在山西忻口抗击日军，保卫太原的中心战役，该战役创歼敌逾万的纪录，是国共两党团结合作、在军事上相互配合的一次成功范例。

2021 年 2 月 17 日

娘子关战役

万里长城第九关，昔年公主未休闲。

领兵驻守称娘子，检阅瞭望梳髻鬟。

借得声名驱日寇，相牵国共斗凶顽。

英雄抗战身躯直，不护山河誓不还！

注：娘子关为中国万里长城著名关隘，位于山西阳泉市平定县东北的绵山山麓。娘子关原名"苇泽关"，因唐朝平阳公主曾率兵驻守于此，平阳公主的部队当时人称"娘子军"，故得今名。1937年9月中旬，太原会战爆发，在第二战区司令官阎锡山领导下，八路军第115师（师长林彪、副师长聂荣臻）取得了平型关战役、忻口战役、娘子关战役等战役的胜利，打破了日军不可战胜的神话。

南京大屠杀感

金陵自古演兴亡，遇难、逢祥两不妨。

只自东洋成恶鬼，更催腥雨出疯狂。

屠城迭骨钟山哭，喋血漫街扬子殇。

我劝天公生霹雳，慰魂雪耻再擒狼！

注：1937年12月13日，日本军队侵占南京后，发生了震惊中外的南京大屠杀，作为摧残中国民众士气的手段，约三十万无辜的中国人被日本军队残暴地杀害。

设南京大屠杀国家公祭日有感

血染金陵色未消，秦淮夜夜见狂涛。

国人殉难惊魂日，倭寇挥刀尸骨焦。

时过境迁还在目，犹存记忆未忘妖。

年年此刻鸣哀笛，但慰英灵到九霄。

注：2014年2月27日，十二届全国人大常委会第七次会议通过决定，以立法形式将12月13日设立为南京大屠杀死难者国家公祭日。决议的通过，使得对南京大屠杀遇难者的纪念上升为国家层面。表明了中国人民反对侵略战争、捍卫人类尊严、维护世界和平的坚定立场。

边区军民反"扫荡"

无非铁壁合铜墙，那管梳篦又搜房。

且用地雷当诱饵，又依暗道捉迷藏。

敌追我退打游击，东骗西欺织锦囊。

日寇遭歼黄土地，"名花"凋落乱山冈。

注：1939年10月25日—12月8日，日军集中2万余兵力对晋察冀边区进行冬季进攻。边区军民奋起反击，共作战108次，毙伤敌军4000余人，击毙了日军中将旅团长阿部规秀，取得反"扫荡"的胜利。阿部规秀被称为是擅长运用"新战术"的"俊才"和"山地战"专家，有"名将之花"的称号。

2021年2月18日

地道战

燕赵军民好主张，纵横地道布周详。

村村寨寨连家户，角角弯弯架猎枪。

托起天窗歼日寇，掀开锅灶击豺狼。

平原自有锦囊计，燕赵军民好主张。

注：地道战战法从晋察冀边区保定清苑的冉庄开始，经过不断发展，从单一的躲藏成了能打能躲、防水防火防毒的地下工事，并逐渐形成了房连房、村连村，内外联防，互相配合打击敌人的战法。地道战使

原本无坚可守的冀中平原，成为中国军民打击日本侵略军的重要作战区域。

地雷战

独有英雄巧布雷，惊魂裂胆鬼悲催。

门楣暗地机关隐，道路边丛引信栽。

日寇伪军身着火，机枪辎重化烟灰。

于今报捷欢声起，欲尽余霞拂晓来。

注：地雷战是抗日战争时期中国民兵最重要的作战方法之一。

麻雀战

不效群狼效雀微，敌强我弱瘦和肥。

扬长避短看形势，捉单擒双趁巧机。

不管"收成"多或少，当须鬼子痛还饥。

积将蛙步千过万，定教东洋尸不归！

注：麻雀战是抗日游击战的一种作战形式。麻雀在觅食飞翔时，从来不成群结队，多半是一二只，三五只，十几只，忽东忽西，忽聚忽散，目标小，飞速快，行动灵活。仿照麻雀觅食方法而创造的游击战战法叫"麻雀战"。

铁道游击队

铁道英雄铁胆郎，微山湖畔把身藏。

钻车扒轨称飞虎，断路掀窗"借"刀枪。

来去无踪如疾电，腾挪格斗最高强。

人民战争显威力，日伪惶惶愁断肠。

注：铁道游击队，是抗日战争时期活跃在现山东鲁南地区（现枣庄的临城、峄县、滕县）的一支抗日武装。

人民战争放光芒

群情激越火光前，立马横刀敢执鞭。

天道从来赢霸道，豺狼安敢辱宗贤。

雁门舞剑居庸戟，嘉峪屯兵娘子烟。

有党挥旗邀北斗，人民抗战力无边！

注：人民战争的三个显著特点是：人民性、正义性和组织性。

百团大战

偏逢抗战困难时，降派纷书屈膝辞。

为壮民心摧毒计，便筹良策聚雄师。

百团奋勇歼顽敌，三段聚焦寻密匙。

粉碎阴谋和"扫荡"，而今吟赋凯旋诗。

注：1940年8月20日开始的百团大战，是抗日战争时期，八路军在华北敌后发动的一次大规模进攻和反"扫荡"的战役，由于参战兵力达105个团，故称"百团大战"。百团大战是抗日战争相持阶段八路军在华北地区发动的一次规模最大、持续时间最长的战役。百团大战粉碎了日军的"囚笼政策"，极大地消耗了日军的有生力量，增强了全国军民取得抗战胜利的信心。

2021年2月19日

狼牙山五壮士赞

人民军队英雄汉，自是葵花向太阳。

漫说初心萦耳海，总聆宗旨绕雕梁。

坚贞且看狼牙士，壮举专生铁血郎。

我有红旗传后代，何愁灭鼠斩麋獐？

注：狼牙山五壮士（1941），为在河北省保定市易县狼牙山战斗中英勇抗击日军和伪满洲国军的八路军5位英雄，他们是马宝玉、葛振林、宋学义、胡德林、胡福才。在战斗中他们临危不惧，英勇阻击，子弹打光后，用石块还击，面对步步逼近的敌人，他们宁死不屈，毁掉枪支，义无反顾地纵身跳下数十丈深的悬崖。马宝玉、胡德林、胡福才壮烈殉国；葛振林、宋学义被山腰的树枝挂住，幸免于难；5位战士的壮举，表现了崇高的爱国主义、革命英雄主义精神和坚贞不屈的民族气节，被人民群众誉为"狼牙山五壮士"。

"晋西事变"和第一次反共高潮

太原沦陷国惟危，抗日最需同举旗。

却有恶魔掀浊浪，幸存警觉灭顽魑。

周旋三晋依军党，痛击汉奸凭铁骑。

阎子投机非此刻，今朝震慑有雄师。

注：晋西事变，又称十二月事变，发生于1939年12月。在国民党顽固派掀起的抗日战争时期的"第一次反共高潮"期间，国民党第二战区司令长官兼晋绥绥靖公署主任阎锡山，几乎动用了全部晋绥军（旧军）进攻山西新军，镇压与新军一体的牺牲救国同盟会。山西新军在八路军的支援下被迫奋起反抗。中国共产党中央委员会采取"有理、有利、有节"的方针，妥善处理了这次事变，打击了山西反共顽固派的妥协投降阴谋，发展了抗日武装力量，巩固了山西的抗战局面，并且争取到阎锡山继续留在抗日阵营，维护了中国共产党与阎锡山的统一战线关系。

2021年2月20日

"皖南事变"和第二次反共高潮

本应戮力击东洋，却有虫僚忘靖康。

孽债仇流军帅血，总裁专拆九阶堂。

阴谋断送江南地，密令终成叶项亡！

独毒居心天杀痞，专从"剿共"觅宫梁。

注：1941年1月6日，奉命北移的新四军军部及其所属皖南部队9000余人，在安徽泾县茂林地区，突遭国民党军队七个师8万余人的包围袭击。新四军部队英勇奋战七昼夜，终因寡不敌众，弹尽粮绝，除约2000余人突出重围外，一部被打散，大部壮烈牺牲或被俘。军长叶挺在和国民党谈判时被扣押，政治部主任袁国平牺牲，副军长项英、参谋长周子昆在突围中被叛徒杀害。1月17日，蒋介石反诬新四军"叛变"，宣布取消新四军番号，声称将把叶挺交付"军法审判"。这就是震惊中外的皖南事变。这一事变是国民党顽固派发动的第二次反共高潮的最高峰。

胡宗南和第三次反共高潮

乌云遣雪压延安，欲令新春返大寒。

时响天雷惊内外，终生正气护阑干。

驱妖灭鬼惟中共，匡正扶民未卸鞍。

天子门生封第一？腥膻血手整衣冠！

注：国民党当局不是运筹如何尽快打败日本侵略者，而是想如何削弱以致消灭共产党及其领导的人民武装，以便战后独占抗战胜利果实，继续维持独裁统治。为此，1943年春，国民党悍然发动了第三次反共磨擦，最终被中国共产党以强大的政治攻势和军事斗争而被粉碎。

胡宗南可称得"天子门生"第一人，受到蒋介石的器重，乃至踌躇满志，野心勃勃，狂妄自大，抗战时避居西北拥兵称王，内战时则成了急先锋。

延安整风

甘年立党起舟篷，曲折迂回常遇熊。

外鬼有形声色厉，蛀虫潜内性灵空。

清除八股肃宗派，树立三风练内功。

自此骄龙飞玉宇，青云直上满天红。

注：20世纪40年代的延安整风，是中国共产党历史上一次全党范围的普遍的马克思主义教育运动，也是一次伟大的思想解放运动。反对主观主义以整顿学风、反对宗派主义以整顿党风、反对党八股以整顿文风。

通过延安整风，中国共产党不仅初步确立了实事求是的思想路线，破除了将苏共经验和共产国际指示神圣化的教条主义，还将马克思主义中国化的第一个理论成果——毛泽东思想确定为党的指导思想，从而极大地推动了马克思主义中国化的进程，对中国革命和建设事业产生了深远的影响。

中国共产党第七次全国代表大会

杨家岭上掌声欢，高举红旗唱大观。

二十四年勤奋路，春来时节百花坛。

锦囊织就蓝图伟，航向新标道路宽。

从此明灯添七彩，玉宇清辉映阑干。

注：1945年4月23日至6月11日，中国共产党第七次全国代表大会在延安召开。中国共产党第七次全国代表大会通过了新的党章，确定以马克思列宁主义与中国革命实践相统一的毛泽东思想作为全党一切工作的指针。

2021年2月26日

抗战中的汉奸

中行为使便降单，抗日时间出汉奸。

卖国求荣无节气，苟延残喘事孤鳏。

高层但有殷、王、汪，小鬼当如伪满班。

何是下场君莫问，千夫万指尸无还！

注：抗日战争时期中国出现了大量为日本人卖命的汉奸伪军。大汉奸如殷汝耕、王克敏、汪精卫等。

抗战胜利纪念日

柳湖一旦起烽烟，苦难深深十四年。

娘子关前云水怒，乌衣巷里女儿怜。

偏从绝地挥刀戟，更向豺狼舞铁拳。

九月当思黄菊好，犹如忠骨护河山。

注：1945年9月2日，日本向盟军投降仪式在东京湾密苏里号军舰上举行。包括中国在内的9个受降国代表注视下，日本在投降书上签字。这是中国近代以来反侵略历史上的第一次全面胜利，也为世界反法西斯战争的胜利做出了巨大贡献。之后每年的9月3日，被确定为中国人民抗日战争胜利纪念日。

蒋介石要下山摘桃子

八年种树见花开，果实殷红枝上偎。

却见匆匆偷果贼，何曾问问绿军盔！

不思耕作反生恶，肆意阋墙当独裁。

且执长缨擒黑手，一声霹雳起惊雷。

2021年2月21日

重庆谈判和《双十协定》

八年抗战露晨光，国是纷繁宜共商。

重庆周旋推太极，林园促膝设高墙。

虽签合约称双十，实露心机做独狼。

相看鸿门留项羽，沛公赴宴有张良。

注：在抗日战争胜利之际，中国共产党和中国国民党两党就中国未来的发展前途、建设大计在重庆进行了一次历史性会谈。从1945年8月29日至10月10日，经过43天谈判，国共双方达成《政府与中共代表会谈纪要》，即《双十协定》。重庆谈判及达成的《双十协定》给中国人民带来了和平、民主、团结的希望和曙光。虽然，国民党统治集团违背全国人民迫切要求休养生息、和平建国的意愿，在1946年6月底全面撕毁《双十协定》，但其历史意义和启示仍是非常重大的。

第五章　第三次国内革命战争篇

第一阶段——战略防御

注：中国共产党所领导的解放军从1946年6月到1947年6月进行了长达一年的战略防御，不仅打破了国民党全面进攻战略，并且撕破了国民党扬言要三五个月消灭解放军的狂妄野心。

上党战役

台上和谈三握手，下来挥剑会诸侯。

蒋邦独毒谋全屋，八路忠贞护玉瓯。

长治刀枪歼宿敌，刘陈聚力击蛇头。

围城打援摧关后，几日消停气暂收。

注：上党战役，是 1945 年 9 月 10 日，我晋冀鲁豫军区部队，在山西省上党地区（今晋东南），对国民党军进行的自卫反击作战，其主战场位于今长治境内，发生于重庆谈判期间，以作为配合谈判的重要军事动作。刘陈为刘伯承和陈赓，宿敌即为阎锡山。

三下江南四保临江战役

从容点将选林、刘[1]，决计生根在满洲。

北打南拉尤勇[2]策，南攻北守聿明[3]谋。

鲁班造锯今还用，战局因缘自有头。

只在疆场分胜负，一人元帅一人囚。

注：三下江南四保临江战役 1946 年 12 月至 1947 年 4 月，在第三次国内革命战争中，人民解放军东北民主联军为保卫南满根据地，在安东省（今吉林省南部、辽宁省东部地区）临江、通化地区和松花江以南长春、吉林以北地区对国民党军进行的防御和进攻相结合的作战。

1. 林刘指林彪、刘亚楼。

2. 尤勇为林彪别名，为共和国开国元帅。

3. 聿明者杜聿明是也，解放战争中被俘成"战犯"。

莱芜战役

山东华野出雄狮，决战莱芜正适时。

不以城池论得失，惟将智勇斩熊罴。

哪儿敌弱哪儿打，是处猪肥是处持。

神鬼难知行迹处，相看陈毅欲吟诗。

注：莱芜战役是解放战争初期，中国人民解放军华东野战军在陈毅、粟裕的指挥下，于 1947 年 2 月在山东解放区进行的一次大规模运动歼灭战。此役历时 3 天，歼灭国民党军 1 个"绥靖区"指挥所，2 个军

部，7个师，共5.6万余人，乘胜解放了博山、淄川等13座县城，使渤海、鲁中、胶东解放区连成一片，打破了国民党军南北夹击的计划，为尔后粉碎国民党军对山东的重点进攻创造了有利条件。

2021年2月22日

孟良崮战役和张灵甫

清辉洒地掩牛郎，更有金乌盖月光。

灵甫偏逢悬顶石，将星难作挡风墙。

孟良崮上枪声急，解放军前梦幻长。

抗日功臣亡内战，不为大众只为蒋！

注：孟良崮战役是一场山地运动歼灭战，该战役全歼国民党"五大主力之首"的整编第74师，一举扭转了华东战局。这一胜利，粉碎了国民党军的"鲁中决战"计划，对挫败国民党军对山东解放区的重点进攻具有决定性意义，有力地配合了陕北和其他战场的作战。张灵甫，文读北大，武修黄埔，军中儒将。1926年，张灵甫听从于右任的建议考入黄埔军校，成为黄埔四期学员，与后来的同僚胡琏、李弥，以及对手林彪、刘志丹是同学。

定陶战役

天时地利得人和，刘邓雄师谁奈何！

志在定陶歼进犯，集中优势再鸣锣。

敌军疲态蹒跚步，士卒惊魂木纳哥。

便有神兵除腐朽，凯歌响起扭秧歌。

注：定陶战役是解放战争时期，晋冀鲁豫野战军为粉碎国民党对晋冀鲁豫解放区的进攻，于1946年9月2日至7日，在山东省西南部定陶地区进行的一次运动战战役。

这场战役在中央军委的直接领导和晋冀鲁豫野战军司令员刘伯承、政治委员邓小平的指挥下，经5天作战，取得全歼敌1个整编师师部、4个旅共1.7万余人的重大胜利。其中，尤以歼灭国民党整编第3师最为出彩。

第二阶段——战略反攻

注：面对残不忍睹的战况，国民党不得不将全面进攻改为重点进攻战略，将陕北和山东根据地作为进攻的主要对象，由此共产党解放军从1947年6月至1948年9月进入了对国民党的战略反攻阶段。

中原大进军之一挺进大别山

蒋府算盘非一般，分头合击阻、围、拦。

迅雷难及飞毛腿，长剑专摧木栅栏。

千里长驱屯大别，三军强渡走泥滩。

扼江逼汉南京露，中共深谋有戏看。

注：挺进大别山是1947年6月，在解放战争中，人民解放军刘、邓大军向国民党统治地区大别山实施进攻的战略性行动，创建了大块革命根据地，扼守长江，威胁其首都南京和武汉两大重镇，为转入全国性的战略进攻奠定了基础。这一创造性的战略决策、独特的战略进攻样式和丰富的作战经验，给毛泽东军事思想增添了新的内容。

2021年2月23日

中原大进军之二挺进豫西

相看陈、谢已匆匆，着意腾挪豫陕枫。

铁扇借来能煽火，金箍舞动便生风。

黄河巧渡河西近，牛鼻常牵鼻子红。

但等中原锣鼓响，军民用命执弯弓。

注：1947 年 7 月，中共中央决定由晋冀鲁豫野战军第 4 纵队司令员陈赓、政治委员谢富治率领第 4、第 9 纵队、第八纵队第 22 旅和西北民主联军第 38 军（孔从周起义部队），共约 8 万人，从山西省南渡黄河，进入河南西部，与刘伯承、邓小平所率由鲁西南渡过黄河向大别山挺进的晋冀鲁豫野战军主力相呼应，经略中原。这是中共中央部署的挺进中原的三路大军中的第二路。

中原大进军之三挺进苏豫皖

为开新局有英豪，陈、粟大军频试刀。

南下争锋苏、豫、皖，中原逐鹿苦、辛、劳。

扎根群众生威力，站稳脚跟掀怒涛。

但等三军齐出手，金猴奋起好擒獠。

注：1947 年 8 月，中共中央决定活动于鲁西南的人民解放军华东野战军主力，由司令员陈毅、副司令员粟裕率领，南下豫皖苏边界，在黄河以南、淮河以北、运河以西、平汉路以东的广大地区展开，与挺进大别山的刘邓野战军和挺进豫西的陈谢集团，共同经略中原。

延安保卫战

宝塔山巍延水澄，人民敬仰有明灯。

终成志士衷情地，肇始蒋邦恐惧症。

于是兴兵三十万，竟如箍桶几多层。

周旋只作雄鹰势，彭总机灵击劣僧。

1947 年 3 月 16 日，中共中央军委发布命令，由彭德怀出任西北野战兵团统帅，担负起直接指挥西北战场作战的任务。1947 年 3 月 18 日，国民党军已兵临延安城下，直到傍晚，毛泽东、周恩来、刘少奇、朱德、任弼时等中共中央、人民解放军领导人才离开延安。延安保卫战进行了七天七夜，

1947年3月19日，国民党军占领延安。毛泽东临走时对彭德怀说："蒋介石进攻延安，是搬起石头砸自己的脚。少则一年，多则两年，我们还要回来的。"

榆林战役

（一）

我军八旅袭榆林，佯作攻城震敌心。

但等宗南增援到，扬长已灭五千禽。

（二）

围城击援计谋深，二次榆林酒再斟。

歼敌六千还待兔，此番胡马已留心。

注：解放战争时期，中国人民解放军西北野战军两次对盘踞陕西省榆林县城的国民党军进行的进攻作战。

青化砭战役

国军正犯陕甘宁，只等时机巧用兵。

格斗、腾挪成套路，拦头、断尾捉双鲸。

赵家沟处地形好，青化砭旁山势萌。

布袋张开方片刻，三千胡马已无声。

注：在青化砭战役中，西北野战部队采取拦头、断尾、两翼夹击的战法，突然发起猛攻，经近两小时激战，全歼第31旅旅部及第92团共2900余人。此役是西北野战部队撤出延安后的首战胜利，打击了胡宗南

部的进攻气焰，鼓舞了解放区军民斗志。

2021 年 2 月 24 日

第三阶段——战略决战

西柏坡

一从此地立航标，便有梧桐引凤雕。

直借长风追万里，任凭如意出三招[1]。

双关警语[2]惊前路，千幅蓝图待涌潮。

借问何由枫叶美，祥云七彩始今朝。

注：西柏坡，是我国革命圣地之一，曾是中共中央所在地，党中央和毛主席在此指挥了决定解放战争走向的辽沈、淮海、平津三大战役，召开了具有伟大历史意义的七届二中全会和全国土地会议，解放全中国，故有"新中国从这里走来""中国命运定于此村"的美誉。

1. 指"辽沈战役""淮海战役"和"平津战役"三大战役。

2. 指毛泽东同志在七届二中全会上的两个"务必"和"戒骄""戒躁"的谆谆教导。

辽沈战役

白山黑水起硝烟，直展长春决战篇。

撒网渔鱼俘主帅[1]，关门打狗出钢拳。

东西阻击歼强敌，南北争锋陷浚泉[2]。

穿插围攻收虎印，旗卷三省又挥鞭。

注：辽沈战役是中国近代史解放战争中的"三大战役"之一，1948年 9 月 12 日开始，同年 11 月 2 日结束，共历时 52 天。战役结束后，中国人民解放军首次在兵力数量方面超越国民党军队。

1. 东北"剿总"副总司令兼锦州指挥所主任范汉杰中将。

2. 第 6 兵团司令官卢浚泉

2021 年 2 月 28 日

淮海战役

淮海临冬不胜寒，风吹霰雪出奇观。

徐州车马踱方步，两野[1]军民迎早餐。

百万乡亲推独毂，十方遗老跌神坛。

小村[2]真比南京美，再过三年更好看！

注：淮海战役于 1948 年 11 月 6 日开始，1949 年 1 月 10 日结束，徐州剿匪总司令部刘峙指挥中华民国国民革命军五个兵团、22 个军、56 个师及一个绥靖区共 55.5 万人被消灭及改编，解放军总共伤亡 13.4 万人。

淮海战役是三大战役中的第二个战役，也是解放军牺牲最重，歼敌数量最多，政治影响最大、战争样式最复杂的战役。

1. "两野"指刘伯承、邓小平的二野和陈毅、粟裕的三野。

2. 小村，指山西西柏坡村。

平津战役

方从东北凯旋还，马不停蹄再入关。

傅[1]氏终成惊弓鸟，我军布就铁连环。

檄文八项[2]京城静，碉堡三千长捷[3]蛮。

为有牺牲昭玉宇，春风欲渡紫金山[4]。

注：平津战役是解放战争"三大战役"之一，1948 年 11 月 29 日开始，1949 年 1 月 31 日结束，共 64 天。林彪、罗荣桓、聂荣臻、刘亚楼指挥中国人民解放军东北野战军和华北军区部队共 100 万大军，以北平、

天津为中心，以伤亡 3.9 万人的代价，消灭及改编国民党军 3 个兵团，13 个军 50 个师共计 52.1 万人，解放了北平、天津在内的华北大片地区。

1. 傅氏，即为傅作义将军。

2. 檄文八项，即为林彪、罗荣桓于 1949 年 1 月 16 日致函傅作义，敦促其当机立断，接受和谈的"八项条件"，傅作义终于选择了和平道路，北平随即和平解放。

3. 长捷者，时任天津警备总司令部中将总司令陈长捷，欲凭坚固的工事而负隅顽抗，1949 年 1 月 15 日在天津与人民解放军作战时兵败被俘。

4. 即南京紫金山，此处代指南京。

中国共产党七届二中全会

胜利曙光在眼前，小村庄里[1]谱新篇。

十条精论谋全策，两句箴言警覆船。

切记民生存本色，繁荣经济造金田。

闯王未过周期咒，鉴镜不悬难永年！

注：中国共产党第七届中央委员会第二次全体会议，于 1949 年 3 月 5 日—13 日在河北省平山县西柏坡举行，出席这次全会的有中央委员 34 人，中央候补委员 19 人；列席会议的 11 人，由毛泽东、刘少奇、周恩来、朱德、任弼时组成的主席团主持了此次会议。七届二中全会是解放战争时期中共召开的唯一的一次中央全会，会议做出的各项政策规定，不仅对迎接中国革命的胜利，而且对新中国的建设有重大作用。

渡江战役

百万雄师过大江，负隅堪看老蒋帮。

欲依千里城防好，正有飞舟无敌腔。

东自浙沪西湖口，便从木楫到篷窗。

势如破竹王朝短，一路凯歌摧朽桩。

2021 年 3 月 1 日

人民解放军占领南京

既然恣意筑深潭，不怨天公擂亥男[1]。

直下钟山驱霭雾，横占国府劈神龛。

古都曾做金陵梦，秦淮犹歌后庭酣。

只是潮流难逆拗，缘何昨日不和谈[2]？

1. 蒋介石 1887 年 10 月 31 日生，是年属亥猪。
2. 1949 年 4 月 20 日，国民党拒绝在和平协定上签字。

2021 年 3 月 2 日

第四阶段——战略追歼

上海战役

却看浊水变甘泉，外滩一步便登天！

曾经耻辱灯红史，时有洋场酒绿篇。

策马圈田成过景，倭兵领地起民烟。

街头露宿霓虹闪，正气高风在眼前。

注：上海战役，是人民解放军渡江战役中一次相对独立的战役，也是战略追击中的一次大规模城市攻坚战。自 1949 年 5 月 12 日发起，至 5 月 27 日上海完全解放，历时 16 天。

西昌战役

但看残兵一溜烟，长官胡马[1]窜西川。

山区哪有还魂地？泸定依然铁索悬。

始出迷踪伸手脚，便将锈铁掷深渊。

八方游击需民助，岂是匪徒好学拳！

注：西昌战役，歼灭国民党军1万余人，解放了西昌地区和巧家、华坪、康定、泸定等18座县城。

1. 长官胡马，指西南军政长官公署代长官胡宗南及残部。

海南岛战役

琼崖激浪正翻天，竟是"战神"魂断篇。

自恃机船无可敌，心傲防线最如铅。

剑英巧放三波箭，薛岳难逃两次鞭。

从此南边归一统，金牛岭上百花鲜。

注：海南岛战役，是中华人民共和国成立初期人民解放军对海南岛国民党守军实施的渡海登岛作战。海南岛战役自1950年3月5日起，至5月1日结束，历时56天。此战创造了以木帆船为主，配以部分机帆船进行大规模渡海登陆作战，摧毁敌陆海空"立体防御"的战例，也是人民解放军大规模登岛的成功战例。

第六章　建国篇

开国大典

人文始祖说炎黄，祈愿中华历顺昌，

却遇艰辛添苦难，欣逢舵手劈霾障。

锤镰引路雄狮醒，血肉征途铁臂强。

二十八年还故国，湘音浑厚五洲扬！

注：10 月 1 日下午 3 时，人民领袖毛泽东庄严宣布："中华人民共和国中央人民政府今天成立了！"中华人民共和国的成立开辟了中国历史新纪元。从此，中国结束了一百多年来被侵略、被奴役的屈辱历史，真正成为独立自主的国家。

2021 年 3 月 3 日

进军西藏

文成进藏为联姻，自古一家亲上亲。

缘有印英横贼眼，酿成骨肉历荆榛。

正逢骏马高原疾，又迎红宫雪域晨。

但看军民同携手，即从寒夜跃新春。

注：人民解放军进军西藏，促进了西藏的和平解放，粉碎了帝国主义侵略西藏和西藏上层反动势力的迷梦，保证了国家领土的完整和统一，这是中国共产党民族政策的重大胜利，从此，西藏进入了崭新的历史时期。

中国共产党第八次全国代表大会

始从走上康庄道，作主当家花正好。

"解放"飞驰歼五翔，长桥越堑[1] 金鸡抱[2]。

再商国是论精谋，促膝明堂求百宝。

勤奋育苗真践行，枝繁叶茂挂新枣。

注：中国共产党第八次全国代表大会于 1956 年 9 月 15 日至 27 日在北京政协礼堂召开。为了探索中国社会主义建设的道路，制定党在新形势下的路线、方针、政策，中共中央决定召开第八次全国代表大会。

1. 国产解放牌载重汽车、国产歼击机、武汉长江大桥。

2. 确立了社会主义基本制度，实现了中国历史上最深刻最伟大的社会变革。

第七章　改革开放腾飞篇

十一届三中全会和改革开放

锁国经年还闭关，三中全会便开栏。

银蚕破茧抖金翅，骏马松辔闯大山。

春色满园生万类，前程似锦换新颜。

先将辩证兼唯物，必有源清活水潺。

注：十一届三中全会结束了粉碎"四人帮"之后两年中党的工作在徘徊中前进的局面，果断停止"以阶级斗争为纲"，纠正"文革"中和以前"左"倾错误，这是党在历史上具有深远意义的伟大转折，是马克思同中国实际相结合第二次飞跃的起点。实现了党的历史的伟大转折。

2021 年 3 月 6 日

南方谈话

华夏始争强国身，南方谈话劈荆榛。

春雷伴唱春天曲，真理终求真果因。

一袭葱姜除异味，殷红炉火至清醇。

莫将新酎封资类，绿蚁千杯敬酒神¹。

注：1992 年 1 月 18 日至 2 月 21 日，邓小平先后到武昌、深圳、珠海、上海等地视察，并发表了一系列重要讲话，通称南方谈话。讲话针对人们思想中普遍存在的疑虑，重申了深化改革、加速发展的必要性和重要性，并从中国实际出发，站在时代的高度，深刻地总结了十多年改

革开放的经验教训，在一系列重大的理论和实践问题上，提出了新观点，讲出了新思路，开创了新视野，有了重大新突破，将建设有中国特色社会主义理论与实践，大大地向前推进了一步。这个重要讲话，不仅标志着继毛泽东思想之后，马克思主义与中国实际相结合的第二次伟大历史性飞跃的思想结晶——邓小平理论的最终成熟和形成；也标志着中国改革开放第二次浪潮的掀起。邓小平的南方谈话，对中国90年代的经济改革与社会进步起到了关键性的推动作用，对21世纪中国的改革与发展，产生了不可估量的推动作用。

1. 此处代指改革开放的总设计师邓小平同志。

香港回归

缘是贫赢几裂袍，海狮撕肉吸脂膏。

梦成九七归游子，国制双重享自豪。

牛月马年龙雀舞，香江大屿紫荆涛。

闻公[1]此刻杯应举，共酌金樽满绿醪。

注：1997年7月1日零点整，中华人民共和国国旗和香港特别行政区区旗在香港升起，经历了百年沧桑的香港回到祖国的怀抱，中国政府开始对香港恢复行使主权。

1. 即闻一多先生，以饱满的爱国热情写下了《七子之歌》，其中就有一首盼望香港回归。

盼望祖国早日统一

曾有英雄卫一家，南塘[1]铁臂护中华。

延平将勇施琅箭[2]，海峡浪高台岛鸦。

血脉相通惟隔岸，基因无别至天涯。

百年思尽沧桑事，同是炎黄盼共瓜。

1. 抗倭名将戚继光，号南塘，抗击倭寇十余年，扫平为祸多年的倭患，确保了沿海人民的生命财产安全；镇守北方，抗击蒙古部族内犯，保障了北部疆域的安全，促进了蒙汉民族的和平发展。

2. 延平，即郑成功，公元 1661 年率军横渡台湾海峡，翌年击败荷兰东印度公司在台湾大员的驻军，收复台湾。施琅曾率水师横渡台湾海峡平定叛乱，维护国家统一。

2021 年 3 月 11 日

伟大中国梦

才从柳暗到花明，又见征程百鸟鸣。

不似庄生迷彩蝶，终因秋日有仓庚。

兴周知遇逢姜尚，圆梦今朝看北京。

荏苒韶光谁最好，龙吟虎啸九州情！

2021 年 3 月 12 日

第八章　中共一大代表篇

一大代表之毛泽东

韶山冲里出英雄，便使神州起劲风。

唤醒工农当主将，挥鞭旧制建新宫。

运筹帷幄除顽敌，指点江山绘彩虹。

为有毛公方立国，群妖一夜化泥虫。

注：毛泽东（1893.12.26—1976.9.9），字润之，伟大的马克思主义者，无产阶级革命家、战略家和理论家，中国共产党、中国人民解放军、中华人民共和国的主要缔造者，中国各族人民的伟大领袖。他把马列主义基本原理同中国革命具体实际相结合，找到了一条新民主主义革命的

正确道路，建立了中华人民共和国，确立了社会主义制度……

2021 年 4 月 29 日

一大代表之董必武

清末秀才谋国强，中年睿智闪金光。

便将铁血滋身骨，更揣红心到浦江。

从此行文兼习武，又从工运练鸣枪。

无如此老循真理，信念坚贞总向阳。

注：董必武，中国共产党的模范的领导者，是中国共产党的创始人之一，中华人民共和国的缔造者之一，杰出的无产阶级革命家、马克思主义的政治家和法学家，是中国共产党第一代领导集体的成员和国家的重要领导人。

2021 年 4 月 30 日

一大代表之何叔衡

已是壮年何叔衡，新民学会始纵横。

正从湘水求真理，便向南湖会大盟。

马日无非生胆略，长汀竟是绝归程。

栋梁失却河山哭，史册长存醒世英。

注：何叔衡，生于 1877 年，是参加会议最年长者。他也是一位前清秀才。1918 年参加新民学会，是这个团体的领导人之一。"一大"闭幕后，何叔衡与毛泽东回到长沙，着手湖南党组织的建立和发展工作。不久，中共湖南支部成立，他利用捐资办起了湖南自修大学，培养党的干部。1927 年 5 月，长沙发生"马日事变"，正在指导农运的何叔衡被捕，但他很快机智逃脱。后经组织安排，到莫斯科中山大学学习。三年后，何叔衡返回上海，被组织分配去中国互济总会，担任总会主任的工

作。1935 年 2 月 24 日，何叔衡、瞿秋白、邓子恢等一批中央领导人从江西转移到福建长汀县，不料与敌"义勇队"遭遇。何叔衡落崖受伤，被两个匪兵发现，结果被匪兵连击两枪，壮烈牺牲。

2021 年 5 月 3 日

一大代表之邓恩铭

还从水族出忠贤，觅宝求珍十一年。
便自黔山奔热血，还来趵突饮甘泉。
风云正值阴霾急，生命还朝禹甸捐。
但看英雄赴死处，高歌劲曲迎新天。

注：邓恩铭出生在贵州荔波县一个水族家庭。1918 年，他在亲戚帮助下考上济南省立第一中学。也就是在这里，他开始了革命的起步。在 1920 年末，山东共产主义小组秘密诞生了，邓恩铭和王尽美成为负责人。中共一大召开时，正值邓恩铭放暑假，他接信后迅速从青岛赴沪，是到会较早的代表之一。在这次会议上，他是较活跃的青年。一大之后，他又作为中国的代表之一出席了在莫斯科召开的共产国际远东各国共产党及民族革命团结第一次代表大会。1928 年底，当邓恩铭在济南深入进行革命活动时，由于叛徒告密，被捕入狱。1931 年 4 月 5 日黎明，30 岁的邓恩铭从容整装，与难友们一一告别，然后高唱《国际歌》昂首阔步走向济南纬八路刑场，英勇就义。

2021 年 5 月 4 日

一大代表之王尽美

尽美正逢年少时，便从云顶觅新诗。
满收营养迎风浪，更借"励新"催劲枝。
洗礼身轻添定力，登山眼望见晨曦。

泉城自古多贤哲，君与恩铭最为师。

注：王尽美，原名王瑞俊，改名之意是为：贫富阶级见疆场，尽美尽善唯解放。1921年，王尽美与邓恩铭一起参加了中共一大，此后积极从事革命运动，组织了多次工人运动，包括：京奉铁路山海关钢铁工厂工人罢工、秦皇岛码头工人罢工、开滦五矿工人大罢工。

1923年10月，王尽美遵照中国共产党的指示，以个人身份加入了国民党，并作为山东代表出席国民党一大会议，是既参加过中国共产党一大，又参加了国民党一大的元老级代表。终日的奔波与劳累最终压垮了王尽美的身体，1925年8月，王尽美因肺结核病医治无效离世，时年27岁，是最早离世的中共一大代表。

一大代表之陈潭秋

一大之前已出名，学生时代便纵横。

虽然艰苦常相伴，敢向虫僚做抗争。

为党能将躯殉国，进疆偏向虎狼行。

请君常忆英雄事，好自明光识路程。

注：陈潭秋，1921年7月出席中共一大时，他不仅是武汉共产主义小组的负责人，同时已是著名的学生领袖。大革命失败后，陈潭秋在江西、满洲、江苏等地做党的工作，曾被捕入狱。1933年春，陈潭秋与谢觉哉化装同行，秘密进入中央苏区，出任中华苏维埃粮食部长。1935年7月，陈潭秋回到上海。不久，被中央派往莫斯科参加共产国际第七次代表大会。1939年5月，陈潭秋奉命回国。中央电示他留在新疆接替邓发任中共中央驻新疆办事处代表和八路军驻新疆办事处负责人，并担任我党与"新疆王"盛世才建立统一战线的重要任务。1943年9月27日，陈潭秋和毛泽民、林基路等同志被与蒋介石暗中勾结的盛世才秘密杀害于乌鲁木齐。

2021年5月5日

一大代表之李汉俊

且把厅堂作会场，引来凤鸟迎朝阳。

虽逢纠葛心还在，正历风云志未伤。

敢寄深情酬组织，仍将信念化严霜。

此身虽未成足赤，质是真金总发光。

注：李汉俊是中共一大代表。一大召开时，他把自己在上海法租界望志路106号与兄居住的厅堂做会场，终日备烟沏水准备会务，同时也阐述了大量建党主张。会议后期，他从容应对特务的骚扰，保护了与会代表。

二大后，李汉俊与张国焘和陈独秀发生矛盾，就渐渐脱离了党的活动。李汉俊不在党组织中活动，但并没有放弃马克思主义信仰和革命工作。大革命失败后，他利用"合法"职位，掩护了一批尚未暴露的共产党员、共青团员和进步人士，为革命做了大量工作。

1927年12月17日下午，李汉俊在寓所被新上台的桂系军阀胡宗铎抓走，在未审讯的情况下，当晚被枪决。桂系军阀在刑场贴出告示，称李汉俊为共党首要分子。

2021年5月7日

一大代表之李达

年方十八觅新知，便是甘霖着嫩枝。

始有禾苗生沃野，还将理论认宗师。

愤然脱党因纠葛，再次宣旗谢润芝。

可惜随和人不认，终生憾事实难思。

注：李达是农家之后，1890年出生在湘江之滨。完全靠苦读考入北平师范学校，后以优异成绩考上留日官费生。1918年6月，李达完成了一生中最大的一次转折，成为一个热烈的马克思主义追随者。他放弃了

理科，专攻马克思主义学说。

早在 20 年代，如此醉心钻研马克思主义的人不多，这为李达后来成为党的理论家，从而在社会科学战线上留下浓重的一笔奠定了基础。1920 年他启程回国，很快与陈独秀、李汉俊等人共同成立共产党上海发起组。李达在一大上提出许多见解是自然的，因为当时国内马克思主义理论超过他的人并不多。一大结束后，李达还在上海机关做了一年的实际工作。但不久，他便携家返湘，同毛泽东等合作办湖南自修大学去了。李的这次返湘，既有毛泽东所邀，也因他与陈独秀和张国焘的矛盾所致。是年，李达愤然宣布脱党，犯下他一生"最大的错误"。

1949 年 12 月，毛泽东作为历史见证人，刘少奇作为介绍人，李达重新加入了中国共产党。

中华人民共和国成立后，李达奉命改造湖南大学，很快取得成效。接着又去改造武汉大学，同样成果甚丰。这一期间，他主要是办校和从事党的理论研究。他是在毛泽东晚年少有的几个能够与之理论对话的人。毛称李达为：真正的人！

"文革"一开始，他就被迫害致死，终年 78 岁。

2021 年 5 月 8 日

一大代表之刘仁静

虽说年轻是本钱，立场不固亦枉然。

本该随党征前路，却走歧途上贼船。

能见列宁真不易，尊崇托派实堪怜。

人生何有三波折？劝众当思会辨鲜。

注：在中国共产党的历史上，刘仁静曾是党的"一大"代表，当时年仅 19 岁，在"一大"的 13 位代表中，刘仁静是最年轻的一个。这位来自湖北应城的热血男儿，怀着满腔的激情和美好向往，投身滚滚的革命洪流。然而，在这滚滚的洪流中，他人生的航船一度偏离了航向。在

他一波三折的人生道路上，充满风风雨雨、艰辛和曲折。

一大代表之包惠僧

有心建党没心陪，更遇艰辛志便颓。

退党终于成下策，转门一度着悲哀。

偏从曲折沿歧路，只自余年识绿梅。

悟罢回归耕笔底，好由史册品新醅。

注：包惠僧当初是武汉党组领导人，经陈独秀指派代表陈独秀参加一大，并负责向陈独秀汇报会议情况。革命低潮时期，他回到上海，由于白色恐怖，便苦闷、灰心、失望跃上心头，加上在党内有张国焘的处处责难，他决定退出中国共产党。

1931年，包惠僧任蒋介石陆海空军总司令部参谋。1936年转任国民党政府内政部参事至1944年。

1944年夏，国民政府缩编时，包惠僧看透黑暗，加上终不得志，便自动申请遣散。获批准，携家眷到澳门谋生。

1957年，包惠僧被任命为国务院参事室参事。从此之后，他就笔耕不止，写下大量历史回忆，最后结集《包惠僧回忆录》。

1979年7月2日，包惠僧因病久治无效去世。

2021年5月10日

一大代表之张国焘

风云时代有才华，随后瞒私隐假牙。

权欲登峰心便野，门开左道路行差。

清明借口营蝇利，绝处投怀觅小虾。

建党之人偏反党，他乡客死裹无纱。

注：在中共一大上，被选为组织主任，由于激烈反对党的国共合作

125

战略，并在党内搞小集团受到尖锐批评。曾隐瞒了被北洋军阀逮捕后的变节行为。长征途中分裂红军，另立中央，给革命造成严重损失。1938年清明节后投入国民党的怀抱，干起反党的勾当。1968年离开香港移居加拿大，晚景凄凉，并客死他乡。

一大代表之陈公博

手上好牌精又多，运筹竟自只蹉跎。

无端任性妄心出，有意偏航背脊驼。

胯下难同神帅比，躬身竟与日倭窝。

汉奸铁定方应验，急赴黄泉不泛波。

注：陈公博，广东广州人，1921年作为广州代表参加中共一大，1922年6月，陈炯明炮轰总统府，中共中央决定联孙反陈，但陈公博却写文章支持陈炯明，遭到中央批评后，竟公开声明与中央决裂，并去美国哥伦比亚大学留学，成为最早脱党的中共一大成员。后追随汪精卫，从此由原来的中共一大代表沦为了一个为人所不齿的"汉奸"，抗战胜利后被枪决。

一大代表之周佛海

初心不正便投机，脱党离经作另飞。

出丑灵魂谋仕宦，焚香异类觅朝衣。

苍蝇逐臭三弹曲，政客沽名几度微。

国贼终囚阶下去，血流监狱不成啼。

注：1921年，周佛海在鹿儿岛接到赴上海参加中国共产党成立大会的信件，成为唯一从境外赶回来的一大代表。在错误的理论指导下，周佛海逐渐与共产主义背道而驰。1924年9月，周佛海给中共广州执委写信要求脱党。并踏上反共道路，成为蒋介石翼下一得力谋士。他采用种

种特务手段，使自己成为伪政权起事人和"开国元勋"。1946 年 3 月，周以"迫谋敌国、图谋反叛本国"之罪被判处死刑，死于狱中。

2021 年 5 月 12 日

数风流人物篇

此篇仅收集 1935 年和之前为党而英勇牺牲的早期领导人和英雄人物（按牺牲前后编排），可能不全或不够准确，敬请指正。

肖楚女

风云激荡满神州，有志青年报国酬。

虽是艰辛年少路，迎来奋斗几重秋。

宣传马列崇真理，堪做良师话泛舟。

劳累此生专向党，殷红热血为民流。

注：萧楚女（1893—1927 年 4 月 22 日），汉族，原名树烈，又名萧秋，学名楚汝，乳名朝富，出生于湖北省汉阳县鹦鹉洲。曾与恽代英一起主编《中国青年》、在广州协助毛泽东编辑《政治周报》，曾任广州农民运动讲习所专职教员、黄埔军校政治教官。参加过武昌起义、五四运动。他是中国共产党早期青年运动领导人之一。是中国共产党优秀理论家、中国青年的良师益友、《中国青年杂志》的创始人之一。他的名言"人生应该如蜡烛一样，从顶燃到底，一直都是光明的。"正是他的真实写照。

1927 年 4 月 22 日在南京石头城监狱被杀害。

2021 年 5 月 15 日

陈延年、陈乔年

子批父道更英雄，大义凛然说大同。

志士无畏勤奋斗，惊雷有意育青松。

追随马列身犹直，摒弃前科意最丰。

为党能将生死忘，后人谨记建楼功。

注：陈延年、陈乔年（1898年—1927年），陈独秀长子和次子。均为中共早期领导人，为中国解放革命事业做出过巨大贡献。

1919年12月下旬，陈延年和陈乔年一同赴法国勤工俭学。1921年，他俩摒弃原先信仰的无政府主义，转而信仰马克思主义。1922年冬，经中共中央批准，陈延年和陈乔年加入中国共产党。1924年回国。1927年4月27日中共五大召开，陈延年当选为中央委员、政治局候补委员。陈乔年也出席了这次会议，并被选为五届中央委员。由于叛徒告密，陈延年于1927年6月26日于上海被捕入狱，7月4日英勇就义，年仅29岁。1928年2月16日，中共江苏省委在英租界北成都路刺绣女校秘密召开各区委组织部长会议。陈乔年主持了这次会议。由于叛徒唐瑞林告密，敌人突然包围了会址，陈乔年和江苏省委机关的负责同志被捕，1928年6月6日，敌人在上海枫林桥畔将年仅26岁的陈乔年枪杀。

2021年5月17日

张太雷

正遇妖魔盖地生，屠刀闪亮现狰狞。

英雄斗士无畏色，诡谲风云见俊英。

初试茅枪兴赤卫，勇擎武器演精兵。

冲锋陷阵羊城地，一面旌旗万载名。

注：张太雷（1898年6月17日—1927年12月12日），原名曾让，字泰来，学名复，自号长铗，参加革命后初名春木、椿年，后改太雷，

男，汉族，中国共产党的优秀党员，杰出的无产阶级革命家，著名的政治活动家、宣传家，中国共产党早期的重要领导人之一，是中国共产主义青年团的创始人之一和青年运动的卓越领导人，是广州起义的主要领导人。他是第一个被派往共产国际工作的中国共产党的使者、也是中国社会主义青年团最早派往青年共产国际的使者之一，是党内著名的政治活动家、宣传家。1927年12月12日，他在广州起义战斗中被敌人枪击，中弹身亡，年仅29岁。张太雷为探索中国革命道路献出了年轻的生命，成为中共历史上第一个牺牲在战斗第一线的中央委员和政治局成员。

2021年5月18日

周文雍、陈铁军

刑场婚礼史无前，笑对屠刀心坦然。

既把枪声当礼乐，更将铁链作披肩。

青春虽短殷红血，伟业永存天地仙。

革命英雄成主义，钢身铁骨固山川。

注：陈铁军，1926年，加入中国共产党，先后担任广东妇女解放协会执行委员会委员兼秘书长、省港罢工劳动妇女学校教务主任。1927年4月15日，国民党反动派在广州发动四一五反革命政变，陈铁军不顾个人安危，化妆成贵妇潜入广州柔济医院，及时将反革命政变消息通知正在住院的中共广东区委妇委书记邓颖超，使其安全撤离。四一五反革命政变后，陈铁军被学校开除，来到香港。同年8月，陈铁军接受组织安排，与周文雍假扮夫妻，一起返回广州恢复党的工作，并为广州起义做准备。

周文雍，1905年出生于广东开平，1925年加入中国共产党。曾任中共广东区委工委委员、广州工人纠察队总队长、中共广州市委组织部部长兼市委工委书记等职。

因叛徒出卖，周文雍与陈铁军同时被敌人逮捕。1928年2月6日下午，两人被押往广州东郊的红花岗刑场。一路上，两人沿途高呼"打倒国民党反动派""中国共产党万岁"。行刑前，他们决定将深埋在心底的爱情公布于众，并庄严宣布结婚。刑场上，两人并肩屹立，英勇就义。刑场成为礼堂，反动派的枪声成为他们结婚的礼炮。

2021 年 5 月 20 日

夏明翰

自信真金定发光，便向潇湘寄热肠。

初心最认崇真理，革命当思习武装。

为救中华驱苦难，甘捐躯骨固山冈。

诗刀励志后人继，滚滚洪流万里长。

注：1917 年，出身豪绅家庭的夏明翰违背祖父心愿报考新式学校。1919 年在衡阳参加学生爱国运动。1921 冬年，经毛泽东、何叔衡介绍，夏明翰加入中国共产党。1924 年任中共湖南省委委员，并负责农委工作。1925 年兼任湖南省委组织部长、农民部长和长沙地委书记。极力主张武装农民。1927 年春，任全国农民协会秘书长兼武汉中央农民运动讲习所秘书。6 月，调回湖南，任中共湖南省委委员兼组织部长。八七会议后，在湖南积极参加组织秋收起义。10 月，兼任平（江）浏（阳）特委书记。1928 年初，调任中共湖北省委常委。同年 2 月，在汉口被敌人逮捕。1928 年 3 月 20 日（农历 2 月 29 日），夏明翰在武汉汉口余记里被杀，时年 28 岁。他留下的那首正气凛然的就义诗，激励和鼓舞着一代又一代中国共产党人为了理想信念不惧牺牲，英勇奋斗。

2021 年 5 月 21 日

向警予

妇运先驱第一人，始从少小练清晨。

胸怀解放凌云志，手举红旗烈女身。

不畏艰难图救国，敢朝魔窟斩荆榛。

虽逢恶鬼撕铮骨，赴义从容为迎春。

注："为妇女解放奋斗一生"。向警予原名向俊贤，1895 年出生，是中国共产党创建时期重要领导人之一，杰出的共产主义战士，忠诚的无产阶级革命家，中国妇女运动的先驱和领袖。向警予年幼就接受新式教育。她将自己的名字改为向警予，寓意时刻敲响警钟提醒自己，不要忘记求学救国。1922 年，向警予加入中国共产党。7 月，出席中国共产党第二次全国代表大会，当选为中央委员，担任中央妇女部第一任部长。随后，她参与和领导了多次罢工斗争。1927 年 7 月，汪精卫叛变革命，大革命失败，但向警予坚持留在充满白色恐怖的武汉，继续开展地下斗争。1928 年 3 月 20 日，向警予因叛徒出卖不幸被捕。在狱中，敌人用尽了一切手段，没有从她口中得到党的任何机密。同年 5 月 1 日，向警予英勇就义，时年 33 岁。

2021 年 5 月 22 日

王尔琢

此生亮丽在青春，直借东风灭毒菌。

北伐征程初亮剑，井冈坳口数躬身。

战争锤炼人才出，大道驰骋宝马驯。

正值英年能挂帅，偏逢折柱化山神。

注：王尔琢（1903 年 1 月 23 日—1928 年 8 月 25 日），又名蕴璞，湖南省石门县人，中国工农红军优秀指挥员。1924 年考入黄埔军校第一期，同年秋加入中国共产党。1927 年，任国民革命军第 4 军 25 师 74 团参谋长。1928 年 1 月，参加领导湘南起义，任工农革命军第 1 师参谋长；4 月，朱德与毛泽东部队井冈山会师后，王尔琢任中国工农红军第 4 军参谋长兼第 28 团团长，协助毛泽东、朱德指挥五斗江、草市坳和龙源

口等战斗，为保卫和发展井冈山革命根据地做出了重大贡献。1928 年 8 月 25 日，在江西崇义思顺墟追击叛徒时，英勇牺牲，年仅 25 岁。

2021 年 5 月 23 日

苏兆征

党旗举处为工农，百万征程志满胸。

激起岭南千尺浪，运筹省港一青松。

常将生死忘身外，但有忠诚赴任从。

专迎朝阳光照日，呕心沥血化灵龙。

注：苏兆征（1885—1929 年 2 月 25 日），原名苏吉，广东香山县淇澳岛淇澳村人（今珠海市淇澳岛人）。他是中国工人运动的先驱和著名领袖，中华全国总工会的主要创建人和领导人，国际工人运动活动家，中国共产党早期重要领导人之一。

1925 年春加入中国共产党。参与领导震惊中外的香港海员大罢工和省港大罢工。此后，苏兆征历任中华全国总工会委员长，中央政治局候补委员，中央临时政治局常务委员，中央政治局常务委员。1927 年推举为广州苏维埃政府主席。1928 年春，苏兆征赴苏联参加赤色职工国际第四次代表大会和共产国际第六次代表大会，均当选为执委会委员，并当选为农村工会国际副委员长。在莫斯科期间，苏兆征出席了党的"六大"，当选为中央政治局委员、常委。1929 年 2 月在上海病逝。

2021 年 5 月 25 日

彭湃

曾经农运首开山，澎湃风云向海湾。

焚契脱胎追理想，举旗奋斗战荒蛮。

野田有鬼需摧穴，大众无权苦有潸。

便引贫民征腐恶，改天换地在人间。

注：彭湃（1896 年 10 月 22 日—1929 年 8 月 30 日），乳名天泉，原名彭汉育，广东省海丰县城郊桥东社人（今广东省汕尾市海丰县海城镇），曾用过王子安、孟安等化名。出身于工商地主家庭。1921 年加入中国社会主义青年团，1924 年初由团转入中国共产党。1927 年 10 月，在广东海陆丰地区（今汕尾市）领导武装起义后，建立了海丰、陆丰县苏维埃政府（这是中国第一个农村苏维埃政权）。1929 年 8 月 30 日在上海龙华英勇就义，时年仅 33 岁。

2021 年 5 月 27 日

杨开慧

粲如云锦织千重，湘水板仓腾凤龙。

淑女翻天成大事，弱躯救国蔑虫蛩。

偏朝魔窟挥仇剑，敢叫青春化苍松。

骄杨一与嫦娥舞，旭日东升意最浓。

注："牺牲我小，成功我大"。杨开慧（1901 年 11 月 6 日—1930 年 11 月 14 日），号霞，字云锦，湖南长沙板仓人（现长沙县开慧镇），杨昌济之女。1920 年冬，杨开慧和毛泽东结婚，1922 年初加入中国共产党，成为毛泽东的助手。大革命失败后，毛泽东去领导秋收起义，开展井冈山根据地斗争；杨开慧则独自带着孩子，参与组织和领导了长沙、平江、湘阴等地武装斗争，发展党的组织，坚持革命整整 3 年。1930 年 10 月，杨开慧被捕，她拒绝退党并坚决反对声明与毛泽东脱离关系，她坚定地说："牺牲我小，成功我大"，随之被害。1957 年，毛泽东为纪念杨开慧特写了《蝶恋花·答李淑一》词一首，赞其为"骄杨"。

2021 年 5 月 28 日

恽代英

生于浩劫意难收，恨看荒村多骨骸。

不敢苟安忧自痛，真诚救国报深仇。

纵横驰骋拼无止，热血奔流染九州。

身陷囚笼争大义，青年楷模照千秋。

注："中国青年永远的楷模"。出生在书香门第的恽代英青年时也立下了为祖国和社会服务的大志。1920年，恽代英创办利群书社，后又创办共存社，传播新思想、新文化和马克思主义。1923年，恽代英被选为中国社会主义青年团中央执委会候补委员、宣传部部长。之后，他从事国共合作的统一战线工作，在1925年参与领导了"五卅"运动。1927年1月，恽代英到武汉主持中央军事政治学校工作，任政治总教官，参与组织领导了南昌起义和广州起义。1928年6月，恽代英到上海任中共中央宣传部秘书长等职。1930年恽代英在上海被捕。在狱中，恽代英面对敌人的威逼利诱坚贞不屈。1931年4月29日，恽代英在南京英勇就义，年仅36岁。

"浪迹江湖忆旧游，故人生死各千秋。已摈忧患寻常事，留得豪情作楚囚。"这是广州起义领导人之一、中国青年的领袖和导师恽代英就义前留下的感人肺腑的诗篇。

2021年5月30日

蔡和森

湘江涌动历初春，论道求经聚友人。

赴法邮轮方激水，便将"向导"播甘醇。

身居要位无私念，立党为公真笃仁。

虽是遭逢虫蛀害，功名万册载奇珍。

注："用生命践行立下的誓言"。1913年，18岁的蔡和森入湖南省立

第一师范学校学习，与毛泽东成为同学，结为挚友。1918年，他与毛泽东等组织新民学会，创办了《湘江评论》。为了探寻中国革命道路，1919年12月，蔡和森赴法国勤工俭学，学习并翻译了上百种介绍马克思列宁主义和俄国革命的书籍。蔡和森同国内的毛泽东等人通信，第一次提出要"正式成立一个中国共产党"。1921年12月，回国不久的蔡和森加入中国共产。1922—1925年，蔡和森长期主编中共中央机关报《向导》周报，宣传马克思主义和党的方针政策，总结中国革命经验。他曾任中央政治局常委、中央宣传部部长、中共中央南方局书记。1931年，因叛徒出卖，蔡和森被捕牺牲，年仅36岁。

2021年6月1日

黄公略

天兵惩恶有黄公，直举旌旗赣水红。

曾赴广州兴赤卫，指挥游击建奇功。

勤酬威武腾三虎，怒斥招抚跼劣熊。

不信时光停此刻，悲歌激越哭英雄。

注：黄公略（1898—1931），湖南省湘乡人，是红军将领、军事家、中国共产党早期领导人之一。

黄公略曾在黄埔军官学校学习，毕业后参加北伐战争。同年入黄埔军校高级班学习。1927年加入中国共产党。同年参加广州起义。1928年参加领导平江起义。曾任中国工农红军第五军副军长、第三军军长。在中央革命根据地三次反"围剿"战役中屡建战功。1931年9月在战斗中负伤牺牲。与林彪、伍中豪一起被称为井冈山斗争时期毛泽东的"三骁将"。

2021年6月3日

韦拔群

起事东兰左右江，广西农运便开腔。

虽逢黑暗心无惧，创建武装明有窗。

立足苏区游击战，加强纪律铁臂桩。

降龙伏虎功常在，只怨叛徒成毒蛮。

注：韦拔群，1894年生，广西东兰人。早年就读于广西法政学堂。1916年初，在贵州加入讨伐袁世凯的护国军，参加了护国战争。后进入贵州讲武堂学习，毕业后在黔军张毅部任参谋。在五四运动的影响下，1920年，韦拔群离开黔军，在广州参加"改造广西同志会"，并担任该会政治组副组长，积极投入讨伐旧桂系军阀陆荣廷的革命活动。1921年9月，韦拔群返回家乡东兰县，从事农民革命运动。先后组织"改造东兰同志会"（后称农民自治会）和"国民自卫军"（后称农民自卫军），把农民运动和武装斗争逐渐结合起来。1923年夏指挥农民军三打东兰县城，揭开了右江农民武装斗争的序幕。

1925年初，韦拔群入广州农民运动讲习所学习。结业后回东兰继续从事农民运动，主办农讲所，培养骨干，发展农会和农民武装，把农运推向右江地区。1926年，领导成立东兰县革命委员会，任主任，同年冬加入中国共产党。1927年，大革命失败后，仍在当地坚持武装斗争。1929年12月，韦拔群参与领导百色起义，建立右江苏区，任右江苏维埃政府委员、中国工农红军第7军第3纵队司令员。1930年10月，红7军集中在广西河池整编，把原来的3个纵队改编为3个师，韦拔群任第21师师长，率部留守右江苏区。他坚决服从党的决定，并把第21师1000多名精壮官兵补充到即将远征的两个主力师，表现出以全局利益为重的崇高品质。红7军主力离开右江苏区后，韦拔群带领百余人留在右江地区。他发动群众，组织扩建部队，在极其艰苦的条件下坚持游击斗争。他坚定地说："革命者要不怕难，不怕死，坚决为人民的利益牺牲自己的一切。"1932年10月19日凌晨，韦拔群被叛徒杀害于广西东兰赏茶洞，时年38岁。

2021年6月5日

邓中夏

五四时代便风云，学运潮流织党群。

深入工农传马列，投身革命历耕耘。

曾经四处披肝胆，只教中华起大萌。

视死如归情最烈，歌声震鬼树功勋。

注：邓中夏（1894年10月5日—1933年9月21日），男，汉族，字仲澥，又名邓康，湖南省宜章县人。1920年10月参加北京的共产党早期组织。1923年参加创办上海大学，任教务长。1925年中华全国总工会成立后，任秘书长兼宣传部长，参与组织领导省港大罢工。大革命失败后，参加党的八七会议，被选为中央临时政治局候补委员。1928年赴莫斯科，任中华全国总工会驻赤色职工国际代表。1930年回国后被任命为中央代表赴湘鄂西根据地，任湘鄂西特委书记、红2军团（后改为红3军）政委、前敌委员会书记、中央革命军事委员会委员。1932年到上海任全国赤色互济会总会主任兼党团书记。1933年5月被捕。1933年9月21日，他高呼着"中国共产党万岁"的口号，昂首走向刑场，英勇就义。

2021年6月10日

钱壮飞

龙潭孤胆有仁人，隐姓埋名只为真。

大胆精心谋密令，严明纪律耐孤辛。

智传情报解危局，巧借先机灭毒菌。

奉献平生应为党，苗山到处隐飞身。

注：钱壮飞（1895年9月25日—1935年4月1日），男，汉族，本名钱北，又名钱潮，浙江湖州人，中共隐蔽战线的"龙潭三杰"之一。

1915年考入北京医科专门学校，1919年毕业后在医院工作；1926年加入中国共产党。1928年初到上海，入上海无线电管理处任职；1929年底，打入国民党中央组织部党务调查科，任徐恩曾的机要秘书；1931年4月25日，钱壮飞及时将顾顺章叛变的绝密消息告知中央，为保卫中共中央机关的安全做出了重大贡献；后进入中央苏区，历任中革军委政治保卫局局长等重要职务；1934年10月参加长征，遵义会议后被任命为红军总政治部副秘书长。为侦察南渡乌江路线只身进入黔西县沙土区长坝乡梯子岩一带附近的丛林，随即失踪，后被判定为牺牲，中华人民共和国成立后被民政部追认为革命烈士。

2021年6月12日

瞿秋白

辟路光明为党群，融通马列著雄文。

译歌震撼山河激，历会同驱危急云。

坦荡应如秋白志，忠诚奈有夏初蚊。

才华横溢为谁是？论道情深忆瞿君！

注："辟一条光明的路"。1920年，21岁的瞿秋白作为《晨报》记者去到莫斯科，誓为大家辟一条光明的路。1923年，瞿秋白回国后担任《新青年》等刊物主编，发表了大量文章，为党的思想理论建设做出开创性贡献。他所翻译的《国际歌》也是我国最早能够传唱的版本。在1927年大革命失败的历史关头，28岁的瞿秋白主持召开了八七会议，为挽救党和革命做出了重要贡献。会后，他担任中共中央临时政治局委员、常委、主席，主持党中央工作。1931年起，瞿秋白在上海同鲁迅一起领导左翼文化战线的斗争。1935年，瞿秋白被捕。面对敌人的枪口，36岁的

瞿秋白背着手拍下了人生的最后一张照片，从容就义。

2021 年 6 月 15 日

方志敏

入团入党为人民，大义凛然还至纯。

始自真经寻养料，还将马列化甘津。

心仪禹甸清贫志，情向山河满地茵。

可爱中华勤奋斗，捐躯哪管是粉身！

注：方志敏（1899 年 8 月 21 日～1935 年 8 月 6 日），原名远镇，乳名正鹄，号慧生。江西上饶市弋阳漆工镇湖塘村人，中国共产党革命家、政治家、军事家、杰出的农民运动领袖，土地革命战争时期闽浙（皖）赣革命根据地和红十军团的缔造者。

1922 年 8 月加入中国社会主义青年团。1924 年 3 月转入中国共产党。1928 年 1 月，参与领导弋横起义，创建赣东北苏区。先后任赣东北省、闽浙赣省苏维埃政府主席，红 10 军、红 11 军政治委员，中共闽浙赣省委书记。他把马克思主义与赣东北实际相结合，创造了一整套建党、建军和建立红色政权的经验，毛泽东称之为"方志敏式"根据地。1935年 1 月 29 日被捕，8 月 6 日牺牲，时年 36 岁。

2021 年 6 月 18 日

结束语

长册翻开即画图，睡狮一跃变雄夫。

只因有党能圆梦，便借君身灭鬼狐。

时见番邦常喊喊，莫成池鸭只呼呼。

虽过三峡长江阔，征途之后又征途。

2021 年 6 月 22 日

附：组诗——纪念中国共产党九十华诞

《丰碑》之一（横空出世）

列强掠地挥刀疾，华夏愚穷被鬼欺。

敢做千年强国梦，难逢一面舞龙旗。

惊涛拍岸红船出，闪电凌空号角持。

奋起工农争独立，星光北斗化晨曦。

《丰碑》之二（肩负重任）

人民选党举红旗，重负千钧义不辞。

即赴疆场驱腐朽，亦从鬼窟捉顽螭。

躯捐国土无犹豫，血洒山河有赞诗。

倭灭蒋亡欢庆日，中华屹立已难欺！

《丰碑》之三（英烈千秋）

一面红旗血染成，中流砥柱出精英。

抛颅裂骨情愈烈，卫国兴邦志更明。

青史绵绵千册载，丹心耿耿万年铮。

任劳忍怨初宗在，誓保江山万代荣。

《丰碑》之四（红军长征）

灯映红缨八角楼，征途血染铁关头。

雪山草地褴衣薄，木舟短桨酋弹稠。

百万蒋军虽堵截，无畏勇士巧筹谋。

红旗展处明光显，绝世艰难一脑休。

《丰碑》之五（延安窑洞）

一片黄尘一片天，方方窑洞住忠贤。

航船破浪航程险，剑利除妖剑鞘坚。

即便顽凶千层毒，难松勇士万钧拳。

延安伟业神州颂，奋斗精神代代传。

《丰碑》之六（西柏坡赞）

西柏坡头说往年，沙场决战敢为先。

思迎朝霞争日月，调弹新曲奏和弦。

英雄不做昙花梦，伟业偏需霸主鞭。

抛却双骄留壮志，进京务必不停船。

《丰碑》之七（天安门颂）

霾云散处露霞光，党立功勋永不忘。

领袖城楼宣建国，中华大地喜逢昌。

红旗猎猎金星舞，热血盈盈志气昂。

铁甲长安街上过，蛟龙一跃起东方。

《丰碑》之八（抗美援朝）

魔鬼凶顽玩火狂，硝烟漫进我边疆。

周身楚痛需抚慰，邻国仇愁当共襄。

彭总横刀驰异域，岸英殷血洒他乡。

纵然十六联军狠，剑出雄风敌胆丧。

《丰碑》之九（经济建设）

立党扶民入党纲，专攻破立善弛张。
掀翻旧屋修东殿，拆掉陈檐换画梁。
敢斗龙王除鳌螫，能邀玉兔会吴刚。
粮仓积满飞星箭，国富家宁胜汉唐。

《丰碑》之十（改革开放）

小丑从来最跳梁，腥膻欲去有葱姜。
清源正本修经典，返璞归真促纪纲。
疑虑三番凝步履，南巡一语见霞光。
腾飞机遇需珍惜，开放中华更盛昌。

《丰碑》之十一（国庆阅兵）

建国欣逢六二秋，群情振奋九霄头。
神鹰迅捷长空舞，铁甲轰鸣大地流。
箭驻弓弦寻盗贼，弹从机轨指蕃酋。
三军协作神威力，警告顽凶莫结仇。

《丰碑》之十二（九十华诞）

九十年华旷世功，神州崛起有英雄。
开天辟地擎天柱，伏鬼擒妖慄鬼风。
螳臂挡车枉费力，蚍蜉撼树自归空。

浪淘滚滚东流水，代代中华代代红！

庆祝中国共产党成立九十周年

石库门中修党章，南湖一举定慈航。

神州已改懦夫貌，百姓终除弱者装。

辟地开天驱鬼蜮，抛颅洒血逐麋獐。

蛟龙跃跃红旗舞，家国兴祥颂太阳。

注：所附的十几首诗，是在建党九十周年时写的，写格律诗刚起步。

《古代十大名弓》篇

第十、龙舌弓

器宇轩昂七尺男，辕门射戟战犹酣。

良驹赤兔虎添翼，骍木龙筋酒续谈。

世出根基虽显赫，只缘事主性贪婪。

威名不与君身配，耿耿此心居十龛。

注：用龙筋制作弓弦的传说中的名弓，速度和准确性极高。三国时吕布用龙舌弓辕门射戟。

第九、游子弓

宋时月照宋时关，百步穿杨不一般。

为有花荣修技法，相看"李广"走梁山。

秦明正巧逢高手，黄信焉能做老蛮？

人说归心如疾箭，臂开"游子"见弓弯。

注：力猛弓强，离弦之箭如游子归家般急切。北宋时花荣所用，花荣多次用箭法建立奇功。宋江三打祝家庄，花荣射落祝家庄的指挥灯，使祝家庄兵马自乱。

第八、神臂弓

鹏举[1]竟开神臂弓，抗金屡屡建奇功。

随身此是真情物，壮士檀弨陡起风。

扎透七重摧万敌，顿生二石[2]倒山松。

英雄可惜逢迟世，未叫筋弦护赤忠。

注：史书记载——神臂弓"实弩也。以山桑为身，檀为梢，铁为枪膛，钢为机，麻索系札，丝为弦""射三百步，透重札"。相传为岳飞所用。

1. 岳飞，字鹏举。

2. 石［dàn］，衡名，百二十斤为石。又三十斤为钧，四钧为石。

2021 年 3 月 16 日

第七、灵宝弓

汉代将军箭一壶，骁骑相伴上征途。

风吹草动惊雷疾，羽疾声深巨石酥。

身勇有余谋不足，路迷无奈自提颅。

只因灵宝弓威利，万匹雁门俘北奴。

注：灵宝弓是中国古代十大名弓之一，是西汉飞将军李广所用之弓。李广射虎是记载于司马迁史记里面的故事，原文是："广出猎，见草中石，以为虎而射之，中石没镞，视之石也……"唐代诗人卢纶还专门为此事写了一首诗："林暗草惊风，将军夜引弓。平明寻白羽，没在石棱中。"

第六、万石弓

老当益壮说黄忠，万石张开疾似风。

六十何由征四十？钢弓必定胜桑弓。

只因关羽拖刀计，强使汉升瞄顶红。

斗罢长沙经百战，丝弦常教立奇功。

注：相传黄忠手中的宝弓名为"万石弓"。三国时期的老将黄忠，

年近六旬仍能打平壮年关羽，他也成为后世"老当益壮"的代名词。在黄忠跟关羽的第三场大战中，黄忠为了谢关羽之前的不杀之恩，放箭射中关羽的盔缨，吓得关羽拨马回阵。

第五、震天弓

震天弓响箭离弦，五甲频穿再向前。

提携征辽频射虎，随身杀敌见飞铅。

白衣素素如蝴蝶，飞羽"嗖嗖"出淡烟。

三箭天山君演绝，威名从此镇云边。

注：公元661年，薛仁贵奉命率军在天山一带与突厥人决战。突厥人方面率军作战的就是号称为"天山射雕王"的颉利可罕，率兵十多万。战斗开始，突厥军就精选十几个骁勇强壮的将士向唐军挑战。颉利可罕最赏识的三员大将元龙、元虎、元凤出现在前面，只见薛仁贵镇定自如，持此弓射击，三箭连发，龙、虎、凤应声倒下。顿时，突厥军吓得乱作一团，纷纷投降，唐军取得重大胜利，薛仁贵威名大震。"将军三箭定天山，战士长歌入汉关"，成为唐军长期传唱的歌谣。

2021年3月17日

第四、射雕神弓

相伴骁骑并大刀，东征西讨最风骚。

雪山纵说干戈事，马背呼啸蒙古袍。

伐夏攻金追里海，探囊取物拔雕毛。

问君功自何方得，但借神弓羽箭翱。

注：射雕神弓的主人是成吉思汗，是古今中外著名的历史人物。他的射雕神弓在他征战的一生中立下了汗马功劳，"只识弯弓射大雕"，说的就是他。成吉思汗用他的弓箭和铁骑征服了世界上最广大的国家，甚

至他的子孙铁穆尔在旗帜上画了三个圈，象征占领了世界的四分之三。

第三、霸王弓

十五童孩斗黑龙，抽筋搓股意真浓。

攀身玄铁今从手，蓄力霸王翎借锋。

破釜沉舟关隘近，焚宫设宴绛烟凶。

功名未就乌江别，最敬神弓不附庸。

注：这把弓乃是当年楚霸王项羽的随身之物，"霸王弓"威力无比，弓身乃玄铁打造，重127斤，弓弦传说是一条黑蛟龙的背筋。相传项羽15岁那年，乌江中有黑蛟龙作恶，危害四乡。项羽听说后，当夜单枪匹马来到乌江，找到黑蛟龙。与黑蛟龙搏斗了一天两夜，把黑蛟龙杀死，取得此筋搓股为弦。黑蛟龙乃至寒之物，坚韧异常，故此弦不畏冰火，不畏刀枪。"

第二、轩辕弓

精华集聚便成弓，直向蚩尤三点胸。

立鼎中华成始祖，又骑龙背进天穹。

乌号隐影无相识，六岁灵童竟启封。

偷射轩辕开臂后，流星箭透玉清宫。

注：本是轩辕黄帝选用"泰山南乌号之柘，燕牛之角，荆麋之弭，河鱼之胶"精心制作的一张弓，名叫轩辕弓。蚩尤被黄帝轩辕用此弓"三箭穿心"而亡！在《封神演义》中又名乾坤弓，和震天箭一对，乃镇"陈塘关"之宝，为哪吒所用，骷髅山白骨洞的碧云童子被这一箭正中咽喉，翻身倒地而死。箭上刻有李靖的官名，相传此弓被黄帝用于大破蚩尤之后，除了哪吒，就再无人能拿起并拉动它。

第一、落日弓

素缯一并合彤弓，后羿提弓便起风。

越水翻山临海岸，飞翎张臂射天宫。

妖妖九日循声落，灿灿一轮留碧空。

始有今朝转四季，食衣无虑见昌隆。

注：《山海经·海内经》记载："少暤生般，般是始为弓矢。帝俊赐羿彤弓素缯，以扶下国，羿是始去恤下地之百艰"。《淮南子·本经训》："逮至尧之时，十日并出，焦禾稼，杀草木，而民无所食。猰貐、凿齿、九婴、大风、封豨、修蛇皆为民害。尧乃使羿诛凿齿于畴华之野，杀九婴于凶水之上，缴大风于青邱之泽，上射十日，而下杀猰貐，断修蛇于洞庭，擒封豨于桑林。"

2021 年 3 月 19 日

《古代十大弓手》篇

第一、后羿

群蝉戚戚是何因 [1]，未及髫年已只身。

施箭寻门经典事，除凶剪日四时春。

太康失国弦丝响 [2]，娥女偷丹后羿瞋 [3]。

帝俊彤缯成正果，张弓搭箭化天神 [4]。

注：1. 羿在五岁时，他的母亲把他放在大树下，待到想去树下带走羿时，群蝉俱鸣，遂抛弃了羿。

2. 太康失国、后羿代夏。但后羿只顾四处打猎，将政事交于寒浞打理，后被寒浞所杀。

3. 嫦娥偷吃灵丹之典。

4. 神话中后羿之箭连射天上九个太阳，这个第一名当之无愧。

第二、纪昌

甘蝇有技传飞卫，飞卫西宾说纪昌。

教练纪昌睛定术，便将毛虱视如墙。

师徒论道师添喜，弟子开弓弟欲强。

中路端锋相触后，邯郸武士不开张。

注：纪昌，战国时期时赵国邯郸人，有纪昌学箭之典故，师从飞卫。纪昌把飞卫的功夫全部学到手以后，觉得全天下只有飞卫才能和自己匹敌，于是谋划除掉飞卫。终于，有一天两个人在野外相遇。纪昌和

飞卫都互相向对方射箭，两个人射出的箭正好在空中相撞，全部都掉在地上。最后飞卫的箭射完了，而纪昌还剩最后一支，他射了出去，飞卫赶忙举起身边的棘刺去戳飞来的箭头，把箭分毫不差的挡了下来。于是，两个人都扔了弓相拥而泣，彼此拜在路上，认为父子，发誓不再将这种技术传给任何人。纪昌死后，邯郸城内的武士们都耻于张弓舞剑，故有"邯郸武士不开张"之说。

第三、养由基

指头擒住四方箭，两臂劲开千斤弓，

百步穿杨传后世[1]，三翎平叛说前功[2]。

调弓瑟瑟猿哀木[3]，万羽声声血已红[4]。

壮士暮年弦太过，吴人已学战车疯。

注：1. 养由基，楚国名将，原为楚庄王近卫军成员，任楚国宫厩尹，古代著名神箭手，百步外射柳叶百发百中。成语"百步穿杨"典故出此。

2. 楚庄王时，令尹斗樾椒造反，养由基一连接住斗樾椒射来的三箭，并一箭正中对方咽喉。

3. 有一次，楚王在园林中游玩，有只白色的猿在那里。楚王命令擅长射箭的人射它。箭射出去好几支，只见那白猿接住箭，嬉笑着。楚王就命令养由基来射。养由基刚拿起弓，那猿就吓得抱着树木号哭起来。

4. 吴楚之战中，养由基请命上前线杀敌立功，被吴军车战围困，死于乱箭之下。

2021 年 3 月 21 日

第四、黄忠

苍头万石臂开弓，白发依然频建功。

骏马临风湘有箭，关公冠顶羽生风。

定军山斩曹营将，天府声威五虎同。

面对新兵难服老，冲锋陷阵血丝红。

注：黄忠，三国时原刘表手下将领，神射无敌，后归蜀汉，三国时期七品上将（吕赵典张关马黄）之一，箭无虚发，在长沙之战中射中关羽头盔上的红缨而不偏一毫，关羽自叹，黄忠老将军真想取吾性命自是在百步之外。

第五、赵云

欲夺荆州假做亲，仲谋刘备说联姻。

子龙欣领锦囊计，皇叔喜怀娇美人。

戏演砸锅瑜不服，解铃信手孔明神。

赵云一箭风浪疾，圆满收官弓是因。

注：赵云，三国时期七品上将之一，刘备麾下第一名将，曾亲点赵云为其护身，从东吴归来时恰逢吴将丁奉和徐盛的兵船，时风大浪高，赵云挽弓一箭射断帆索和船的桅杆，吴兵皆惊，无人敢追赶诸葛亮。

2021 年 3 月 22 日

第六、哲别

射伤爱马是何人？猛将归降铁木真。

征战功封千户长，先锋陷阵"四獒"身。

席卷诸国弓弦响，大破联军羽簇驯。

从此威名扬久远，双雕一箭最传神。

注：1. 曾射伤铁木真（即成吉思汗）的爱马——白嘴黄马。

2. 哲别与忽必烈、者勒蔑、速不台以"朵儿边·那孩思"（四狗）

闻名。

哲别，箭无虚发，有一箭双雕之说，被蒙古人尊称为"箭神"，哲别这个名字后来也成了蒙古语中"神箭手"的代名词。

2021 年 3 月 23 日

第七、太史慈

多谋足智出东莱，箭计黄巾铁桶开。

子义孔、刘[1]缘太浅，慈归孙策识英才。

昌门饯别收兵卒，阿瞒"当归"[2]劝改胎。

已是铁心吴国将，请看校尉惹弓灾。

注：1. 孔刘，即孔融和刘繇，曾是太史慈（字子义）的东家。

2. 爱才的曹操，向太史慈寄了一封书信，内含少量当归，寓意游子当归，自己有心招募太史慈。

太史慈，三国时东吴名将。东莱黄县人，字子义。弓马熟练，箭法精良。原为刘繇部下，后被孙策收降，与曹魏交战时战死。年轻时单枪匹马凭一张弓箭冲出黄巾军的重围调来援兵解北海之围。归附孙策后在一次兵变中他一箭将一名校尉的手反钉在城楼之梁上，东吴第一神射将军。

第八、吕布

人中吕布弓娴熟，骁勇无谋猿马腹。

几择东家灭主公，寻常变挂添劳碌。

江淮大笑自归营，祸福相连遭杀戮。

惟有辕门解怨仇，舒怀一箭渔樵读。

注：吕布，三国时期七品上将之首，武功箭术无人可比，有"马中赤兔，人中吕布"之说，三百步外辕门射戟，一箭使得袁术刘备两家休战。

1.吕布率军追击袁术至江淮，在岸北大笑之而还。

第九、姜维

绝路祁山伯约归，孔明器重帐中围。

继承诸葛兴川汉，连结胡羌振蜀威。

文可挥毫筹百策，武能奋骥点军帷。

虽然"借"箭郭淮死，一计三贤命式微。

注：姜维，三国后期蜀汉名将，原为魏将，后被诸葛亮收为麾下，文武全才，诸葛亮死后为圆孔明生前之梦曾经"九伐中原"，基本解除了魏国对蜀汉的威胁。姜唯的箭法之高是有名的，在其中一次逃亡中弓箭用完的情况下空手接魏将郭淮连射的三支箭，然后以箭对箭，射杀了郭淮。

2021 年 3 月 24 日

第十、李广

世传骑射显神威，水势无常总有违。

尚武能开"灵宝"硬，小谋但"借"马驹飞。

风吹卧石疑成虎，令误挥刀命自归。

最敬将军诚笃厚，凶奴百姓俱唏嘘。

注：李广，西汉名将，善骑射，有"汉之飞将军"之称。他一次战

败被匈奴俘虏后趁敌人不备夺得一弓一马接连射倒匈奴数十人，箭法之准让后来的匈奴没人敢追。据说有次他出去打猎，误将一块大石头当成老虎（眼神还真差）竟一箭将石头射穿。

2021 年 3 月 25 日

《随意吟》篇

喜会校友

奚兄（志方，系高中同班同学，朱明娣亦是）来电称，朱明娣（上海市人，现居广州市）校友抵沪，甚喜，定于（2008年）9月24日在莘庄聚会，故赋一绝以记之。

同窗别后竟茫茫，消息来时喜欲狂。

即跳长龙拦的士，直从杨浦到莘庄。

又，余与朱明娣同学一别在1960年7月份，至今已四十多载矣，之间期信全无，今日重见，不胜感慨，故又作一诗。

赠校友

四十多年南北分，偏无驿站送新闻。

离时稚语情无识，会面深斑额有纹。

先叙青丝成白发，纵谈家国增气纷。

明天又要关山越，多唱几遍游子吟？

作于2008年9月26日晨，重修于2019年12月

水调歌头

儿子王珏和田翔喜结良缘

天意中丘箭，心仪系红弦。女牛婚殿欢驻，两小意绵绵。当

正青春年好，恰遇昌隆盛世，相伴又相牵。把手须相向，齐步再并肩。

灯火璨，掌声骤，贺声连。敢担重任，情向家国效忠贤。敬老尊幼友善，努力增光添彩，俭朴是源泉。昂首征途望，硕果结门前。

注：2008 年 12 月 28 日是小儿子结婚日（大儿子成婚于 2003 年 5 月 4 日），此词填于 2009 年元月。

贺儿王硕二十五岁生日

王家此日最高兴，硕果临门喜友朋。

祝贺声声多在耳，侬安句句似飞鹰。

生逢盛世颂旗帜，日出东方亮福灯。

快用心智追目标，乐从事业长技能。

作于 2009 年 9 月 24 日，2019 年 12 月重修

与裘建生共庆共和国六十华诞

金戈铁马壮歌喉，耳顺之年便退休。

今日同君镶七彩，邀龙引凤度金秋。

作于 2009 年 10 月 1 日 2019 年 12 月重修

复裘建生短信

心平气顺不忧伤，绿水青山做伴郎。

步履悠悠游四海，眼神炯炯觅风光。

上桥紧迫高阶逐，泼墨吟诗龙凤翔。

千万雄心朝百岁，童心鹤发共天长。

2009 年 10 月作，2019 年 12 月重修

祝友郑海菊生日

郑王姓序紧相连，家国情怀梦里牵。

海阔山葱恩泽惠，菊和兰丽赖甘泉。

生当敬仰高堂德，日照还依六合圆。

快看灵犀开大道，乐随山水舞翩翩。

2009 年农历九月十三日

中秋节复友短信

岂管银轮亏或圆，心中月亮最鲜妍。

倘君若为仙宫女，我献琼浆拨幺弦。

作于 2009 年中秋，2019 年 12 月重修

复友海菊贺教师节之短信

曾将岁月留军伍，耳顺来时终挂弩。

坐看风云涌浪涛，循声雷电闻金鼓。

纵横万里访名山，尽展千卷连远古。

都说退休心志伤，神情自若随龙舞。

2009 年 9 月 10 日

答友人

余生海上君生鲁，君值芳龄余岁多。

不是机缘能互识，方编短信共穿梭？

银河耿耿拥星月，凤乳醇醇润菊荷。

雨露殷勤秋叶翠，青春常驻我讴歌。

注：以上几首诗词，是在 2011 年前，尚未真正学习格律诗词的涂鸦，如果按照原样列出来的话，不合律、不合格之处比比皆是，绝对会引人哄堂大笑，贻笑大方。现在，呈现在大家面前的是经过了修改后的，可能仍有差错之处。

2010 年 1 月 18 日作，2019 年 12 月重修

童年记事之一

卸下腰门放马鞍，支锅架灶做三餐。

葱姜盐水蔬方熟，籼米糠麸火已完。

吹号排排兵入列，招呼饭饭我蹒跚。

不知此刻谁真饱，喜上眉心互对欢。

注：在上海战役打响之前，解放军部队在郊区驻扎。此时应是 1948 年秋冬了，我们这也驻有解放军官兵。战士拉我在他怀里喂我吃饭的情景还历历在目……

童年记事之二

纪律严明是铁军，军民合力势纷纷。

开天已把初衷定，劈地无非骨肉焚。

水载舟船行远路，浪掀竹筏淹昏君。

裂纹难辨金规在，亮节高风万众欣。

注：部队在转移时，都要把从老百姓家中所借的东西要归还，损坏的要赔偿，足见铁军纪律之严。因为借了我家一个砂锅，归还时发现些许裂纹，便在归还时附带了四个瓷碗。

童年记事之三

顽童最爱是新年，鱼肉荤腥压岁钱。

爆竹飞星忙缩手，果糖落袋最流涎。

摔牌席地难知髒，斗嘴抓衣却露棉。

此刻更无人管束，东南西北任疯癫。

童年记事之忆外婆

小船欲渡太平洋，却坠旋涡梦变长。

辍学农耕非本意，家贫停课实羞囊。

巧逢姥姥思亲女，更喜甥甥念学堂。

手递银钱诚助力，此情催我泪千行。

注：小学四年级第一学期（1952 年 9 月），我辍学已有一星期，恰逢外婆来，当外婆知道我的事后给了我五元钱，第二天交了学费又继续上学，也才有了我的今天。每每回忆起这件事，总会哽咽流泪。

忆在母校七宝中学

西是操场室在东，勤工俭学日程中。

课余三五聊时事，篱畔参差见戏童。

常去农家教识字。再修水道走舟篷。

长安有电从军后，从此传情借雁鸿。

到虹桥机场割草

蓬茅驻鸟害飞航，七点步行钻草场。

枝梗过肩风不透，中餐送晚腹空肠。

布鞋穿洞指尖露，手臂留痕关节僵。
慈母低头灯下坐，衣鞋缝补引针忙。

偶感之一

一生难得逢知己，虽是相逢却失缘。
内助贤良可至善，痴儿从任少和弦。
行人问候清晨露，父母魂归夜梦牵。
总觉人间知己少，常思郊外独春眠。

偶感之二

相逢未必能相识，相识如何变相知？
只叹飞鸿偏远赴，终于雏燕晚从迟。
心琴独奏千遍曲，烟墨孤书百首诗。
且待来年花再开，挥毫泼墨共谁持？

闻加薪有感之一

狠抓经济好纵横，统揽民生大事情。
奔向小康求富裕，直谋百姓煮鲜羹。
钱包鼓起人都乐，物价虽升钱仍盈。
闻得加薪欣喜后，常思救国举旗兵。

闻加薪有感之二

前期物价有飙升，恐有推波助澜僧。
大蒜登天成恶霸，生姜拔地上高层。

造将绿豆成奇货，又请大师燃幻灯。

捉鬼提薪平物价，民心向往是中兴。

说拉登归西

兴妖作怪有拉登，毁宇撕楼样样能。

曾是富豪皇室弟，扎根基地领头僧。

只因豢虎反遭咬，方有美军思换灯。

借问机关真相是，圣经里面也难明。

注：奥萨马·本·穆罕默德·本·阿瓦德·本·拉登，1957年3月10日—2011年5月1日），他是沙特阿拉伯王国利雅得省人，是"基地"组织首领，该组织被认为是全球性的恐怖组织。本·拉登笃信伊斯兰教逊尼派瓦哈比派。2011年5月1日，本·拉登被美军击毙。本·拉登被美国政府指控为1998年美国大使馆爆炸案和2001年9·11事件的幕后主谋，名列联邦调查局十大通缉要犯。2001年9月11日，美国指认本·拉登组织的恐怖分子劫持4架飞机撞击美国纽约世贸中心和华盛顿五角大楼，造成2998人死亡，世贸中心双塔垮塌、五角大楼严重受损，其中一架飞机准备撞击美国国会大厦，被劫持后不久坠毁在宾夕法尼亚乡间。

美国媒体开始狠批美国政府，称"这个曾在阿富汗反对苏联的大个子阿拉伯人，为什么在拿过我们的援助后，又来袭击我们？"

端午节感事

锅蒸粽子吐清香，又到龙舟击鼓翔。

岁岁香囊盛布袋，年年菖艾并雄黄。

苍龙大火南天正，屈原曹娥水梦长。

更留子胥介休说，堪看离骚读九章。

注：仲夏端午"飞龙在天"，苍龙的主星"大火"（心宿二）高悬正

南中天，龙气（阳气）旺盛；中国民众把端午节的龙舟竞渡和吃粽子等，都与纪念屈原联系在一起。端午节的第二个传说，是 5 月 5 日纪念春秋时期（公元前 770—前 476 年）的伍子胥。端午节的第三个传说，是为纪念东汉（公元 23—220 年）孝女曹娥救父投江。

　　介子推是寒食节与清明节由来传说的主角，可也有认为端午节的由来与介子推有关。据东汉时期蔡邕的琴曲著作《琴操》中说，端午节系为纪念先贤介子推。

忆魏以铨主任

政校招人到福州，君将来意说从头。

细声先叙家常事，诚告宜当孺子牛。

便作同门邻里坐，最能心底教春秋。

一从京去无音讯，何处飞鸿会送邮？

　　注：1985 年初，原空军政治学校（现为政治学院）招教员，魏以铨主任（文化教研室，师职）亲自到福空通信团（我当时的工作单位）进行考察审查，后在主任麾下当教员。不久，魏主任调任北京，至今杳无音讯，其一子仍居住在上海政院。此诗作于 2011 年 7 月，2019 年 12 月重修。

喜闻我国第一首航母下水

出生偏遇浪和风，穿过半球奔向东。

阅尽脱胎强骨史，练成巨霸越洋功。

正圆华夏长城梦，造就三军万石弓。

相伴海蛟刀剑利，敌酋谁敢再癫疯！

　　注：辽宁号航空母舰前身是苏联海军的库兹涅佐夫元帅级航空母舰次舰瓦良格号，20 世纪 80 年代中后期，瓦良格号于乌克兰建造时遭逢

苏联解体，建造工程中断，完成度68%。1999年，中国购买了瓦良格号，于2002年3月4日抵达大连港。2005年4月26日，开始由中国海军继续建造改进。解放军的目标是对此艘未完成建造的航空母舰进行更改制造，及将其用于科研、实验及训练用途。2012年9月25日，正式更名辽宁号，交付予中国人民解放军海军。

"达·芬奇"曝光有感

崇洋媚外便成灾，不是开窗丑照来。
缺失灵魂身不直，胸怀自信气如雷。
从商最显修身处，立德宜悬明镜台。
假冒名牌欺客户，终招恶报惹悲哀。

注：2011年7月份，一种名为"达·芬奇"意大利的家具，陷进了造假丑闻。家具行业遭遇了集体诚信危机，消费者则出现了不相信原产地、不相信进口、不相信实木家具的"三不信"现象，整个居行业亟待重建公信力。

性命辩

混沌初开两极分，人言"性""命"一根筋。
推崇唯物堪研习，破解玄机品素荤。
只后无前从鳏寡，惟前去后筑新坟。
双全最享真心福，一世情缘到永恒。

此诗作于2011年7月15日，2019年12月重修

随意吟之叹杭州钱塘江三桥部分桥面塌落

百年之计最争优，道理寻常莫忽悠。

标配建材当合格，施工技艺细筹谋。

流程慎密无暇疵，质量存疑不验收。

如此何来桥跨蹋，恐添猫腻未曾求。

注：2011 年 7 月 15 日凌晨 2 时许，浙江杭州钱塘江三桥北向南离滨江转盘不到 800 米处右侧车道部分桥面突然塌落，一辆满载钢板的货车从桥面坠落，又将下闸道砸塌，有司机受伤。钱江三桥是一座双独塔等跨斜拉索大型桥梁，位于杭州市区，横跨钱塘江。1993 年动工建设，1996 年竣工。此诗作于 2011 年 7 月 18 日，2019 年 12 月重修。

许迈永、姜人杰获死刑有感

苏杭本说是天堂，竟是贪婪好地方。

馋引许姜横阁殿，堪忧权力变豺狼。

人生只认孔方走，心志必将宗旨忘。

一路匆匆头不回，直奔地狱找刘张。

注：许迈永原为杭州市副市长，姜人杰原为苏州市副市长，因罪大于 2011 年 7 月 19 日上午被执行死刑。

"刘张"即刘青山、张子善，是在建国初期"三反"运动中查出的一起党的领导干部严重贪污盗窃国家资财案件的主犯。1951 年 11 月，中共河北省第三次代表会议揭露了刘、张的罪行。同年 12 月 4 日，中共河北省委做出决议，经中央华北局批准，将刘青山、张子善开除出党。1952 年 2 月 10 日，河北省人民政府举行公审大会，随后河北省人民法院报请最高人民法院批准，判处刘青山、张子善死刑。

歌唱农家乐

月弄烟云雾弄沙，舟横曲径接农家。

进门移座添茶水，切肉掀锅炒韭芽。

促膝诚言消主客，邀歌一曲抱琵琶。

三巡过后微酣意，窗外女童提熟瓜。

2011 年 7 月 24 日

知己辩

齐眉举案是如何？流水高山律韵多。

不在三餐饥或饱，堪同炎夏藕和荷。

竟无儿女情长事，常奏灵犀并蒂锣。

那怕僧尼追佛道，低吟浅唱最婆娑。

2011 年 7 月 27 日

读"好了歌"感赋

好了忏歌吟复吟，玄机哲理悟从心。

不期寒暑需留意，莫测风云早听音。

权重高官成死罪，年轻白领赴莹林。

功名利禄无根物，最好多存养老金。

2011 年 7 月 29 日

2011 年 7 月 23 日特大动车追尾事故感

雷鸣闪击闪雷声，电掣风驰风电横。

两列动车头尾吻，更生灾祸地空惊。

轿厢侧覆桥梁面，乘客死伤男女婴。

念及生灵遭祸害，各行各业别谠行。

注：2011 年 7 月 23 日 20 时 30 分 05 秒，甬温线浙江省温州市境内，由北京开往福州的 D301 次列车与杭州开往福州的 D3115 次列车发生追

尾事故，后车 D301 次四节车厢从桥上坠下。事故造成 40 人死亡、172 人受伤。

2011 年 7 月 30 日

随意吟之斥洋垃圾

崇洋过度最堪羞！浊气升腾毒汁流。

那怕废青污绿水，只思抓钞起高楼。

赴遥涉远何须是？养地护山谁计谋？

若是尊严都缺失，惟留软骨挂羊头。

注：有一段时间，走私洋垃圾成疯狂之势，危及卫生、环保、绿化，还不顾国家尊严、人民生命安全，几乎到了不可收拾的地步。

随意吟之斥冒假洋货

崇洋伤透国人筋，只为钱财愿自焚。

偏用智囊谋诡术，抛将国货印西文。

以差充好欺心眼，民企遭殃掘祖坟。

奇闻乱象须除却，霸气开刀向毒瘟。

注：以疵充好，以劣充优，以国货贴洋文标签充洋货的伎俩，一时间甚嚣尘上，到了无以复加的地步。

随意吟之斥毒奶粉事件

都道儿童是雏鹰，秧苗茁壮好攀升。

一分情愫千家喜，十载辛劳百世兴。

森永曾经先趟水，邯郸学步后提灯。

天公抖擞春雷起，一扫阴云玉宇明。

注：1955 年 6 月，日本森永集团在加工奶粉过程中通常会使用磷酸钠作为乳质稳定剂，而其在德岛的加工厂使用的劣质磷酸钠混入了砷，也就是俗称的砒霜，这会对婴儿造成神经、内脏的严重受损。2008 年发现，使用了三鹿集团生产的婴幼儿奶粉的婴儿被发现患有肾结石，随后在其奶粉中发现化工原料三聚氰胺。这就是日本森永集团的毒奶粉事件和中国三鹿集团的毒奶粉事件。

2011 年 8 月 1 日

"小三"下场

当有"小三"依富豪，到头却似腥前葵。

洋楼里面丢人格，铜臭堆中筑地牢。

白日疯歌空四壁，晚间浊泪溢千遭。

明朝早起换匙锁，色鬼新欢已举刀。

注：通常情况下，第三者被定义为破坏别人家庭和合法夫妻关系的人，是一种不健康的社会现象。

可巧梅花来助力

天帝因怜织女忙，允应嫁得好牛郎。

机杼既绝绢衣少，技艺生疏昼夜长。

罪迁恩爱忘归路，指划银河阻孽障。

从此双双流热泪，难能日日诉衷肠。

思盼七夕来巧夕，便是星光映水光。

可巧梅花来助力，鼓帆桥渡早依傍。

注：辛卯七夕，恰逢台风"梅花"，故戏说之。

七夕遇梅花

年复一年如转蓬，梅花七夕雨成疯。

银河隔断情人路，扁担承挑道德风。

王母玉皇筵百里，牵牛织女泪无穷。

并非口角阴云暴，电闪雷惊怒不公。

注：8月12日新民晚报夜光杯栏刊登一文，戏说七夕遇梅花台风，乃牛郎织女吵架洒泪。我以为是他们在倾诉上苍之不公也！

2011年8月13日

舆论暴银行乱收费

钱庄演变唤银行，本为平民作主张。

偏有暗箱操暗手，不须明白露明堂。

条文细则存猫腻，储户详情盖冷霜。

霸王宜倒赤霄拔，世道昌明效汉唐。

注：2011年8月6日《新民晚报》A13版载四家银行不合理收费，分别是为工、农、中、建。

2011年8月17日

医疗卫生事业本身需要认真医疗

白衣救死亦扶伤，天使口碑承久长。

时进谁知风气变，院深却道黑云藏。

望闻问切皆从简，辩证施疗俱不详。

难怪人人存困惑，华佗扁鹊在何方？

有一段时间，传闻白衣天使收受红包事件。确有此事！败坏了医德医风，污损了白衣天使的名声。

立秋感事

夏去秋来暑未休，乡亲父老庆丰收。

金瓜肉脯香薷汁，玉米高粱重膘油[1]。

坐看窗前云色白，遥闻树上唤声稠。

悠悠岁月如流水，忆在舅家牵老牛。

注：立秋，是二十四节气中的第 13 个节气，每年 8 月 7、8 或 9 日立秋。

1. 这一天民间素有"贴秋膘"一说，所谓的习俗称"啃秋"。

此诗作于辛卯立秋日

立秋后感事

西陆鸣蝉唱不休，秋来沪上暑难收。

厨房煎炸常流汗，日下骑车还出油。

东北枫红霜色白，南边地干旱声稠。

西部已是寒潮袭，可有柴禾去喂牛？

自由自在引无题

林间鹊雀绿争鸣，圃里桃莓竟发萌。

云且悠悠竟自在，波还滚滚任纵横。

古渊清澈池鱼恋，肥草广茂羁马争。

我欲因之增遐念，变成轻雾好飞升。

2011 年 8 月 17 日

致高实

高处虽寒共太清，不经风雨绝狰狞。

成仁赴义知崇礼，开智增商守信行。

温厚善良恭俭让，躬身自好孝廉明。

当能远眺穷千里，实吮阴阳日月精。

2011 年 8 月 18 日

悼吴铭绩老师

西南联大留身影，应募从军赴远征。

护国扶家驱日寇，教书传德献余生。

才能未及栋梁用，人格曾遭厉鬼轰。

不实铅华终洗后，先生驾鹤笑西行。

注：吴铭绩老师 1920 年出生，2011 年 8 月 17 日逝世。是西南联大 1944 年电气工程系毕业生，毕业后应招参加远征军抗日。因有此经历，传奇和坎坷相伴，后得平反。在七宝中学高中时，有幸聆听过吴老师的物理课。

2011 年 8 月 19 日

血燕遐想

秦皇寻药欲长生，尽遣方僧竟远征。

可惜无能知血燕，何如有技变精英？

添将色素推珍宝，隐匿真情再卖萌。

徐福应惭才不及，诚惶安敢露狰狞。

注：血燕其实就是燕窝的一种，它是燕窝中的精品，是金丝燕筑巢在山洞的岩壁上，与岩壁中的矿物质发生反应，这种燕窝从中吸收大量的微量元素铁，让它的颜色发生变化，成为人们看到的红色燕窝，人们也依据它的这种特点把它定名为血燕。

读文有感之一《文明辩》

注：读马尚龙《有些意思你从来不懂》有感，将几个词组写成几首诗以记之。

高楼耸立接天庭，直柱横梁好放经。
始得坚牢居久远，方能富贵到长青。
文当涵蓄除蛮野，明则张扬举善诚。
一旦珠联兼璧合，乾坤自在各安宁。

读文有感之二《宠爱辩》

长恨悲歌颂咏常，前人唱罢后人详。
六宫佳丽失风采，百媚杨妃舞羽裳。
宠幸来时多庆幸，爱情远去却无方。
"小三"鲜有登台日，不到坡前心不慌。

读文有感之三《尊严辩》

捧起杯盅宜自明，沉酣丑陋令人憎。
台前阔论台遮鬼，桌上狼犺桌引蝇。
需懂自尊勤守拙，应持严律戒骄矜。
中庸必定羞痴妄，眼亮兢擎循路灯。

读文有感之四《快乐辩》

金樽对月散千金，歌舞楼台抱色吟。
昨日红灯窗蔽眼，方才淖土草埋衾。
海盟山誓声离口，音快调高弦断琴。

爽快还求长久计，诵经危坐正衣襟。

读文有感之五《魂魄辩》

命独从身说命根，阴阳辩证系乾坤。

魂如气血流经络，魄似骨筋停脉门。

却道潜形能变有，还将感体瞬消痕。

人生在日同周旋，死去烟飞荡无存。

注：魂，形声。从鬼，云声。本义：灵魂，古人想象的能离开人体而存在的精神。魄，从鬼，从白，白亦声。汉字字义指依附形体而存在的精神，如：魂魄。丢魂落魄。魂飞魄散。

此五诗作于 2011 年 8 月 25 日前后

辛亥革命百年咏

风云辛亥始开新，恸地悲歌出近邻。

席卷中华除帝制，惊醒梦呓出仁人。

浪涛滚滚泥沙下，豪杰荒荒枪棒抡。

但等三民真理出，神州命运已逢春。

孙子上小学

孙子无邪只几天，幼儿园里已无眠。

可怜年少竞追逐，连我古稀心亦牵。

欲想攀升先立德，方能越坎好周旋。

书包已鼓肩堪负？企望成才效圣贤。

注：今天孙子满六周岁，要上小学了，赋诗一首以记之。

2011 年 8 月 26 日

中秋吟之一

华光素裹弄秋吟，丹桂常知夜露侵。

玉兔因何千种怨，蟾蜍最爱万家斟。

嫦娥寂寞广寒苦，皓魄凌空大地金。

莫叹今宵轮月冷，天涯处处奏瑶琴。

中秋吟之二

拄杖高歌觅菊香，天涯游子念家乡。

青春赴远方知苦，思绪来时也识凉。

淡淡云层三尺厚，盈盈月魄万年长。

良宵不该任虚度，摘取红枝着彩装。

中秋吟之三

何时共菊逐飞觞，对月吟诗唱故乡。

甜饼盘盘思远客，深情满满织秋光。

申城着意千枝喜，岱岳传声万壑扬。

铺纸书来千首少，恰看青亮照厢房。

中秋吟之四

沧桑不必问沉浮，岁月流光即泛舟。

寒夜幽幽三叠梦，秋风阵阵一江鸥。

从来客栈留游子，但有婵娟拂独愁。

但等银盘天上挂，飞觞放纵不言休。

中秋吟之五

仲秋月夜舞霜枝，云母清空洒地时。

夕露星辰摇桂叶，寒光烛影作新诗。

邻乡贵客愁思夜，陶屋黄花艳丽姿。

莫谓今宵惟自饮，香槟举起君可知？

中秋吟之六

碧影星空照桂枝，金银铺地正当时。

微风拂面摇秋菊，夕露潮衣觅好诗。

玉宇生寒随艳丽，宾朋待月展新姿。

虫鸣曲曲乡音绕，隔地遥吟莫笑痴。

中秋夜之咏

恰是中秋霁月逢，万丛灯火已葱茏。

升平盛世应留意，福寿康宁且记胸。

短信飞驰情意在，长歌起舞管声重。

欢欣自在静思后，脑海应存老祖宗。

题银杏

习习秋风塞北来，橙黄白果树枝偎。

延年益寿通心脑，入药充筵减病灾。

绿荫成林遮烈日，晴空展就逐飞灰。

亿年更迭情真切，千叶离枝春又回。

贺天宫一号升空

天宫一号太空围，星际追风逐梦飞。
今日灵霄修宝殿，明年任尔去和归。

贺天宫一号升空

天宫神手建，科研攀高峰。
盛世中华梦，九州腾巨龙。

答友人霜降日来短信问候

秋收过后是冬藏，早晚温差愈发狂。
树叶调零垂冷地，羽衣需取揭樟箱。
荤素搭配安康在，仔细提防内外伤。
句句金声心底意，诚如灌蜜喝糖浆。

2011 年 10 月 24 日

证监会主席尚福林巨贪 137 亿被抓

证券因逢老鼠仓，升红跌绿即无常。
哪知监管成贪贼，都道股民遭祸殃。
执政谋私成罪犯，登台纵欲变财狂。
是谁举荐当同罪，世道方能有法章。

注：据新民晚报所刊消息，载证监会主席尚福林贪污 137 亿被抓的
消息。

2011 年 10 月 25 日

175

神八升空对接天宫一号

神八升空气势雄，从容迈步向天宫。

欣闻日月奏金曲，又见星辰举酒盅。

暂在心头藏喜色，终将宝殿建苍穹。

会师对接成常态，鼓角斟杯再庆功。

2011 年 11 月 2 日

贺天吻成功

神八升空势已雄，还张手臂拥天宫。

云层脚下铺绒毯，星宿掌中擎酒盅。

海庆山欢歌胜利，情牵意吻逐苍穹。

今朝对接成功日，辈出人才已建功。

2011 年 11 月 3 日

读校友天舒赏石七绝七首有感

（登《藏艺》11 年 3 月 20 日、9 月 28 日）

石出天成有性灵，奇形怪状在冥冥。

亿年砥砺终从果，一旦离胎即有铭。

书案相随留雅趣，庭前对语品温馨。

文章浩瀚难遍历，演绎红楼自砾星。

注：天舒，原名项永鹤，是我高中时的同班同学，华师大毕业，很有文才。

2011 年 11 月 6 日

闻长江大学教授下跪请愿

教师跪地是何因？耄耋青年近百人。

政府门前明事理，心胸底里为庶民。

校园污染危桃李，利欲熏心散毒尘。

请愿才能除妄害，受欺蒙冤向谁伸？

注：报载 2011 年 11 月 1 日，数十名长江大学教授和研究生先后到湖北荆州市的区市两级政府门前下跪请愿，要求市政府取缔一家大学校园附近的污染严重的小钢厂。

2011 年 11 月 8 日

有趣的光棍节

何人设节怀光棍，我道今天属有情。

两个独身成对偶，一双单体合完生。

兔年该是祖孙季，以往都称父子兵。

百载才能逢偶遇，剩男剩女见机行。

注：现代人，特别是年轻人真新潮，把 11 月 11 日称为光棍节。今年是 2011 年，加上月日，那该是祖孙三代了！其实两个 1 就是一对，应该是情人呀！

贺山东老干部之家诗词协会

第一届理事会成立

旧体式微常见凉，喜看齐鲁救诗荒。

仄平格律千锤手，曲赋词歌百炼王。

会聚群英谋发展，相逢众杰再开创。

溪流汇总波涛涌，不朽功名史册藏。

2011 年 11 月 14 日

复友之短信

经济由来巧运周，留存各理好筹谋。

身躯部件需灵活，人脉群英会际流。

远足亲闻长见识，增商博学解忧愁。

明年可是金龙到，我辈当成机遇悠。

2011 年 11 月 22 日

感恩节知感恩

育靠双亲业有师，御寒果腹老农慈。

雁飞千里承头领，国运昌隆看党旗。

今日乘凉前人树，心中愉悦缘和熙。

知恩图报真君子，寸草春晖不谓痴。

作于 2011 年 11 月 24 日（感恩节）

闻汉城弟息肉需住院开刀

初闻患恙我当惊，息肉从三既已明。

病毒临身君自若，医生有术彼精英。

心胸豁达仁驱害，药物除痈浊变清。

但等康宁无虑后，诗词出彩复耘耕。

注：汉城即刘汉城教授，他是我的邻居，又是我入门证词的引路人。最近检查出有三处肠息肉，后经进一步检查，为良性，阿弥陀佛，

谨祝健康。

2011 年 11 月 27 日

《杨浦时报》2011 年 11 月 26 日

第六版登我八首咏菊诗感赋

学诗时短水平低，不怕霜催几度迷。

白日寻思吟好句，灯前按键示娇妻。

半年习作才成册，八首初吟报见提。

喜在心头呼老弟，合家递看品甜梨。

注：八首（共十首）咏菊诗，见王连荣著《七色海的浪花》第一卷之百花篇（咏菊之一访菊至咏菊之十忆菊）。

2011 年 11 月 28 日

高中同学聚会之一

电讯传呼约品茶，同窗老友仍无邪。

捶胸摸耳称名绰，说子谈孙论国家。

离别发乌童稚气，相逢顶谢老眸花。

依稀座位邻相隔，但看如今各海涯。

高中同学聚会之二

五十春秋半世征，难能聚首喜从升。

相逢各诉愁离事，落座惟言低度僧。

顶谢歌喉犹喉鹤，风生笑语说儿孙。

淡茶薄酒三巡后，便是起身思返程。

179

高中同学聚会之三

虽然滴漏向婆翁，壮志当初却不同。

霸气曾经冲斗落，豪言几可染天红。

风尘演绎真经出，岁月穿梭国粹空。

落暮相逢摧记忆，心胸激荡满杯中。

注：高中同学毕业于1961年，至今整整五十载，都已是古稀之人矣！

2011年11月30日

贺山东老干部诗词协会办公室正式挂牌启用

岱岳松声万里扬，雷惊远客破诗荒。

挂牌一统谋高效，头领鸿鹏出雅章。

集聚群雄当逐鹿，引栽桐树可栖凰。

今朝举起鲜明旗，明日庆功沂水香。

2011年12月2日

咏网上金菊仙子照片

何时玉女下瑶坛，落向凡尘万艳残。

彩袖飘飘疯蝶舞，霓裳款款雏鹰欢。

千姿百态飞秋韵，凤眼蚕眉引老潘。

惹得围观欲挽手，剩男正欲苦求鸾。

2011年12月3日

赏雪

塞北寒风催素蝶，飞旋下落九重天。

银光耀眼蒙尘世，白玉遮山覆铁关。

几度穿梭空一色，千回奔放逐无边。

人间久得清凉地，不叫喧嚣坏福田。

2011 年 12 月 4 日

忿夺命渣土车

为造高楼运土方，左弯右拐演疯狂。

闯灯超载争车道，提速加班操舌枪。

视野模糊心志乱，神思恍惚手头忙。

危安路口油门踩，哭问亲人泪几行？

2011 年 12 月 5 日

咏竹

短笛声声有真心，丝弦响处演和音。

长杆耿直欺东廓，守节尊崇作苏琴。

细梗充骑童稚乐，轻枝扎帚老翁吟。

柴扉御却寒风袭，纵火余生实可钦。

武则天所造"曌"字感

日月乾坤转不休，女皇塚里觅空愁。

石碑无字今无语，功过千秋沉与浮。

2011 年 12 月 8 日

咏冬日雪景

雪落隆冬素蝶威，万颜零落百花违。
银装洁净千般白，此等乾坤盼久巍。

为丑小鸭跳水明星照题

明星跳水已登台，展得双翎等令来。
闪烁银灯留倩影，传飞万里刊多媒。

吟日出

一轮喷薄出扶桑，烈焰升腾几度狂。
但等阳光充玉宇，虫蝇丑陋躲何方？

读"家网"上诗有感

心平气顺少忧伤，绿水青山做伴郎。
步履攸攸游山海，妻儿乐乐走康庄。
下桥上马豪中杰，泼墨吟诗艺里王。
百岁应当垂手得，童颜鹤发共天长。

注："家网"，即山东老干部之家网站，其中的诗词栏目常年展示老干部的新作，每天都有力作发表，还有点评互动，很是热闹，我也是常客（下同）。下桥——桥牌术语，上马——象棋术语。

回张百川先生网上评诗

我乃诗园幼稚生，半年平仄未分清。
当如铁箭弓长硬，海纳微溪大度情。

182

注：张百川先生，是山东老干部网站诗词版的常客，也是诗友。

和吕老师诗作两首

盘山公路

巨龙何日卧山巅，欲纵身躯万里延。
又似云梯垂玉宇，便民飞越向青天。

注：吕老师即为吕京蝈，亦是山东老干部网站诗词版的常客和诗友。

烟台大风雪

烟台大雪几心惊，满目苍山伏白兵。
百尺云低能罩首，港湾有否结冰晶？

和诗一首

家家织网万联千，对坐荧屏各一边。
击键从容云起伏，吟诗优雅凤盘旋。
欢声笑语添情趣，浅唱低吟喜圣贤。
老壮如今扬国学，舞文弄墨正连篇。

咏蝴蝶

几度艰辛几度精，数番胎变始峥嵘。
谁人不识风霜苦，忘却慈悲普世情。

观网上照片有感之一

攀藤附蔓几成精，还展柔腰引众惊。

独立应思孤寂苦，依枯未省险危情。

暖秋过去隆冬至，亮丽随来腐朽倾。

若是还遭风雨袭，天明恐被蠹虫鸣。

观网上照片有感之二

高梯借得步青天，经住风浪练铁肩。

虽是孤单无旁骛，应求上下找关联。

尽管脚下崎岖路，不惧身边险恶渊。

优势先争能早入，莲花坐就即成仙。

2011 年 12 月 28 日

依韵和夕阳余晖《唱余晖》

泛舟诗海有舟娘，糙米精酿见酒浆。

网上频传佳句出，仄平营里是良将。

注：夕阳余晖是山东老干部网站的一位女诗友，后曾任过诗词版之版主。

2011 年 12 月 24 日

步韵和延龙兄《雪晨》

是言曲径可通幽，荡气雄风扫百愁。

我劝关山添秀色，何须迈步要从头！

注：延龙兄即张延龙，曾是山东省老干部诗词协会会长、名誉会长（下同）。

2011 年 12 月 25 日

思游泉城

云横岱岳生人杰，趵突神泉出地灵。
借得明湖瓢许水，举杯敬佛拜词媪。

咏河畔新娘

手执玫瑰喜在心，明眸近眺远思寻。
洞房花烛燃烟起，夫唱妇随同奏琴。

纪念毛泽东诞辰

横流擘海出英雄，立地擎天斗走熊。
华夏盛强诸霸慑，年年万众念毛公。

2011 年 12 月 25 日

依韵再和延龙兄

炎黄期盼径通幽，足食丰衣聊不愁。
强国富民疆域固，官廉政绩舞龙头。

2011 年 12 月 27 日

《诗恋》二首

之一

心仪五言律，纵乐仄平怀。
面对荧屏坐，键盘觅韵谐。

之二

网中寻璞玉，梦呓几多增。

隔远添情愫，登高望蔚蒸。

读《诗痴》和之

舟娘捉笔寻佳句，字里行间寓意深。

觅觅寻寻娱韵趣，真真切切唱心音。

咏螃蟹

霸道横行还举螯，多将虾米做滋膏。

秋风起处黄花肥，酒醋葱姜八件操。

戏蜣螂

我劝英雄尽使招，人间洁净淖泥消。

留存世界清明地，何处官僚演鬼妖！

2011 年 12 月 30 日

咏蝉

破卵入泥三载眠，艰辛不惧向来年。

几番险恶终成果，五次蜕皮方化缘。

头顶烈阳歌盛世，身登树干砭升迁。

才从腹内生儿女，但看夫妻已半仙。

2012 年 1 月 1 日

七绝和夕阳余晖《一根筋》

轻舟泛海拂和风，脱口成章韵亦通。

若是清照今日在，为君寻觅小伺童。

自嘲

斗室蜗居对幕屏，暑寒春夏键飞萤。

遥知屋外天边远，粗饭杯茶觅燿星。

2012 年 1 月 2 日

忆旧时迎新春

掸尘置货迎新春，食粥冬春祭灶神。

红烛点燃颂列祖，合家团聚食鲜珍。

烟香守岁求洪福，炮响切糕祈老身。

名刺迎财方几日，元宵节尽复艰辛。

2112 年 1 月 3 日

杂诗之一

深秋落叶

一夜西风钻弄堂，路边子叶染寒霜。

晨间举步莺飞跃，暮里行车雁正翔。

点缀橙黄欺绿色，相看竹菊着霓裳。

千层美景难长久，便有低云破彩装。

2011 年 11 月 16 日

杂诗之二

初冬晚霞

淡云薄雾正悠然，驻足凝神看晚烟。

七彩流光依隙出，千缕锦线自空悬。

微风软击酥心鼓，旷野轻传幸福弦。

玉宇清灵思放纵，关山万里最留仙。

2011 年 11 月 23 日

杂诗之三

春天轻雾

早起垂帘薄似纱，轻珠挂落即凝葭。

清香缭绕随身过，湿气周旋顺脸爬。

河畔房檐灯细挂，岸边嫩柳影些斜。

虚飘幻境难常有，驻足流连忘返家。

杂诗之四

盛夏台风

雷公电母发淫威，还荐三鳌惹是非。

借得芭蕉掀气浪，冲开龙口泻京畿。

鼎漂石滚房间倒，地陷山崩犬马飞。

遍野生灵遭妄害，天条御制可曾违？

注：天条、御制，泛指自然规律。

说车模

满眼波光满送秋，青丝放荡向肩流。
名车倩模引骚客，已有须眉羡不休。

迎龙年

着彩琉璃泛玉光，腾云驾雾献安详。
千声锦帛长空裂，满地银花伴凤凰。

人生随想曲

扁舟一世有风刀，方闯汹波又遇涛。
故有餐时应虑饥，当从险处绝登高。
立修道德无犹豫，勇举仁慈不避逃。
即便临渊身赴死，也将泰若莫呼号！

2012 年 1 月 8 日

酒驾之害

四轮扭扭像花蛇，双眼朦朦似复纱。
一命呜呼皆为酒，千行热泪下如麻。

咏湖畔新娘

手执玫瑰喜在心，明眸近眺远思寻。
洞房喜烛燃烟起，夫唱妇随同操琴。

咏雪中景

皎龙鳞甲散，素羽舞翩跹。

直自高空落，还来大漠边。

风凌山砌玉，翰锐水成毡。

溟溟天连地，茫茫士复仙。

读伊石"喝酒民谣集萃"有感

虽然满纸讽嘲声，却用诙谐揭实情。

酒字中间看腐败，官僚场里演凶狰。

千条党纪风为首，万句口号民最明。

惩治惟由严执法，方能领众闯前程。

注：伊石是山东老干部之家网站上的网友。

演说授粉

几度翻云成雨露，数番凤乳洒巫山。

阴阳巧合天成后，便有新生出散关。

2012 年 1 月 14 日

闻寿比山老师八十大寿

人生八十也匆匆，青发稚童成老翁。

曾挽长弓追狡兔，也抡偃月舞春风。

离休廿载思无退，按键多年脑亦聪。

恭祝身安心气顺，康宁福寿乐融融。

注：寿比仙是山东老干部之家网站上的网友。

2012 年 1 月 17 日

兔龙交接班之一

欲坐龙庭且不忙，慢将兔岁遣家乡。
斟来款饮千杯酒，瑞雪飞时秉玉皇。

2012 年 1 月 19 日

兔龙交接班之二

壬辰接位莫慌张，辛卯移交别太忙。
暂且觞咏歌盛世，终须舞蹈庆隆昌。
玉皇短信封神兔，火箭长驱抵亢房。
瑞雪纷飞钟鼓起，金光耀眼迎龙王。

2012 年 1 月 20 日

咏网上荷花仙女照片

碧波潭里出荷仙，犹抱琵琶拨细弦。
满月凌空凝气脉，幺音击水泛漪涟。
且停喝彩屏声息，莫扰开花伴舞翩。
但使韶光留片刻，胜如世俗过千年。

咏夜雪

回归细柳北风飕，一夜无眠被未谋。
思绪纷飞催地白，油灯恍惚搅心浮。
古琴面上丝弦软，黄镜鉴中红粉愁。
忍看窗明银色乱，谁人识得几冬秋。

2012 年 1 月 24 日

立春迎春

快取杯盅背上琴，春神脚步已探林。

慢看枝节尖芽小，又觉东风夕露沉。

远眺天边云气暖，侧听屋角蛰虫吟。

速将行李从身袴，好去山头把酒斟。

2012 年 2 月 3 日

忆四十年前情人节的婚礼

壬子春来二月中，情人久恋喜相逢。

花开并蒂军营夜，书舞双肢脸颊红。

少许茶糖除"四旧"，无须酒席未颠疯。

别时泪眼多愁意，山隔她西我在东。

注：2012 年为壬子年，2 月 14 日更是情人节，是我们老两口结婚的日子。那个时代谁人会知道天底下还有个情人节？那天花了四十元钱筹办了婚礼，当时的场景仍历历在目。

壬辰年正月十九中午下了一阵雪

雨水节前疑杏花，悠悠忽忽舞风斜。

飞旋落地聊无影，行走临头些许麻。

奢望多时成气候，谁知未久变聋哑。

儿童顿足难从愿，雪仗雪人何处抓？

回刘教授的赠诗

有缘聚首总相邻，共事经年好耐贫。

不怕空间多阻隔，也能咫尺久跟循。

停车解惑聆君道，进屋赠书喜我宾。

但愿时光留久远，曾言锻炼会强身。

注：刘教授，汉城也，余退休后师从刘教授学格律诗词。

退休学律诗

古稀临近发痴邪，学遣仄平翻律花。

早起荧屏看雅阁，睡前册页悟精华。

天长日久添情趣，苦索冥思如品茶。

诗友休言还稚气，争来报上说涂鸦。

2012 年 3 月 7 日

咏陀螺

人生一世似陀螺，不着皮鞭不唱歌。

三网两渔添惰性，千锤百炼去沉疴。

舟行逆水需强劲，铁变尖针靠硬磨。

大好春光容易去，少年励志莫蹉跎。

望春梅

春寒料峭梅难绽，只见雷声惊百颜。

孤步姗姗终妩媚，群芳缓缓待斑斓。

红深独览兼微绿，香正远闻更雅娴。

短距长焦蜂拥至，惟循袭气醉痴顽。

2012 年 3 月 11 日

命题写春风

料峭春寒意正丰，迟迟未就退江东。

心焚急盼千枝发，雾冷难催万蕾蓬。

犹恐先开先落败，愿思晚放晚葱茏。

诚心展艳当长久，何必红香瞬站丛。

读饶兄咏风信子并观照片有感

数枝风信展芳姿，一首吟诗恰是时。

我说双眸真有福，谢兄勤做育花师。

注：饶兄者，山东老干部之家网站诗词版块之诗友，爱好养花卉，在网上时有展示他的杰作，甚是养眼。

咏普陀山

苍龙卧海水中山，幽洞奇岩有响潺。

立一凡尘清净地，入三摩地佛堂关。

金沙月照银沙似，青鼓浪旋皮鼓般。

路穷逢僧听布道，东瀛不渡驻张湾。

2012 年 4 月 22 日

有感于景区门票疯涨

民脂既厚泛膏香，何不刮来私我囊。

别说山河归公有，应知风景食皇粮。

地球租赁应交费，氧气吸呼当送洋。

况且家中三姐密，需添仕禄贡黄仓。

194

王宝钏和薛平贵

十八年来度暮云，心田奏曲雨纷纷。

千金遇险诚伸手，贫汉抢球当赴军。

风蚀古窑存苦恋，身临异域建奇勋。

锦衣荣返无多日，却为娇妻筑石坟！

注：《王宝钏与薛平贵》是讲述唐朝，谏议大臣王允生有女王宝钏，有沉鱼落雁之容，王公大臣、世家子弟追求者多如过江之鲫。然而，王宝钏却对食量惊人做粗工的汉子薛平贵情有独钟。经过彩楼抛绣球，王宝钏决定下嫁薛平贵，王允怒而三击掌与她断绝父女关系，王宝钏心碎，随薛平贵住进寒窑。憨直、勇猛的薛平贵为求上进，从军征战远赴西凉，王宝钏独守寒窑18载，贫病困顿中等待薛平贵归来。薛平贵履历风险，屡遭暗算，同时也屡闯难关，屡建战功，终于平定边关，班师凯旋。

说寒窑

曲江弯向一隅东，树掩兰天洞已空。

别去双眸流热泪，思来万语觅飞鸿。

深情斟酒离夫婿，无悔开门对母瞳。

吹角马啸声渐弱，朔风掠发立孤翁。

注：1961年5月1日，还在西安军事电信工程学院学习时，与同班同学三人，自学院驻地步行至武家坡之寒窑游览。

2012年5月11日

母亲节

望儿山上草青青，五月歌声最动听。

一束鲜花传爱意，几条短信送温馨。

春晖寸草添银发，挚爱三维向寿龄。

默默无声功至伟，年年敬母化雷霆。

注：在辽宁南部平原上，有一座2000多年的古城——鲅鱼圈熊岳城。在熊岳城东那片碧绿如海的果林中，有一座山，孤峰突起。山顶有一青砖古塔，远远望去，宛如一位慈母，眺望远方，盼儿早早归来，这座山就叫望儿山。母亲节是在中国港澳台地区流行起来之后才进入大陆的，名贵的珠宝，象征母爱的康乃馨，特制的爱心甜点，精致的手工贺卡等，成为人们向母亲敬献爱意的礼物。20世纪80年代，母亲节逐渐被中国内地的民众所接受。从1988年开始，中国南方的广州等一些城市开始举办母亲节的庆祝活动，并把评选"好母亲"作为内容之一。20世纪末，随着中国与国际的日益接轨，母亲节这一节日在中国大陆各地日益推广开来，越来越多的人开始接受母亲节概念，在每年5月的第二个星期日，中国人和全世界其他国家的人们以各种各样的方式表达对母亲养育之恩的感谢。

2012 年 5 月 13 日

和夕阳余晖戏说中药名送治感冒方

黄芪桔梗加生姜，白术前胡入藿香。

甘草防风桑树叶，桂枝荆芥杏仁汤。

祛邪益气除寒湿，营卫调和固表伤。

若要身强勤锻炼，分清虚弱辨阴阳。

2012 年 5 月 22 日

原韵再和延龙兄

新绿当成旧绿猜，依稀梦里几徘徊。

攀缘总取天牛乐，仰止常挨落叶追。

月上枝梢归鸟倦，絮飘河面鲫鱼来。

何当再恋此情景，只是垂杨未起排。

寄延龙总版主

欲赋新诗总有缘，情思万缕一屏牵。

移身陡壁怀空谷，涉足涓流识大川。

笔底生花同刮目，楼台奏乐共操弦。

清音起处和声响，乘雾驾云龙在前。

还赠百川兄

小舟初泛众师前，徒有咏诗篇接篇。

且看题吟充稚气，只将情谊润心田。

神音点拨神机道，仁意拂通仁督泉。

曾议孤平求拗救，光阴匆匆至龙年。

2012 年 6 月 4 日

喜见月下人归来

学生翘首盼师回，雅客门前几问追。

数度筹题描御笔，三春遇雨放红梅。

清喉正滑惊停曲，美酒方酣却止杯。

喜鹊声声枝上闹，今催月下百花栽。

注：月下人，原山东老干部网站诗词版块的版主，曾在该版块发起一些动议，如"命题写春风"等，引导诗友积极参与版块互动，鼓励写作并建议相互点评，很是活跃，对诗友的写作兴趣和水平的提高很有帮

助，有一段时间月下人因事而与诗友久违。

2012 年 6 月 8 日

复月下人答谢

题限春风唱几回，欣然命笔苦思追。

朱颜批阅传真意，韵律推敲嚼美梅。

正值欢呼言品味，忽摇休止见停杯。

何当再续和谐曲？园里百花需尔栽。

2012 年 6 月 9 日

端午节

飘起粽香思故人，龙舟竞渡闹河滨。

年年薪艾倚门角，岁岁绫囊护玉身。

子婿终遭沉水怨，曹娥已做孝亲神。

欲知端午真文化，心有九歌兰草茵。

2012 年 6 月 12 日

落红返故乡

遍树英雄返故乡，多经骤雨着残妆。

香魂几度惊骚客，傲骨时常化暗霜。

暖气频吹留谨慎，寒流久袭显刚强。

光阴荏苒容颜退，归宿正应家祖傍。

2012 年 6 月 15 日

梅雨时节

依楼极目满尘烟，绿衬青梅已转妍。

一路车龙鸣汽笛，九天霏幕湿疏棉。

云低雾密无开日，肤痒衾潮苦入眠。

重鼓轻弦间或断，行当统统演周全。

端午感怀

年年端午尽包粽，岁岁龙舟起劲风。

竖子曾经天问发，客官能有远游功?

不知骚体休贫嘴，难释九歌羞屈翁!

虎革莫当旗帜舞，内囊正似破棉丛。

2012 年 6 月 21 日

今年七夕又来了

天水无桥北向南，两星相对只停骖。

遥看闪闪津云亮，近落沉沉梦吃酣。

引线穿针凭习女，登科入仕有痴男。

瓜棚架下听私语，秋夜凉风月正蓝。

壬辰年农历十月初赴嘉善会桥友

何须再请戴宗来，百里行程迅及雷。

喜得东篱随客舞，忙将倩影并蜂追。

桥台激荡香茗续，锅灶沸腾膏蟹煨。

美酒三巡犹未足，欢声起处笑红腮。

十六字令三首

斯，人类终归有呆痴。因何故？总信裂天时。

斯，不教民生染毒脂。群贤志，揭批臭巫尸。

斯，科技除愚作主持。长空净，退鬼请真师。

和月下人

元旦将临只几宵，纷纷瑞雪紫云飘。

无须借得金箍棒，但看谣言已自消。

农民工回家过年

迎来癸巳别辰龙，只雁归途雪满松。

卸却行囊添碗箸，续斟土烧祭先宗。

觥筹解得思乡念，父母方知赤子胸。

坐垫刚温愁又起，天明远隔已千重。

注：农民工在建设我们的国家中起到了巨大的作用，他们背井离乡，辞亲别祖，太不容易了，向他们致敬！

玉蝴蝶

除夕

新联新酒新茶，邀请两亲家，席上有鱼虾，盘中再添瓜。真情围一桌，孙祖共喧哗，期待岁无涯，每年同祭牙。

椰岛行周年纪

追忆去年椰岛行，夫妻共进海鲜羹。

天涯石敬新游客，三亚船登不老人。

面向观音曾合十，足潜涛浪也躬身。

惟求体健常相伴，一往深情似酒醇。

闻校服有毒

幼苗屡有水淹危，学子频遭毒霸欺。

校服惊闻能致癌，芳香袭气正侵肌。

几重回扣推邪恶，九曲连环纵鬼魅。

难道欧霞何致一，监官厂校绝良知。

注："毒校服"事件是 2013 年初爆出的一起危害学生健康的生产责任事件。上海多所学校涉及此事件，此次共抽查了 22 批次学生服产品，覆盖上海市主要生产企业，有 6 批次被检测为不合格，合格率仅为 73%，而上海欧霞时装有限公司生产的摇粒绒冬装还被检出具有致癌威胁，该公司也因此被立案调查。

苏州六年的"空中园林"将自拆

只因业主或钦差，六载违章未打叉。

远看飞檐还翘角，近观立柱又栽花。

琉璃屋面园林景，士宦亭廊爵禄衙。

尽管垂帘风不透，快刀终将斩乱麻。

2013 年 8 月 18 日

为邹靓风景照片题诗

能工亦可布神奇，绿赭红黄最可欺。

鱼跃清池添意趣，鸟观幼子见情慈。

车轮急转争弯道，马达轰鸣抢片机。

此境人间何处得？园丁献技有名师。

注：邹靓，原在上海市杨浦区五角场开设门店，销售醴陵红瓷。曾在"骏转"网站发布所摄照片，因而有此题诗。

长相思

致闫君

早问安，晚问安，网络荧屏心最连，诗词飞远山。

思不难，忆不难，再辨东西意更欢，真情常付前。

注：闫君，乃山东老干部网站诗词版的诗友，经常在网上向我致以问候，很是热情，便以此词回赠。

2013 年 10 月 26 日

春运车票在哪里

亿万民工春节时，欲当旅客返乡痴。

临窗只怨时间少，按键无能网络奇。

秒杀机缘难杀秒，迟临羹饭已临迟。

何当共织民情路，车票易求人不疲。

注：每年农民工回家过年是一道风景线。排队难，购票难更是一个难题，何时能破解，则对于过年回家的农民工而言，不啻是一个福音。

2014 年 1 月 7 日

戏说政院二院

日寇曾留土二层，历经拆旧几全崩。

因修车库除新馆[1]，或为升迁建吏层。

电费今难分昼夜，产权无序缺文凭。

东边恐似封疆吏，常委既成车位增。

注：1. 新馆是指20世纪80年代后期所建的图书馆。

政治学院共分四个院。其中二院为生活区，三院是教学区，四院是离休干部居住区。一院既有生活区，还有办公区。后来在一院建造了新高层（规格超标），有泊车位，入住的人员都是任内（或曾任过、现已退休）的院领导，故被戏称为"常委楼"。

2014年1月12日

过年致刘教授

岁次定规年接年，点燃红烛便分边。

虔诚企盼祖宗佑，身健顾看锅灶烟。

难挽青春终趋老，但求小辈会担肩。

是何安度余生岁，跟着刘君识辋川。

2014年1月28日

自嘲

此身非我有，难得自东西。

可有无愁处？梦中思浅啼。

欲邀谪仙将进酒

君不见，十六远行去从军，何人送我到长亭？

君不见，暮秋之年霜满鬓，何人知我苦伶仃？

纵有家人呼鼻息，却是无心冷月照花屏。

欲邀谪仙将进酒，谪仙不至月也冥。

已成孤独声叹息，少君无影杯亦停。

人生何迅老将至，饥少颜玉渴无馨。

欲效李白做狂人，自惭少才更秽形。

只如软体埋贝壳，非方不圆无魂灵。

此身虽全空皮囊，寂寞无性待目瞑。

注：《自嘲》和《欲邀谪仙将进酒》两首诗读来有些颓废之感，本想删去的，后来一想，偶咏这样的诗，也是内心真情的表达，这才是一个真正的、经历过甜酸苦辣、有爱恨情愁的人。诚如一首美妙的乐曲，有高吭，也有低沉，才动人心弦。

情人节有思

四十又三年，与妻心久连。

今朝回眼望，一路若风烟。

黑发成霜白，儿孙绕膝前。

还须常守望，直至共飞仙。

2015 年 2 月 14 日

为妙舞人生写照

妙舞当随曲劲时，人生绚丽喜吟诗。

只从渝地醒初梦，便向深城展靓姿。

重任肩挑肩似铁，灵光眼出眼含慈。

豪情敢自网前出，点亮荧屏聚"粉丝"。

注："妙舞人生"系深圳老年之家网站会员,我曾在该网站进行过诗词交流,老年之家论坛关闭后就没有再联系了。

2015 年 7 月 31 日

为柠檬茶题照

春茶正道泛芸香,网络传神好抑扬。

总角初除红袄艳,奋蹄最似的卢强。

后台高管多劳碌,屏上双眸集雅章。

应是此家新辈好,凤来福满老年堂。

注："柠檬茶"系深圳老年之家网站的工作人员,据说后来到别的地方工作去了。

离亭燕

"家网"数来宝

秋月半轮悄挂,琳达露西佳话。老灿小河梅版韵,再展夕阳光洒。此处有山泉,妙舞无尘高雅。

玉树临风成画,还看远山人下。自力旅途勤勉事,得意三弦声泻。享得美柠檬,灌叟楚河涛谢。

注："秋月半轮""琳达""露西""老灿""小河""梅版(主)""夕阳""山泉""妙舞""无尘""玉树临风""远山人""自力""旅途""得意三弦""柠檬茶""灌叟""楚河"等,均为深圳老年之家论坛诗词版的常客。

填于 2015 年 9 月 15 日

接玉树临风

身化毫锥写大钊，无声却似胜笙箫。

龙蛇舞罢清风起，笔墨挥成紫气飙。

自此山河添律韵，便将金石铸招摇。

高歌胜利归民众，道义从肩一担挑。

注：网站诗词版有时会搞"接龙"游戏，即将前人诗作的最后一句，作为自己诗作的首句，玉树临风诗友的末句为"身化毫锥写大钊"，于是便有了"接玉树临风"诗。

李大钊有"庶民的胜利"文，和"铁肩担道义，妙手著文章"手书联。（"铁肩担道义，妙手著文章！"原是明代文化名人杨继盛所作，李大钊只是在原对联上改了一个字。明代文化名人杨继盛，因抗御强暴、反对权奸严嵩，而惨遭严嵩杀害，杨继盛就是在临刑前写下名联："铁肩担道义，辣手著文章。"）

进山礼

久慕山门未有期，名师剃度借时机。

最循规矩求真道，惟遣仄平书律诗。

人自白丁心虔虔，身随汐浪演痴痴。

住持不弃贫僧愚，尽为莲台集彩丝。

2016 年 2 月 2 日

在委任诗词楹联版块版主之时

方自白丁升秀才，王宫忽有诏书来。

三槐惶恐接黄榜，总管诚邀护绿梅。

直向灵霄寻启迪，还从御苑习栽培。

倘然不识金镶玉，莫笑苍苍一老孩。

2016 年 2 月 5 日

谢论坛众诗友

初上论坛无寸功，竟然挥臂唱春风。

神仙不弃喽啰小，高士助开愚叟聋。

应信灵山多胜境，便登险道步天宫。

流觞醉意朦胧处，但见鲜花照老翁。

谢欣之贵宾并原韵奉和

扁担轻柔慢个悠，两头起伏竞风流。

三槐怯怯临肩后，只请群贤大胆讴。

注：欣之，武汉一论坛诗词版诗友。

新韵和旧韵

命中注定出双雄，各有所长真理同。

剑执龙泉常出鞘，刀提偃月总封功。

今联且挂旧廊柱，陈酒亦欢新宅翁。

互补方能兴国粹，诗坛联袂舞东风。

注：以上五首诗，是在武汉一论坛的诗词版上交流过的诗作，曾邀担任过诗词楹联版的版主若干时间，后来由于志趣不合而退了出来。

2016 年 2 月 26 日

寄汉城友

行空天上马，伏海水中龙。

独见鬓衰客，只思三尺筇。

2016 年 2 月 14 日

题无名小花

貌不惊人亦引蜂，清新淡雅远妖红。

贫民虽是草根相，接地真生和煦风。

忌附高棚心踏实，尊崇朴素志未穷。

无非笑我丧真骨，愿做无名屑少翁。

2016 年 10 月 26 日

长征胜利八十周年感

伟大长征八十年，红军苦迎艳阳天。

多逢堵截党有道，更遇穷凶敌化烟。

玉汝于成真勇士，艰难困苦聚忠贤。

须将记忆留心底，重上新途效铁肩。

2016 年 10 月 30 日

听赖晓伟解读红楼梦

胡周[1]很早解红楼，晓伟[2]重新起灶头。

弘暟该成初俑者，雪芹没得著书由。

圆明园里纷争急，交泰殿中金木幽。

钥匙真的能开锁？且费砖家十桶油。

注：1. 即胡适和周汝昌，《红楼梦》做了大量的考证。

2. 即赖晓伟先生，著有《红学砖家重评石头记》，提出了很多新观点，甚至是颠覆性的。

2019 年 5 月

蝶恋花

港珠澳大桥通车感赋

国力盛强花怒放。含玉镶珠，多少神奇创！彩练身傍追白浪，伶仃洋畔声激荡。

百里长龙难尽望。猎猎红旗，一扫征途障。盛世中华催巧匠，民安国泰全凭党。

注：港珠澳大桥东起香港国际机场附近的香港口岸人工岛，向西横跨南海伶仃洋水域接珠海和澳门人工岛，止于珠海洪湾立交；桥隧全长 55 千米，其中主桥 29.6 千米、香港口岸至珠澳口岸 41.6 千米；桥面为双向六车道高速公路，设计速度 100 千米 / 小时，工程项目总投资额 1269 亿元。2009 年 12 月 15 日动工建设；于 2017 年 7 月 7 日实现主体工程全线贯通；于 2018 年 2 月 6 日完成主体工程验收；同年 10 月 24 日上午 9 时开通运营。

2018 年 11 月 1 日

上海国家会展中心（四叶草）赞

谁知四叶草偏稀，寻去万株机也微。
只自珍奇临沪上，便从夵桛吐珠玑。
花开四海赢宾客，情迎五洲飘彩帏。
经济周旋同庆幸，秋收时节见芳菲。

注：2019 年 11 月 5 日至 10 日，第二届中国国际进口博览会在中国上海国家会展中心举行。国家主席习近平出席在上海举办的第二届中国国际进口博览会暨虹桥国际经济论坛开幕式及相关活动，并发表主旨演讲。作于第二届进博会闭幕时节。

天仙子

斥香港暴乱

鸦片始成华夏害，香港便来"洋鬼"坏。几回寻梦梦难全，思灭怪，豪情湃，终迎紫荆花最匐。

一国奠基真理在，两制盛联龙凤带。偏生妖孽恶掀风，需惩戒，除无赖，确保九州春永在。

2019 年 11 月 20 日

蓦山溪

贺我国第一艘国产航母"山东舰"入列

蓝波静卧、旗满悬高处。南海起欢声，军港内、官兵正步。仪仗肃立，主席授军旗，还嘱语。勤勉励，奋勇中华护。

山东航母，昂首真威武。从此共辽宁，舰载机、亲同手足。再邀潜艇，大驱佩尖刀，添猛虎。问枭酋，谁敢欺凌我！

注：我国第一艘国产航空母舰山东舰，于 2019 年 12 月 17 日下午在海南三亚某军港交付海军。中共中央总书记、国家主席、中央军委主席习近平出席交接入列仪式。

2019 年 12 月 18 日

六州歌头（平仄韵互叶）

记澳门回归二十周年

澳门自古，尊姓九州同。秦已统，隋更共。事渔农，斗江洪，习习炊烟送。明清冻，濠江涌，葡始动，书函立，向城东。名换麦库[1]，权贵还持重，最辱闻翁[2]。不平添怨恨，七子荡心胸，耿耿情怀，泪匆匆。

仰中华梦，红旗颂，燃火种，出英雄。除楚痛，堪负重，向顽凶，抖威风。借得轩辕勇，平妖蚩，灭疯虫。金鼓弄，惊雷纵，现飞龙，直上青云，且伴双飞凤，五彩莲蓬。赖五星光耀，享国泰民丰，盛世昌隆。

注：1. 麦库（macau），音译，葡语澳门。

2. 闻翁，即七子之歌作者，闻一多先生是也。

1553 年，葡萄牙人取得澳门的居住权，1887 年 12 月 1 日，葡萄牙正式通过外交文书的手续占领澳门。1999 年 12 月 20 日，中国政府恢复对澳门行使主权。"一国两制"在澳门的实践必将谱写出新的精彩篇章，澳门这朵祖国的美丽莲花必将绽放出更加绚丽、更加迷人的色彩。

2019 年 12 月 22 日

写给孙女的诗

风轻水碧柳垂枝，鸟戏鱼翔各尽知。

燕雀图微居灌棘，鹰鹏志远斗熊罴。

心追理想添神力，手系蔓藤衰体肌。

有意征途思博击，无非勇敢脱层皮。

注：孙女小学四年级。学期快结束了，她拿了一本学校里的《成长

纪录》，要叫我写几句话，于是写下了此诗。

2019 年 12 月 25 日

天香

打好脱贫攻坚战

党举红旗，开天辟地，只为中华昌盛。孽海横流，英雄辈出，崛起东方坚挺。睡狮终醒，老一辈、功居彪炳。奋起三山推倒，描绘四化图景。

时代正翻新令。促民生、脱贫标定。几度明堂论证，语从身幸。不管新枝旧梗。记宗旨、初心常顾省。百姓安居，神州喜庆。

注：2020 年将至，2020 年是全面建成小康社会的最后一年，也是最关键之年。全面脱贫奔康是中国向世界的庄严承诺，更事关中国"两个百年目标"大业。全面打响脱贫攻坚战已有数年，已为我们积累了无数宝贵经验。脱贫攻坚剩下的都是难啃的"硬骨头"。面对这些"硬骨头"，要挺直腰杆，铆足动力全力冲刺。行百里路半九十，脱贫攻坚越接近成功越要坚定信心决心，要下足"绣花功夫"，确保脱贫奔康路上不落下一人一户。

2019 年 12 月 27 日

沁园春

贺长征五号发射成功

振兴航天，动力为先，始有长征。便图强奋发，从无到有，攻坚克难，艰苦云耕。但看如今，二三四等，型号齐全常展形。暑寒日，送神舟往复，时见升腾。

新兵又进家庭，大胖五、巨身且更能。有雄健体魄，洪钟声气，万钧神力，步履轻盈。重任堪当，探寻宇宙，浩瀚深空任我行。吴刚弟，想一同携手，共步天庭？

2019 年 12 月 28 日晚

京张高速铁路通车有感

百十年前说后天，京张高铁建周全。

呼啸直渡官厅水，驰骋深穿草帽田。

八达岭中飞虎猛，清华园底卧龙延。

国人正在欢欣处，最忆眷诚曾[1]执鞭。

注：1. 詹天佑字眷诚，号达朝，有"中国铁路之父""中国近代工程之父"之称。1909 年 8 月 11 日京张铁路建成，10 月 2 日通车。2019 年 12 月 30 日，京张高速铁路正式开通运营。

2019 年 12 月 31 日

莺啼序

聆听习主席新年贺词感赋

新年准时到了，看红牵绿引。且回首、车载颇丰，更向新站前进。眼中是、春风化雨，祥云冉冉惊尧舜。正情怀激荡，思潮化为深吻。

昨日征途，纷呈变局，有危礁暗隐。险滩处，牢记初心，任凭刀剑锋刃。举红旗、岿然屹立，忆宗旨，难移根本。踏严霜，驱鬼降妖，迎来和顺。

嫦娥奔月，胖五升空，让世界一震。提总值、脱贫致富，还

213

向高峰，努力攀登，目标已近。凤凰展翅，蛟龙探极，山东航母排军阵，北斗星、组网作天问。良辰盛典，雄鹰展翅轰鸣，东风亮相威镇。

山河锦绣，华夏康宁，赖最强后盾。运帷幄、筹谋宏论，共体全球，带路英明，鼓舞自信。如今再启，飞轮还动，万千决战关键役，再高歌、奋勇无停顿。应该朝夕相争，不负韶华，抱团更紧。

首次填此词牌，2020 年 1 月 2 日

读新华社长篇报道《勇立潮头御风行》感

一声啸笛启征程，直驾华轮破浪行。
百尺竿头须放眼，千帆侧畔勇争萌。
湍流识得风流出，变局辨清前局明。
不负韶华勤砥砺，小康在即喜盈盈。

2020 年 1 月 3 日

哨遍

写在庚子年到来之际

已亥欲辞，庚子正来，岁次相交替。回望前，应百廿年移。魑魅纷繁清无计。国受欺。花银万千成亿[1]，都书一纸如流水[2]。嗟列国强梁[3]，中华短气，还增无数狐痞。想病疴沉重不堪医。看过客兴匆匆未成飞。曾问东夷，再询西戎，又寻北狄。

谁？谁有神奇？是谁知我炎黄伟？将睡狮唤醒，明灯高挂天际？赖帝象中山[4]，润芝领袖[5]，临危不惧英雄义。虽洒血抛颅，

捐躯裂骨，依然呼号擎帜。看北方送理没几时。便赣水抢枪唱新词。共人民死生同济。神州勤奋争勇，开启新天地。换来华夏翻身独立，迸出无穷智慧。令全球刮目唏嘘。借春风，国耻常忆。（苏轼体）

注：1. 庚子赔款：清政府赔偿俄、德、法、英、美、日、意、奥八国，及比、荷、西、葡、瑞典和挪威六"受害国"的军费、损失费4亿5千万两白银，赔款的期限为1902年至1940年，年息4厘，本息合计为9亿8千万两，是为"庚子赔款"。

2. 辛丑条约，亦称《辛丑各国和约》《北京议定书》，是中国清政府和大英帝国、美利坚合众国、法兰西第三共和国、德意志帝国、俄罗斯帝国、大日本帝国、意大利王国、奥匈帝国、西班牙王国、尼德兰王国、比利时王国，十一国政府在义和团运动失败、八国联军攻入北京后签订的一个不平等条约。条约签订于光绪二十七年（1901年）七月二十五日，辛丑年，故名辛丑条约。因条约签订日为阳历9月7日，因此有"九七国耻"一说。

3. 八国联军美、英、法、德、日、意、奥、俄。

4. 帝象，孙中山的乳名。

5. 毛泽东，字润芝。

2020年1月6日

寿楼春

周恩来总理逝世四十四周年祭

思周公英灵。与神州百姓，深意牵萦。只看云低天霭，地寒松琼。春送暖，秋凝馨。北国冰、南沙涛倾。正曲谱深情，词填念想，心更是怦怦。

中南海，西花厅。展雄才伟略，谈笑风生。结识金兰新旧，五洲宾朋。田地绿，山河青。国运兴，家和人宁。最牵挂心中，殚精一生偏为兵。

2020 年 1 月 8 日

忆少年

055 型大型驱逐舰南昌舰入列

山东青岛，蓝天碧海，风轻云白。南昌舰入列，向深蓝挥戟。八一抢枪崇武力，自此生、护疆良策。如今大驱在，佩尖刀尽职。

2020 年 1 月 15 日

今日大寒

小寒过却大寒临，不绝呼啸夜未禁。
淡用三分侵趾骨，宜将七折塑真心。
诚修万类添情意，方促孤高受咏吟。
莫谢潜形勤砥砺，盈亏一度便交春。

2020 年 1 月 20 日

年夜饭

团团围坐岁添香，促膝杯盘烛影光。
每请姻家诚作客，欣看孙辈递壶浆。
亲情最比随和贵，厌胜无如骨肉香。
但愿年年长似此，珠玑黼黻落明堂。

2020 年 1 月 25 日

叹篮球巨星科比

高中便得入篮坛，步步攀登上帝銮。

汗水成河先付出，名声效雀后凭栏。

年轻道是强资本，天赋堪谋绝顶冠。

谁道极时悲又至，丰碑独立晓星残。

2020 年 1 月 28 日

全民抗击新型冠状病毒肺炎疫情

江城太尉遇妖魔，雨打芭蕉着毒疴。

气势汹汹如决水，呼声阵阵响惊锣。

京畿号令中天道，八面红缨壮士歌。

奋起全民齐奋战，蠹虫灭尽宜端窝。

2020 年 1 月 29 日

向白衣天使致敬！

一声令下便冲锋，奋勇寻方灭毒蛩。

手执轩辕行道义，身彼白褂展英容。

小家舍弃千家幸，仁者无畏患者从。

临危见德真君子，最把情怀化火龙。

2020 年 2 月 22 日

中国速度

火神请罢请雷神，夺秒争分战疫氛。

电掣风驰雷箭速，冲锋陷阵铁刚身。

洪流合汇惊涛激，禹甸升腾气象新。

莫叹骅骝追不及，提壶救世为黎民。

2020 年 2 月 25 日

中国开启天问之路

始自灵均作问天，穷根究底几千年。

长梯今起文昌地，信使将临荧惑前。

兄弟相随情可近？容颜历久梦周全？

中华昂首凝深处，只待回音远处传。

2020 年 7 月 24 日

忆少年

习主席视察甘肃吴中市

脱贫致富，脱贫节点，脱贫时日。吴中迎习总，创丰功伟绩。

放眼平沙生活力，又平添、引黄功德。当年雍州地，盼繁花遍织。

注：2020 年 6 月 8 日，习总书记赴宁夏考察调研。第一站红寺堡，调研一村（弘德村）一城（吴忠市城区）一社区（金星镇金花园社区）。

2020 年 6 月 9 日

望江东

喜闻贺兰山下生态农业

宁夏平原土肥沃，既有水、黄河蓄。江南飞到贺兰麓。再发展，谋新曲。

农耕进步生机伏，谷浪拂、鲧波促。稻田鱼蟹共追逐。致富路，飞金玉。

注：2020 年 6 月 9 日下午，习主席在贺兰县稻渔空间乡村生态观光园，了解稻渔种养业融合发展的创新做法。

2020 年 6 月 10 日

银川市西夏区源石酒庄葡萄种植基地

酒庄依托贺兰山，师法自然非一般。

百顷蒲桃回野趣，千年果木串连环。

灵州正赞干红液，石黛应声细腻关。

窖里琼浆分外美，问君品罢几时还？

注：宁夏志辉源石酒庄与海南亚龙湾、青海塔尔寺、贵州遵义、云南丽江玉龙雪山等知名文化旅游基地一同入选第六批国家文化产业示范基地。在元代，诗人马祖常在其"灵州"一诗中，写下了"葡萄怜美酒，首蓿趁田居"的著名诗句。石黛是其葡萄酒的一种，有多个品种荣获金奖，盛名于世，远销中外。

2020 年 6 月 11 日

响应号召读《四史》[1]

翻册问君知几篇，炎黄上下五千年。

锤镰百岁遵宗旨，祖国逢稀造福田。

开放腾飞添活力，创新发展育甘泉。

贯通今古增雄略，好助神州勇向前。

注：1. 四史是党史、新中国史、改革开放史、社会主义发展史。"四

史"内容各有侧重，但整体讲的就是中国共产党为人民谋幸福、为民族谋复兴、为世界谋大同的实践史，中国共产党的领导是"四史"的主线。

2020 年 6 月 16 日

我的诗集出版并赠友

七色海中翻浪花，只随诚意到君家。

多年握笔成章句，一集吟诗化酒茶。

群友欢欣余跃跃，丹心片片供呱呱。

只因人老心难老，总在黄昏说晚霞。

2020 年 6 月 20 日

父亲节的随想

文化终成一把刀，断魂裂魄暗抽膏。

西风刺眼常添乱，影视攻心实积痨。

温水煮蛙浑不觉，麻汤取肾苦难逃。

中华自有好传统，宜做唐装绣汉袍。

注：1972 年美国总统签署正式文件，将每年 6 月的第三个星期日定为美国的父亲节，至今 48 年。中国早在 1945 年就正式设立全世界最早的父亲节：1945 年 8 月 8 日，全国抗战胜利的曙光已经悄然来临，上海的有志之士为了纪念在战争中为国捐躯的父亲们，特地提出父亲节的构想。于是，上海文人发直了庆祝父亲节的活动，市民立即响应举行庆祝活动。战争胜利后，上海市各界名流绅士，联名请上海市政府转呈中央政府，这"爸爸"谐音的 8 月 8 日为父亲节，政府对此请求十分重视，特地开会讨论并正式确定每年的 8 月 8 日是中国的父亲节。

2020 年 6 月 22 日

096 型导弹核潜艇和巨浪 3 型洲际弹道导弹

来无影迹去无踪，只道潜身碧海中。

满腹经纶慌鬼怪，周遭霸气抖威风。

劝君应信断金力，惊敌不疑除首功。

兼有高超封耳术，偏追万里灭蛊虫！

注：096 型核潜艇，是中国人民解放军海军目前研制中的第三代弹道导弹核潜艇，094 型核潜艇的后继型。从中国公布的一款弹道导弹核潜艇模型中，096 型可携带潜射弹道导弹数量 16-24 枚，多于 094 型的 12 枚。外媒推测，其舰长 150 米、舰宽 20 米，最大排水量 16000 吨。该舰外形近似拉长的水滴型，采用双壳体设计，动力装置为两座一体化压水式核反应堆和两座蒸汽涡轮机的喷水推进方式，最大航速可达 32 节，其潜深可达 600 米。另报道猜测，最近试射的"巨浪 -3"洲际弹道导弹射程超过 12 万公里，可携带多达 10 枚分导核弹头，突防能力和命中精度也更高。一旦"巨浪 -3"导弹与 096 型核潜艇结合，中国海基核打击能力才真正迈上一个大台阶。

2020 年 6 月 23 日

酒泉子

赞北斗卫星导航系统全部建成

长箭带星，穿透万层霾厚。向苍穹，布北斗，演天筝。

且弹神曲请君听，从此直除魔咒。定芳径，传刻漏，测风行。

注：2020 年 6 月 23 日，第 55 颗北斗导航卫星发射成功。北斗卫星导航系统致力于向全球用户提供高质量的定位，导航和授时服务，包括开放服务和授权服务两种方式。开放服务是向全球免费提供定位、测速和授时服务，定位精度 10 米，测速精度 0.2 米 / 秒，授时精度 10 纳秒。

授权服务是为有高精度、高可靠卫星导航需求的用户，提供定位、测速、授时和通信服务及系统完好性信息。

2020 年 6 月 24 日

满庭芳

庚子端午感怀

庚子新春，竟传瘴雾，疫情生性猖狂。但临端午，霜干渐安康。偏得群情激越，拧全力、举世无双。望西域，风声鹤唳，但看正惶惶。

华堂，蒲艾立，雄黄去毒，箬叶飘香。愿香草祈年，紫气盈江。只等风平浪静，争见得、凤舞龙翔。歌声里，抱拳相对，船鼓已逢逢。

2020 年 6 月 25 日

阳台上的扶桑开了

雄鸡一唱起扶桑，相逢正对看朝阳。

菲红最似殷殷血，青绿偏穿翠翠妆。

身似芙蓉除妖色，形如芍药不张狂。

添来窃喜窗前坐，今夜床前新月光。

2020 年 6 月 27 日

孙子考高中

恐是秋闱或夏闱，初三学子手频挥。

疫情无奈摩拳势，骤雨难成下马威。

自有甜心催感悟，竟从诗海觅珠玑。

眼中疲态消何迅？癸卯来时盼雄飞！

注：2020 年上海中考于 6 月 27 日、28 日两天举行，孙子参加了。"甜心"是指语文作文题目"有一种甜"；而"诗海"则是孙子在作文中引用了我的诗集"七色海的浪花"中的诗句。

2020 年 6 月 29 日

阳台上的花卉

居高敞亮好阳台，十五平方瑞气来。

花架高低偏自制，瓷盆大小各栽培。

海棠四季殷红袭，茉莉常年绿白偎。

更有猪笼擒逆贼，清新雅淡久徘徊。

2020 年 6 月 29 日

家里的热带鱼缸

玻璃缸里水循环，十六年来竟未闲。

偶有离群飘忽去，总从赶集悄然还。

冬春热电恒温度，四季添崽喜小顽。

灯下游鱼多活力，惠风和畅客厅间。

闻高考学籍被冒名顶替十六年后败露

及第偏朝"落榜"登，暗箱操作料无凭。

江南丁酉[1]编新说，廪膳经年觅老僧。

却道尘封虽久远，终知邪恶最低能。

快刀宜解丝麻乱，只是时光不返乘。

注：山东冠县的农家女陈春秀16年前考上了大学，却遭人冒名顶替的事情，最近被暴露，正在寻找解决方案，只是被偷去的人生如何追回？

1. 江南丁酉指顺治丁酉江南乡试科场案。

2020 年 7 月 6 日

书生

世上人人途各殊，苍天着意赐三书。

春秋执掌承经籍，词语潜心悟太虚。

无字当随思想发，性灵且辨九宫车。

本初历历求真蒂，便教洋洋结草庐。

注：2020年浙江省高考语文试卷作文题目：有位作家说，人生要读三本大书：一本是"有字之书"，一本是"无字之书"，一本是"心灵之书"。以看法和评论书不少于800字之文章。

2020 年 7 月 11 日

难忘是外婆

"呜呜"我姥姥，未忆泪先垂。

活在低层苦，缠成三寸悲。

求饶遭劣棍，终使引残肢。

眼落凄凄影，身行缓缓姿。

三竿高日烈，双颊汗珠时。

脚跨墙门槛，声呼阿小儿。

"缘何不上学"？"怎奈少资炊！

初小升高小，欲师难请师"。

听闻多唧唧，但见已慈慈。

伸手袋中疾，接钱亲母迟。

我娘声正哽，弱影步飞驰。

片刻书包鼓，外婆心底嘻。

长风添劲力，激浪唱新词。

从此终生是一兵，走南闯北为人民。

只因诚遇助推力，托我升帆跟党行。

享受新生活，退休还笔耕。

呜呼！

外婆驾鹤西征去，

未得最后送一程。

忆来怎不叫人泪纵横！

注：1960年8月上军校后，1961年暑假回家探亲时见过一面。噩耗来时，因在读，部队纪律不允，未能见最后一面而成遗憾。

2020年7月13日

附一：

祭祖父文

王氏方仪，乃我祖父。平生勤勉，一生坎坷。

丧妻失子，剐心裂肤。孙辈且小，食少衣薄。

贫田寸土，残瓦漏屋。续弦尚俭，方得安抚。

伦帽道服，扬德崇儒。与人辟邪，为人祈福。

方圆百里，终日奔波。辛勤劳作，名逐四播。

器俱渐丰，育孙带徒。虽未如意，但能得处。

心身暂宽，温饱略富。心平神定，岁月安度。

谁知平地，却生风波。可怜晚年，不幸撞魔。

文革风起，寒袭晚露。典籍书画，尽成烟火。

箱奁器俱，裂为粪土。一生心血，水流东付。

耄耋之年，历尽折磨。身心摧残，万念尽无。

幸有孙辈，尚得照顾。惟有小孙，不孝于祖。

十六离家，从戎入伍。一别经年，难得回府。

见面时少，别离日多。光荫茬茬，时间不驻。

祖成老态，独缺我抚。汝需之时，亦未成助。

病榻之前，不曾驻足。临终之时，身在异处。

恶噩传来，已成大错。阴阳两处，再见时无。

呜呼哀哉，如何面目。三十三年，思朝索暮。

今日撰文，欲补前过。祖父功德，感我肺腑。

祖父音容，梦会神露。我当崇敬，对天遥祝。

在天之灵，佑我宗族。俯首磕拜，焚香燃烛。

愿祖之魂，永驻乐土。

小孙连荣撰文于丁亥年九月廿二日

附二：

祭母文

呜呼我母，程氏桂珍。民国三年，生于赤贫。

自此多舛，备尝艰辛。十八人妇，出嫁清门。

十九育女，早为母亲。夫君忙外，疏于家政。

纤弱身躯，力撑门庭。一日三餐，心机费尽。

衣食冷暖，时刻在心。生育六胎，夭折二婴。

破布裹尸，含泪埋亲。三十三岁，失去夫君。

如箭穿心，似雷轰顶。山亦嚎啕，海亦悲恸。

独育子女，舐犊情深！五更即起，夜半未寝。

自食糠麸，白米喂婴。一女三男，抚养成人。

天苍苍之高兮，母之品行。

地茫茫之大兮，母之胸襟。

水幽幽之深兮，母之恩情。

石铮铮之坚兮，母之骨筋！

风为之动容，云为之起敬。

雷为之感叹，电为之惊心。

平凡一生，何等千钧！皇天在上，嘉此懿行。

得享米寿，晚福临门。吾逢盛世，俩儿俩孙。

撰文相告，以慰母灵。永记母德，母德在心！

小儿连荣泣撰

戊子清明

注：此二祭文系以前所撰，现编在此。

天问一号开启行星际探测之旅

迷人荧惑欲探求，落寞苍茫远寂游。

脾性缘何难捉摸，战神遭劫演沉浮。

深空尚有蓝球伴，着意情牵万事谋。

今日祝融来拜访，千题百问莫停喉。

2020 年 7 月 25 日

注：天问一号是中国行星探测任务中的首次火星探测任务，该名称源于屈原长诗《天问》，寓意探求科学真理征途漫漫，追求科技创新永无止境。2020 年 7 月 23 日 12 时 41 分，中国首次火星探测任务"天问一号"探测器发射升空，其任务目标是通过一次发射，实现火星环绕、着陆和巡视探测。

忆故居及邻里

一袭门排幸福门，满楼室主各风尘。

诗词优雅生刘弟，歌曲悠扬出傅身。

英语从流疑远客，各家子女最天真。

如今虽说鬓霜貌，都是欢欣快乐人。

注：到政治学院后，居住在二院的 36 栋。那是二层小楼，四开间。一号是刘汉城教授，我是二号。听刘教授说三号是史培生、林立夫妻，四号是傅明秋？我已印象不深，可能已搬迁到 220 栋去了的缘故吧。但是史、林、傅等同志都是熟悉的。

2021 年 3 月 16 日

祝融着陆乌托邦

惊魂一度九分钟，减速悬停再缓冲。

化险为夷施巧术，趋安避障看灵龙。

今日纵横天地外，明朝尽释火星容。

屈平可有三千问？请向祝融求影踪。

注：2021 年 5 月 15 日 7 时 18 分，天问一号着陆巡视器成功着陆于火星乌托邦平原南部预先着陆区，我国首艘火星车祝融号成功登陆火星。天问一号火星探测器历经 200 多天的飞行，终于完成最艰难的降落，在火星上首次留下中国印迹。

2021 年 5 月 18 日

写在我国第七次人口普查之际

摸清底细好安排，多少油盐多少柴。

历数资源查国力，统筹社会绘山崖。

脱贫致富人为本，经济由来质是牌。

常做规划求质量，方能久品雨前茶。

注：第七次全国人口普查是中国在 2020 年开展的全国人口普查，普查标准时点是 2020 年 11 月 1 日零时，彻查人口出生变动情况及房屋情况。2021 年 5 月 11 日上午，国家统计局、国务院第七次全国人口普查领导小组办公室公布了第七次全国人口普查数据，根据公布的 2021 年中国人口最新数据显示，2021 年中国人口总数为 14.1178 亿人。

2021 年 5 月 20 日

庆祝中国共产党成立 100 周年大会

在北京天安门广场隆重举行

领袖高声世事宣，凯歌曲奏小康篇。

百年奋斗惟民事，万众欢欣说红船。

自有英雄捐血肉，终将鬼魅化寒蝉。

聆听训语思重发，再启征程到玉田。

注：2021 年 7 月 1 日上午 8 时，庆祝中国共产党成立 100 周年大会在北京天安门广场隆重举行。中共中央总书记、国家主席、中央军委主席习近平发表重要讲话。

2021 年 7 月 2 日

神舟 12 圆满完成出舱活动期间全部既定任务

神舟十二见从容，万众深情笑意浓。

欧美闭门驱散客，孤鸿立志化腾龙。

埋头自力驱魔鬼，着意天宫挺劲松。

侧目西方星欲坠，何由叫你彼时凶！

229

注：北京时间 2021 年 7 月 4 日 14 点 57 分，经过约 7 小时的出舱活动，神舟十二号航天员乘组密切协同，圆满完成出舱活动期间全部既定任务。

2021 年 7 月 8 日

台风烟花

并非节日放烟花，此辈凶残已到家。
长臂河南倾恶水，短兵浙地泛沉渣。
车停人困航班误，树倒房淹百足爬。
回马挥枪重刺剑，分明魔鬼挟狂鲨。

注："烟花"于 2021 年 7 月 18 日 2 时被中央气象台升格为热带风暴，7 月 21 日 11 时被中央气象台升格为强台风；7 月 25 日 12 时 30 分，台风"烟花"的中心已在浙江省舟山普陀沿海登陆，登陆时中心附近最大风力 13 级（38 米 / 秒），中心最低气压为 965 百帕。7 月 26 日 9 点 50 分前后在浙江嘉兴平湖市沿海二次登陆，登陆时中心附近最大风力 10 级（强热带风暴，28 米 / 秒）。

2021 年 7 月 30 日

中国的疫苗出口

魔窟争逃白骨精，横行肆疟害苍生。
星条最是播妖者，山姆常当甩祸兵。
大国担当谁最好，疫苗出口我先行。
青红皂白分清日，自有明眸正义声。

注：截至 8 月 4 日，中国已通过援助、出口、联合生产等多种方式，向超过 100 个国家和国际组织提供 7.7 亿剂疫苗，惠及数亿民众。

2021 年 8 月 9 日

孟晚舟回家

回家之路实漫漫，最怨无端受羁绊。

一举旌旗战无耻，三年申诉决悬案。

党明终有护身策，国盛多生铁血汉。

信念如灯染红色，无穷力量迎灿灿。

注：在被加拿大政府扣押 1030 天后，加拿大当地时间 9 月 24 日，华为首席财务官孟晚舟乘坐中国政府包机离开加拿大。北京时间 9 月 25 日 21：49 分左右，孟晚舟所乘包机抵达深圳宝安机场。随后，孟晚舟发表感言称："提前祝祖国母亲生日快乐！有五星红旗的地方，就有信念的灯塔，如果信念有颜色，那一定是中国红。"

2021 年 9 月 26 日

透碧霄

欢度国庆

庆华秋。喜看家国正风流。绿浪起伏，红灯高挂，大道通幽。山峦欢乐，河川踊跃，彩云祥悠。上层楼、万马奔腾，见锦街香陌，金歌仙曲，瑞气神州！

昔英雄辈出，驱虏除腐，又一灭诸侯。树栋梁、求经典，千里万里筹谋。便追夙梦，再引歌喉。方得全周。迎升平、毋忘前忧。话征途尚远，同德同心，共绣青丘。

注：是日乃吾国之七十二华诞，故填词一阕以寄我之情怀。

2021 年 10 月 1 日

231

卷四

《体坛荣耀》篇

历届全运会乒乓球女子单打冠军

第一届　胡克明

欣逢建国十周年，全运翻开第一篇。

百变乒乓球小小，千般风韵意绵绵。

几经搏杀尘埃定，三女排名座次填。

偏有岭南花艳丽，始将春色染山川。

注：中华人民共和国第一届运动会于 1959 年 9 月 13 日至 10 月 3 日在北京举行。当时，广东选手胡克明战胜叶佩琼（李隼母亲）获得了女子乒乓球单打冠军。那届的亚军和季军都是北京队选手，分别是：叶佩琼、孙梅英。个人曾获得 1961 年世界乒乓球锦标赛女子团体亚军、女子双打季军等荣誉。

第二届　林慧卿

非奥乒乓第一人，冠军咸集着周身。

华侨也是炎黄后，故国今添四季春。

有技归家思报效，真心育蕾觅奇珍。

谁还续继魔球法，切削弧圈八面新？

注：林慧卿应该是中国女子乒乓球的第一人，皆因她在世乒赛上实现了金牌大满贯（单打、双打、混双、团体冠军），外加有全运会冠军。

原籍广东新会，出生于印度尼西亚，1959年回国，参加上海市乒乓球队，1960年入选国家队。1965年参加第二十八届世界乒乓球锦标赛，是女子团体冠军中国队的主力之一。并获女子单打亚军，与郑敏之合作获女子双打冠军，与张燮林合作获混合双打亚军。1971年在第三十一届世界乒乓球锦标赛中是女子团体亚军中国队的主力之一，并获女子单打，与郑敏之合作的女子双打、与张燮林合作的混合双打三项冠军。

第三届　闫桂丽

乒坛燕赵出能人，一击成名伏众嫔。

丹桂飘香秋爽过，隐身育蕾八方亲。

台前挥拍争高下，幕后从师说金银。

只为小球传友谊，终将岁月返青春。

　　注：闫桂丽，籍贯河北省沧州市，曾参加三十三、三十四、三十五、三十六四届世锦赛，并两次获得亚军。在1975年9月12日—9月28日北京举行的第三届全运会上，闫桂丽力压群芳、登顶全国冠军。在退役之后，闫桂丽被派往埃及任国家女队教练、随后又远赴德国、瑞典教球暂居，1912年定居北京。闫桂丽为乒乓球的推广做了不少贡献。

第四届　齐宝香

话音刚落响回声，三届牵连四届情。

女单金牌归燕赵，宝香胶拍助精英。

争锋疾速依双面，反手强推起一惊。

金牌且作烟云过，荣誉奖章方正名。

　　注：齐宝香是20世纪70年代末期到80年代初期的国乒强手之一，以出色的反手推挡技术闻名，两面摆速极快、善打相持球。在国际赛场上，齐宝香的成绩对比同期国手不算突出，但她拥有一个象征登顶过中

国赛场的全运会单打冠军。在 1979 年全运会夺冠之后，齐宝香又在一年后的亚乒赛上拿到女子单打冠军，这是她生涯最具代表性的两冠。曾获国家体育运动荣誉奖章。

第五、六届　焦志敏

左手横挥双面攻，扣球凶狠有真功。

曾经五运三擒将，更在巅峰两度雄。

不是风波难逆料，便从闲里觅奇童。

还思昨做南韩媳，教子相夫业颇丰。

注：焦志敏出生于黑龙江省伊春市，中国女子乒乓球运动员。左手横拍两面攻打法，擅长快攻。扣杀凶狠，步法灵活。1983 年五届全运会上，焦志敏狂飙突起，接连击败耿丽娟、戴丽丽、曹燕华三位世界冠军，特别是在决赛中以 5 局 108 比 106、这个世界上罕见的超高而接近的比分，战胜了当时世界排名第一的曹燕华。但作为两届全运会冠军得主，焦志敏在队伍里的番位不高，乒乓生涯荣誉多以双打为主，单打最具代表性的是 1988 年汉城奥运的铜牌。在该年奥运上，焦志敏在半决赛输给了队友李惠芬，次年，焦志敏选择退役，结束了乒乓球运动员生涯。在自费前往瑞典留学不久后，他与秘密交往多年的韩国前国手安宰亨登记结婚，并诞下后来成为韩国高尔夫球名将的安秉勋。

2021 年 9 月 14 日

第七、八届　邓亚萍

先天娇小后天勤，不负光阴夺寸斤。

练就魔头擒妖术，堪称统帅冠三军。

曾经百月竟无敌，只看平生建硕勋。

一代功成身退后，世间谁会不知君？

注：邓亚萍，1973年2月6日出生于河南省郑州市，前中国女子乒乓球运动员，乒乓球大满贯得主，河南邓亚萍体育产业投资基金创始人。邓亚萍在乒乓球界的声誉和地位是毋庸置疑的，她也被球迷称为第一大魔头。邓亚萍连续两次获得全运会单打冠军。14年运动生涯中共拿到18个世界冠军，占据国际乒联世界女子排行榜首位置达8年之久。1992年和1996年连续两届奥运会获得女子单双打两枚金牌，是中国第一位夺得4枚奥运金牌的人和乒乓球史上排名"世界第一"时间最长的女运动员。退役后入选了国际乒联名人堂。

第九届　王楠

称王两届事无完，搏击乒坛演大观。

廿四冠军谁可比，流光岁月国多欢。

左持横拍蝶蜂舞，快击弧圈玉玑寒。

但见长江浪推浪。情扶小将上雕鞍。

注：王楠，1978年10月23日出生于辽宁省抚顺市，采用左手横握球拍，弧圈球结合快攻打法。她的心理素质好，情绪稳定，处理球恰到好处，善于调节击球的节奏。王楠是中国赢得乒乓球单打冠军最多的人，她有着令人印象深刻的24枚金牌记录。在2001年的全运会上，王楠击败了张怡宁，获得了金牌。

第十、十一届　张怡宁

计隐心中不露光，惟看球技必成王。

自从雅典称乒后，一路狂飙泛玉香。

师姐潇疏挥泪别，小花踊跃欲张扬。

须君余勇生魔力，憾作田归弄锦裳。

注：张怡宁是最著名的大魔王，她在巅峰时期几乎找不到对手。

2004年雅典奥运会上夺得女单冠军后，开启了自己的时代，一路斩获各类金牌，全运会也不例外。第十届全运会决赛上，张怡宁和王楠都逼出了最好的自己，打出了近乎是各自生涯中最艰难的比赛。经过七局大战，张怡宁复仇成功，拿到了第一个全运会冠军，宣告自己统治女单赛场的时代真的已经来临了。2009年的全运会中，张怡宁与郭跃上演对决，在决赛上，张怡宁4-1轻松战胜了郭跃。再次登顶全国冠军，张怡宁微笑着转身，后面没有郑重的退役仪式，也没有公开说再见，一代大魔王默然离去，留下上升期无敌的乒乓传说。

第十二届　李晓霞

乒坛有意映朝霞，考比伦杯首摘瓜。

初出茅庐便成器，渐丰羽翼正擎花。

过关斩将常追逐，截铁留金后沏茶。

但看君身力无比，裙衩只是女儿家。

注：第48届世乒赛团体赛中，中国乒乓球女队第16次捧起考比伦杯。领奖台上，一个个子高高的女孩引起了大家注意，她就是18岁的乒乓小将——李晓霞。在中国乒坛，李晓霞是一个相当有标志性的女单选手，打法趋向于男性化、力量在女子领域里超群，正手拉球与反手弹打的杀伤力都很大。在2012年奥运单打摘金之后的2013年全运会，李晓霞拿到了女单冠军，而她击败的则是初出茅庐不久的陈梦。

第十三届　丁宁

黑龙江水育丁宁，直上乒坛闪闪星。

从此生龙兼活虎，还来截铁又掀钉。

青春有道通天下，技艺乘风永不停。

满贯无非梦初现，奖章激励取真经。

注：丁宁，1990年6月20日出生于黑龙江省大庆市，前中国女子乒乓球运动员，世界冠军、奥运冠军。1999年，丁宁加入北京队。2005年，进入中国国家队。2009年，获得职业生涯首个世界冠军。2011年5月15日，在第51届鹿特丹世乒赛夺取女单世界冠军。成为中国队历史上第13位世乒赛女单冠军。2016年，里约热内卢奥运会首次夺得奥运女单冠军，成为乒乓球大满贯选手，并担任了闭幕式中国代表团旗手，同年，被授予全国五一劳动奖章、首都劳动奖章、2016年度体育运动荣誉奖章。2017年夺得天津全运会乒乓球女单冠军。退役成为北京大学新生，并担任该校乒乓球课助教。

2021年9月15日

第十四届　王曼昱

长盛不衰中国球，年轻"老将"各追求。
颖莎常有惊人技，曼昱频生智者谋。
短摆强攻袭双角，斜拉发力觅中州。
一番鏖战风云熄，孙便称臣王是头。

注：王曼昱，1999年2月9日，出生于黑龙江省齐齐哈尔市，中国女子乒乓球运动员。2021年9月25日晚间，第十四届全运会乒乓球女单决赛中，黑龙江女乒名将王曼昱以4：0的总比分击败河北女队主力孙颖莎，成功摘得自己的首枚全运会女单金牌。

2021年9月26日

历届全运会乒乓球男子单打冠军

第一届　王传耀

足球恋罢恋银球，始自工人拜相侯。

九击匈奴缚名将，再赢王者慰神州。

始从门板水泥地，直到京都五大洲。

执斧开山红一片，染遍枫叶染金秋。

注：1953 年，22 岁的王传耀被选入国家队，在 1965 年，1959 年，1960 年全国乒乓球比赛及第一届全运会乒乓球比赛 中均获得男单冠军。他九次击败匈牙利名将别光华切克，在中国选手中第一个击败当时的球王荻村伊伊智郎。北京举办了第 26 届世界乒乓球锦标赛，这也是中华人民共和国成立以来，第一次举办世界大赛。当时，中国队获得了男子团体冠军，而王传耀就是当时中国队团体成员之一。

第二届　庄则栋

生龙活虎击乒球，叱咤风云始未休。

余勇三添羽翎箭，秋波一送白皮牛。

手拨琴弦震天阙，情消雾露解姻愁。

红光过后蓝光近，高处严寒不胜收。

注：庄则栋可以说是中国 20 世纪 60 年代，最具影响力的乒乓球运动员，获得 1961 年、1963 年、1965 年三届世乒赛男子单打冠军。在 1971 年的第 31 届世界乒乓球锦标赛上，庄则栋在当时鼓足勇气，与美国乒乓球运动员交往，科恩也非常欣赏庄则栋的球技，而庄则栋并不排斥科恩是美国人，空闲时间就与科恩切磋球技。庄则栋不仅为我国的乒乓球事业做出了巨大贡献，而且还为世界的和平做出了巨大贡献。

第三届　王文荣

文荣立志学容哥，正值孩提竟敲锣。

道是真心无戏语，初生牛犊浴天河。

便从省府飞宫阙，敢把高人缚板坡。

谨防翻船练心志，终于梦实且多多。

注：王文荣是河北籍的运动员。20世纪70年代时曾连续在国际大赛中击败世界冠军，与队友一起捧回第一届、第二届亚非拉乒乓球邀请赛团体冠军奖杯，摘取欧洲邀请赛团体冠军的桂冠、北京九国邀请赛团体冠军的金牌。他成为当时最为耀眼的乒坛明星之一。

第四届　王会元

一锤一板击银球，道是无心却有谋。

新秀登台曾亮眼，十年征战有丰收。

平生左手挥横拍，常作弧圈引子眸。

退役乘风东渡去，教头传技正悠悠。

注：在中国乒乓史上，王会元的名字并不耀眼。但参加过五届世乒赛、两次取得团体冠军的成绩依然在老球迷心目中有位置。他来自辽宁，1960年生人，他是左手横板正手反胶反手生胶近台快攻结合弧圈打法。作为新秀他参加了77和79两届世乒赛，79世乒赛意外输给怪球手希尔顿，混双和张德英合作获得了第三名。之后他成绩斐然，取得了1979年第四届全运会男单冠军，访欧成绩出色。他的特别是力量很大，正手进攻凶狠。被国外选手称之为"锤子"。

2021年9月16日

第五届　惠钧

挥拍还看右手抡，势沉力大出千钧。

银球舞动见成就，赛事频繁访友邻。

独揽金银邀日月，还携伉俪笑青春。

定居香港紫荆艳，偏作辛勤育蕾人。

注：1978年，15岁的惠钧进入江苏省队，而在1983年，20岁的惠

钧进入国家集训队，并且在当年的第五届全运会中，获得乒乓球男子单打冠军。1984年，获得第二届亚洲杯乒乓球男子单打冠军。而在世界大赛中，1987年的第39届世乒赛中，惠钧与耿丽娟搭档，最终获得了混双冠军。1997年香港回归后，惠钧与李惠芬夫妻二人被派去香港队执教，并帮助香港乒乓球队取得了巨大进步。在2002年釜山亚运会上，张钰／帖雅娜获得了混双金牌；2003年，张钰／梁柱恩获得国际乒联职业巡回赛总决赛男双亚军；2004年雅典奥运会上，高礼泽／李静获得男双银牌；2006年多哈亚运会上，高礼泽／李静夺得了男双金牌。

第六、八届　王涛

国球亦有谷和峰，正值艰难记在胸。

便用青春握球拍，再从睚眦化蛟龙。

军人历练坚强志，球拍终成盖地松。

全国冠军两番得，金牌奥运意犹浓。

注：王涛3岁就开始学习打乒乓球，1980年，13岁的王涛进入了八一队，1987年第六届全运会上，当时20岁的王涛以黑马的身份，最终夺取冠军，一战成名。一年之后，王涛便进入到国家队。因为在1988年，乒乓球项目第一次成为奥运会的正式比赛项目，所以王涛就成了中国队重点的培养对象，并且，在1992年的巴塞罗亚奥运会与吕林搭档，获得最终男双金牌。

第八届全运会夺冠。王涛成为了首位在全运会当中，第二次夺得冠军的男子乒乓球运动员。

第七届　吕林

单打金牌不算多，直从双打抖干戈。

缘因口木联成对，联袂王涛共泛波。

万绿丛中红点点，雄鹰结伴戏鹅鹅。

荣归故里仕途阔，更为家乡唱赞歌。

注：吕林比王涛小两岁，但是与王涛同年进入国家队，也就是在1988年。两个人搭档的双打成绩非常出色：1991年第41届世乒赛，与王涛搭档获得男子双打冠军，一年之后的巴塞罗那奥运会，同样与王涛搭档获得最终男子双打冠军，此后吕林与王涛完成了世乒赛男子双打的三连冠。而吕林的单打成绩，照比双打要逊色一些，除了获得第七届全运会男子单打冠军之外，在世界大赛中，也就是获得了1995年的世界乒乓球循环赛的单打金牌。

第九届　马琳

乒坛斗士出沈阳，若数金银累也忙。

只见争先练高技，还看赤露演刀枪。

长驱直拍灵龙出，短摆斜敲敌胆丧。

上马纵横勇征战，运筹帷幄善探囊。

注：马琳，1980年2月19日出生于辽宁省沈阳市，前中国男子乒乓球队运动员，国家乒乓球队教练。1993年，首次夺得全国青少年比赛男单冠军。此后，开始国家队生涯。1998年，先后夺得亚锦赛男双、男团冠军，以及马来西亚、黎巴嫩公开赛男单冠军。1999年，世乒赛夺得男子单打亚军、混双冠军。2000年获得世界杯冠军。2001年获得世乒赛男团冠军、国际乒联巡回赛男单男双冠军。2004年，雅典奥运会双打冠军。2006年，法国巴黎世界杯单打冠军。2008年，北京奥运会男团冠军、男单冠军。2013年12月8日，正式宣布退役。职业生涯共获得四届世界杯冠军、18个世界冠军。2017年3月，担任国家乒乓球队教练。2020年12月，被体育总局授予年度体育运动荣誉奖章。

第十届　王励勤

正手弧圈技术精，一招一式起雷鸣。

拔寨摧营多建树，攻城略地几纵横。

排头殿后军师事，折桂留金竖子情。

借问缘何勇无比，称王做霸励勤耕。

注：王励勤，1978年6月18日出生于上海市，前中国男乒乓球运动员，现任中国乒乓球协会副主席。他从6岁开始打球，于1993年入选国家队，以技术全面著称，战术风格着重化繁为简。他曾获得世界冠军17次、男子单打冠军24次，男子双打冠军29次，帮助中国国家乒乓球队多次获得奥运会冠军、世界乒乓球锦标赛冠军。2005年的第十届南京全运会上，夺得男单冠军。于2014年2月27日正式退出国家队。

第十一届　王皓

皓月当空起一经，干戈抖擞跃晨星。

长江后浪推前浪，世上新臣越旧臣。

莫谓千年老居二，但看秋末见回春。

憾事不须常驻口，金奥无缘三摘银。

注：1998年底王皓入选国家二队，1999年初升入国家一队，逐步成长为主力队员。2002年，王皓一举夺得埃及公开赛男单冠军，排名也跻身世界10强，与蒂姆·波尔（德国）、庄智渊（中国台湾）并称为乒坛最具潜力的三大新星。在中国乒乓球的历史上，王皓拥有非常重要的地位。在2014年5月份的团体世乒赛上，王皓随队创造了7连冠的壮举，自己也以18个世界冠军追平了老将马琳，并列获得世界冠军最多的男乒选手。18个世界冠军，3次打进奥运会单打决赛，团体世界大赛不败，王皓创造辉煌纪录的同时，却留下一项遗憾——未能获得一枚奥运单打金牌，因此无缘大满贯。

第十二、十三届　马龙

奥运金牌里约生，蝉联桂冠在东京，

浑身荣耀应无比，满贯功勋最震惊。

龙马精神勤可得，黄牛劲力励方生。

年成而立图谋远，古有廉颇老执缨。

注：马龙，1988 年 10 月 20 日出生于辽宁省鞍山市，中国男子乒乓球运动员，北京市先农坛体育运动技术学校教练员，中国乒乓男队队长，乒坛史上第 10 位大满贯选手，奥运 5 金历史第一人，也是世界乒坛史上第一位男子双满贯＋全满贯得主，2013 年沈阳全运会和 2017 年天津全运会两夺乒乓球男单金牌。现任中国乒乓球协会运动员委员会主任。

2021 年 9 月 17 日

第十四届　樊振东

曾经上届便争锋，不敌师兄败马龙。

今日欲擒丁硕弟，殊途正遇泰山峰。

远拉近摆银球急，重扣强攻气势凶。

毕竟排名凭实力，即将对手作零封。

注：樊振东，1997 年 1 月 22 日出生于广东省广州市，中国男子乒乓球运动员，乒乓球世界冠军。2021 年 9 月 26 日，以 4：0 击败山东队的刘丁硕获得第十四届全国运动会男单金牌。

刘丁硕，世界排名 229 位，樊振东世界排名第一，刘丁硕能进入决赛，堪称黑马。

2021 年 9 月 27 日

再捧苏迪曼杯

只自汤侯异域回，羽球始入国人怀。

数强半落神坛去，一树花开五彩偎。

直叫苏杯常作客，频添勇士上高台。

若无实力难连胜，数度风光几捧杯！

注：苏迪曼杯混合团体锦标赛，简称苏迪曼杯，又称世界羽毛球混合团体锦标赛，1989 年开始举办，两年一届，在奇数年举行。该比赛采用五场三胜制，由男子单打、女子单打、男子双打、女子双打和混合双打等五个项目组成，是代表羽毛球整体水平的最重要的世界大赛，与汤姆斯杯和尤伯杯齐名。从 1989 年第一届算起至今已历十七届。

2021 年 10 月 4 日

《奥运荣光》篇

盼东京奥运中华健儿出彩

疫情肆虐演狂魔，奥运推迟一岁多。

劫难缓和期发令，风头过后便鸣锣。

伦敦里约凝诗句，日本东京泛激波。

为赞中华骁将勇，金牌一面一诗歌。

注：自从习作格律诗词以来，便在伦敦和里约奥运赛场上为中国健儿夺得金牌作诗。一来向健儿表示敬意，二来亦可提高写作水平，一举两得，何乐不为？故今届东京奥运仍然照例。

2021 年 7 月 19 日

中国东京奥运代表团金牌榜

女子十米汽步枪杨倩夺冠

飒爽英姿五尺枪，沙场杨倩着戎装。

青春亮丽添英气，意志坚强逐赛场。

美女金刚思要领，流星霹雳响厅堂。

冠军到手旗歌起，首枚金牌最闪光。

注：杨倩，2000 年出生于浙江省宁波市鄞州区，中国女子射击运动员。2021 年 7 月 24 日，在 2020 东京奥运会射击比赛女子十米气步枪决赛中，00 后中国小将杨倩夺冠，拿下中国代表团本届奥运会首枚金牌，

也是东京奥运会首枚金牌。

女子举重 49 公斤级侯志慧夺冠

征战举坛拼瘦肥，潇湘妹子发神威。

杠铃加码无畏色，屏气凝神露先机。

把把竞争惊四座，斤斤角逐战芳菲。

金牌已是囊中物，手捧鲜花为国挥。

注：侯志慧，湖南省桂阳县人，中国女子举重运动员。2021 年 4 月 17 日，以 96 公斤打破了自己保持的 95 公斤的抓举世界纪录，并以 213 公斤的总成绩获 2021 年举重亚锦赛女子 49 公斤级冠军，这一成绩打破了蒋惠花在 2019 年创造的 212 公斤的总成绩世界纪录。在 2021 年东京奥运会上以 210 公斤的总成绩为中国体育代表团获得了第二枚金牌。

女子重剑孙一文一剑封喉

殷红剑道起风云，逐鹿金牌展骨筋。

跨步流星如闪电，迅雷灌耳起千斤。

游龙出水山东客，破釜沉舟越女勤。

久练封喉高技在，金牌奖励始耕耘。

注：孙一文，1992 年 6 月 17 日出生于山东省烟台市，中国击剑队女子重剑运动员。北京时间 7 月 24 日，2021 东京奥运会女子重剑个人赛决赛中，中国名将孙一文在开局落后的情况下，最终以 11：10 逆转击败罗马尼亚老将波佩斯库，成功夺得女子重剑冠军。

2021 年 7 月 24 日

女子双人三米板施廷懋、王涵封后

三米双人板上争，欲封天后启征程。

出场走板方弹腿，旋转翻腾碎水泓。

八队轮番萌技艺，一枝独秀傲群英。

中华自有强强手，五冠连连副盛名。

注：北京时间25日下午，东京奥运会跳水女子双人3米板决赛中，中国跳水名将施廷懋搭档王涵，以总分326.40成功夺金，帮助中国跳水队取得东京奥运开门红的同时，实现该项目五连冠壮举！

李发彬男子61公斤级举重夺冠

技压群雄力士真，杠铃重压泰山身。

平时练艺流咸汗，实战通灵似有神。

但教闽江生勇将，犹如猛虎脱荆榛。

金鸡独立随心发，专夺金牌不尚银。

注：李发彬1993年1月15日，出生于福建泉州市南安，中国男子举重运动员。2021年7月25日，在东京奥运会男子61公斤级举重决赛中，李发彬以抓举141公斤、挺举172公斤、总成绩313公斤夺冠，同时打破了奥运抓举及总成绩奥运纪录。

2021年7月25日

男子举重67公斤谌利军称王

武艺高强可逐王，胸怀目标赴疆场。

抓举无常挺举补，信心不减醉心狂。

此身筋骨此身质，斗士精神斗士装。

同是黄金成色异，利军真是好儿郎。

注：谌利军，1993年2月8日出生于湖南省益阳市安化，毕业于西南大学，中国举重队运动员。2013年，加入解放军队，同年，获得世界举重锦标赛男子62公斤级总成绩冠军。2021年7月25日晚，东京奥运会举重男子67公斤级决赛，在抓举出现两次失误的情况下，挺举第二把成功举起187公斤的重量，以332公斤的总成绩力压对手，逆转夺冠，为中国队斩获第六金！

十米气手枪混合团体赛冠军

三朝老将再瞄星，携手零零姜冉馨。
角逐混双争桂冠，偏逢开局起情形。
冲开血路创新局，直捣龙门取妙经。
沉着成功登绝顶，国歌回荡震天庭。

注：东京奥运会10米气手枪混合团体决赛中，中国组合庞伟、姜冉馨在开局落后的情况下，顶住压力，为中国代表团斩获第七金！

陈芋汐联手张家齐，女子跳水双人十米台夺冠

水池相识已经年，册页今翻新一篇。
如花少女圆初梦，跳台十米绽金莲。
功夫娴熟因熬苦，技艺高超少泛涟。
难怪欢容停一刻，正思过后再登巅。

注：陈芋汐2005年9月11日出生于上海市，中国跳水运动员。张家齐2004年5月28日出生于北京市。张家齐和陈芋汐都曾在女子10米跳台的比赛上获得过单人世界冠军，两人从2019年光州世锦赛后开始配对，默契度和同步性通过两年的磨炼不断加强。首次参加奥运会的她们，"齐汐"组合圆梦奥运，为中国代表团赢得东京奥运会第八金。

混合团体十米气步枪杨倩和杨皓然夺金牌

双杨组合见张狂，气步枪威震赛场。

虽有波澜如路虎，但依技艺化严霜。

金牌不负勤劳手，桐树终栖金凤凰。

莫道征途横坎坷，常思今日遇风浪。

注：在 2021 年 7 月 27 日的东京奥运会射击混合团体十米气步枪金牌战中，中国组合杨倩、杨皓然以 17：13 战胜美国队，获得冠军。这是中国代表团在东京获得的第九枚金牌，中国组合一度以 5：9 落后，但随后几轮发挥出色将总比分扳成 11 平。关键时刻，杨倩和杨皓然越战越勇，连续打出 20.8 环以上的成绩，最后以 17：13 战胜对手，拿下冠军！

2021 年 7 月 27 日

赛艇女子四人双桨冠军中国队

风骚独领一舟轻，四朵金花水上争。

桨叶翩翩翻激浪，牙关紧紧逐征程。

同心协力如飞箭，击掌欢歌起笑声。

红色电光生疾速，金牌闪亮照精英。

注：陈云霞、张灵、吕扬、崔晓桐组成的女子四人双桨赛艇队，在 2021 年 7 月 28 日的东京奥运会决赛中以 6 分 05 秒 13 这一世界最好成绩夺冠，帮助中国赛艇队首开纪，时隔 13 年再夺奥运冠军。

男子双人 3 米板中国队称王

堪看跳板荡悠悠，三米双人事未休。

直体真如针插水，团身恰叫火轮羞。

似曾相识堂前燕，总有灵通脑际谋。

251

了却多年心底怨，从今更上一层楼。

注：东京奥运会男子双人 3 米板对决中，中国组合谢思埸、王宗源以 467.82 分的绝对实力夺冠，帮助中国跳水队将该项目的金牌"失而复得"，这也是中国代表团的第 11 金！

男子举重 73 公斤级石智勇夺冠

曾经里约展刚强，一举泰山石敢当。

霸气谁人能匹敌？此番力士再张扬。

杠铃砸地铿锵急，铁臂擎天将帅狂。

满座敛声惊未定，国歌唱起伴金光。

注：北京时间 7 月 28 日晚 18：50，男子 73 公斤级别举重比赛正式打响。中国队石智勇凭借超强实力，抓举 166kg，挺举 198kg，总成绩 364kg 实力夺冠。值得一提，石智勇破多项奥运会纪录，世界纪录，总成绩领先第二名 18kg。

2021 年 7 月 28 日

张雨霏获女子 200 米蝶泳金牌

美女飞鱼战水中，浪花忽闪激霓虹。

犹如彩蝶旋天地，更看身姿现从容。

击碎珍珠铺胜路，冲除纪录展真功。

金牌只挂辛勤客，莫叫香飘一阵风。

注：张雨霏，1998 年 4 月 19 日出生于江苏省徐州市，毕业于南京体育学院，中国女子游泳运动员，中国游泳队选手。在 2021 年 7 月 29 日东京奥运会 200 米蝶泳中以 2 分 03 秒的成绩既夺金牌，又创造了新的世界纪录。

中国队获女子 4200 米自由泳接力金牌

金花鏖战泳池中，各路诸侯欲建功。

挥臂腾身掀碧浪，轮番入水起雄风。

欢声动地惊天帝，气势昂扬震九宫。

惊喜金牌华夏得，相看正展国旗红。

注：北京时间 7 月 29 日，东京奥运会游泳项目继续进行，女子 4200 米自由泳接力决赛，中国队的杨浚瑄、汤慕涵、张雨霏、李冰洁出战，最终以 7 分 40 秒 33 打破世界纪录、力压群雄夺冠，张雨霏也是成为本届奥运会，中国游泳队的双冠王。

中国队包揽乒乓球女单冠亚军

直把乒乓比国球，为伊消瘦为伊愁。

今将冠亚囊中集，专喜金银自己收。

颖莎陈梦展高技，电光火石裂山丘。

之前击退诸侯袭，方保红旗舞九州。

注：2021 年 7 月 29 日晚，在东京奥运会乒乓球女子单打决赛中，中国选手陈梦战胜队友孙颖莎，夺得金牌，这也是中国体育代表团在本届奥运会的第 15 枚金牌。

2021 年 7 月 29 日

男子 200 米个人混合泳汪顺获金牌

方如蝴蝶舞池中，又见仰天旋阵风。

但看鸣蛙蹬腿疾，还来展臂转轮疯。

一番鏖战乾坤定，几路雄师气数穷。

汪顺先机成胜局，金牌映照五星红。

注：汪顺，1994 年 2 月 11 日出生于浙江省宁波市，毕业于上海交通大学，中国男子游泳队运动员，主攻中短距离混合泳。在 2021 年 7 月 30 日东京奥运会上，力压群雄，并以 1 分 55 秒夺得冠军。

中国女子蹦床选手包揽金银牌

空中芭蕾演身姿，上下翻腾利落时。
一气冲天邀日月，数周旋体抱金枝。
银针抖落风铃响，彩蝶纷飞喜雀痴。
摘得金银还不够，举杯歌唱赋新诗。

注：朱雪莹，女，1998 年 3 月 2 日出生于北京市石景山区，中国蹦床运动员。2021 年 7 月 30 日下午，中国选手朱雪莹以 56.635 分成功夺得东京奥运会蹦床女子个人冠军。这也是本届奥运会中国代表队获得的第十七枚金牌。

中国队获羽毛球混双金银牌

羽球几度演辉煌，常忆汤侯并玉娘。
有道瞻前须顾后，常思久盛选精良。
混双已是成功例，冠亚相逢练艺场。
莫叫浮云遮望眼，凯歌一路一思量。

注：2021 年 7 月 30 日，东京奥运会羽毛球比赛中，国羽混双会师决赛，王懿律、黄东萍最终 2∶1 击败队友郑思维、黄雅琼，勇夺得羽毛球混双金牌。

马龙获乒乓球男单金牌

奥运金牌里约生，蝉联桂冠在东京。

浑身荣耀无可比，满贯功勋世皆惊。

先把诸侯摧赛外，再同师弟谈会盟。

过关斩将纵横后，卫冕还须战一程。

注：马龙，1988 年 10 月 20 日出生于辽宁省鞍山市，中国男子乒乓球队运动员，奥运会乒乓球冠军。2014 年任中国男子乒乓球队队长，是首位集奥运会、世锦赛、世界杯、亚运会、亚锦赛、亚洲杯、巡回赛、总决赛和全运会单打冠军于一身的超级全满贯男子选手。在 2021 年 7 月 30 日晚进行的东京奥运会乒乓球男子单打比赛中，马龙 4：2 战胜队友樊振东，成为奥运历史上首位卫冕冠军。

2021 年 7 月 30 日

女子帆板 RS：X 级卢云秀夺冠

搏击波涛有后人，扁舟飘忽巧手驯。

秀云夹缝寻生机，帆板追浪欲绝尘。

智借旋风添助力，更依技艺战邪粼。

排名更上层楼后，竟用金牌吻嘴唇。

注：卢云秀，1996 年 9 月 6 日出生于福建省漳浦杜浔镇范阳村，中国帆船运动员。2021 年 7 月 31 日，卢云秀以 36 分的总得分获得 2020 东京奥运会帆板女子 RS：X 级金牌。卢云秀也成为继殷剑、徐莉佳后，第三位获得奥运会帆船比赛金牌的中国选手。

吕小军男子举重 81 公斤金牌

三登奥运建功勋，只叫杠铃展骨筋。

伤病缠身情不减，寒暑练艺体更勤。

始自伦敦飞里约，便惊四座震千军。

东京竟是逢春地，老将声名处处闻。

注：吕小军，1984 年 7 月 27 日出生于湖北省潜江市，中国男子举重队运动员。北京时间 7 月 31 日，在东京奥运会举重男子 81 公斤级 A 组决赛中，中国选手吕小军以抓举 170 公斤，挺举 204 公斤，总重量 374 公斤的成绩夺冠，帮助中国代表团获得本次奥运会第 21 块金牌！

2021 年 7 月 31 日

巩立娇为中国队夺得女子铅球冠军

冠军夺取已多多，奥运差金奈若何？
不变初心勤苦练，盼思圣殿战风波。
虽因伤病常恻隐，不改深情未蹉跎。
圆梦东京无遗憾，国旗升起奏凯歌。

注：巩立姣，1989 年 1 月 23 日生于河北省石家庄市，中国田径运动员。毕业于北京科技大学，女子铅球运动员。2007 年初登以来，夺得过国际田联钻石联赛总决赛冠军、国际田联洲际杯赛冠军、全国室内田径锦标赛总决赛冠军等。2021 年 8 月 1 日，巩立姣以 20 米 58 的个人最好成绩获得冠军，圆了奥运梦。

施廷懋三米板称后

曾经里约板开花，又在东京飞彩霞。
早在双人登绝顶，更从单项摘甜瓜。
名扬国际堪称颂，载誉中华最可夸。
但愿依然余勇在，巴黎等你展新葩。

注：施廷懋，1991 年 8 月 31 日，出生于重庆市，毕业于西南大学运动训练专业，西南大学体育学院研究生在读，中国跳水运动员。2017 年，夺得游泳世锦赛跳水女子三米跳板冠军，获评当年国际泳联年度跳水最佳运动员。2021 年 8 月 1 日下午，在东京奥运会跳水女子单人 3 米

板决赛中，重庆妹子施廷懋以 383.50 分的成绩卫冕。她的双人跳搭档王涵以 348.75 分获得银牌。赛后，施廷懋喜极而泣！因为这或许是她最后一届奥运会了！

陈雨菲获得羽毛球女子单打金牌

羽球牵动国人心，单打金牌迎女星。

悉尼湘妹初圆梦，张宁雅典再飞馨。

伦敦雪芮曾称后，今日东京起凤翎。

堪看雨菲多技法，歌声倩影亮荧屏。

注：陈雨菲，1998 年 3 月 1 日出生于浙江省杭州市，中国女子羽毛球运动员。2021 年 8 月 1 日，陈雨菲获得东京奥运会羽毛球女子单打金牌。

2021 年 8 月 1 日

汪周雨获女子 87 公斤级举重金牌

举坛常有女能人，重压泰山更挺身。

伸手抓杠凝片刻，凝神发力聚千钧。

大声吼得人方醒，双臂擎天拳已抢。

今日须知汪周雨，练功四季起于春。

注：汪周雨，1994 年出生于湖北省宜都市陆城镇，中国举重队队员。2021 年 8 月 2 日，东京奥运会女子举重 87 公斤级决赛，中国选手汪周雨以抓举 120 公斤，挺举 150 公斤，总成绩 270 公斤成功夺冠。

李雯雯获女子 87 公斤以上级举重金牌

举重收官喜讯闻，冠军已属李雯雯。

前台一站身如塔，微笑千堆气袭云。

几度艰辛流热汗，方生绝技建功勋。

争金报国人称颂，常记前朝和此君。

注：李雯雯，2000年3月5日出生于辽宁省鞍山市，中国女子举重运动员。2021年8月2日，李雯雯获得东京奥运会举重女子87公斤以上级比赛中，320公斤的总成绩获得金牌。

刘洋夺男子体操单项吊环冠军

体操升起吊环王，技压群雄但不狂。

积怨经年终有喜，摘金时刻看刘洋。

常思前辈望穿眼，自信真金定发光。

今日后生登绝顶，还须奋发再飞翔。

注：刘洋，1994年8月11日出生于辽宁省鞍山市，中国男子体操运动员。2021年8月2日，在2020年东京奥运会体操男子吊环决赛中，刘洋以15.500分获得金牌。

男子50米步枪3姿冠军张常鸿

山东小将展雄风，百步穿杨老辣功。

稚嫩有余心脏大，面容镇定智商丰。

身姿变换枪星准，斗志顽强意气隆。

射落锦标惊百族，飞鸿有意逐长空。

注：张常鸿，2000年2月14日出生于山东省，中国男子射击运动员。2017年，被国家体育总局授予运动健将称号。2021年8月2日，张常鸿打出466环破世界纪录的成绩，获得东京奥运会射击男子50米步枪三姿金牌。

场地自行车女子团体争先赛冠军

里约曾经飞凤凰，东京今日再芬芳。

风轮急速迅雷疾，双女专心赛道狂。

未及枪声惊四座，已看终点闪灵光。

钟天使携鲍珊菊，夺取金牌又整装。

注：2021年8月2日17：00，在东京奥运会场地自行车女子团体争先赛中，中国组合鲍珊菊、钟天使用时31秒895，打破了中国队自己保持的31秒928的奥运纪录和世界纪录夺得冠军，这也是中国代表团第本届奥运会的第28金。

2021年8月2日

谢思埸、王宗源男子三米板金银牌

三米板悠金又银，谢王联手演青春。

轮番上阵斗难度，几度风光展火轮。

入水垂针粼不泛，团身滚雪力均匀。

广东湖北生骄子，为国争光慰国人。

注：王宗源，出生于湖北省襄阳市襄城区，谢思埸［yì］出生于广东省汕头市，毕业于暨南大学，他们都是中国男子跳水运动员。2021年8月3日，谢思埸以558.75分的总成绩摘取东京奥运会男子跳水三米板金牌，王宗源534.90分获得银牌。

男子双杠冠军邹敬园

双杠力战定乾坤，把握先机作缓存。

眼见来人难夺冠，惟看队友只敲门。

缘因技艺真完美，方有金牌享独尊。

热泪还随光闪闪，凯歌一曲敬师恩。

注：邹敬园，1998 年 1 月 3 日出生于四川省宜宾市，中国体操运动员。2021 年 8 月 3 日，在 2020 年东京奥运会男子体操双杠项目中，邹敬园以 16.233 分获得冠军。

女子平衡木金银牌管晨辰、唐茜靖

横木一根三寸宽，花儿朵朵演欢欢。
腾空着意连翻滚，毽子随心化锦团。
转体拉提成倒立，劈叉分腿戴金冠。
双英可有神灵助？武艺精生十八般。

注：管晨辰，2004 年 9 月 25 日出生于湖北省石首市，中国体操运动员。2021 年 8 月 3 日，管晨辰以 14.633 分的成绩获得东京奥运会体操女子平衡木冠军，另一位小花唐茜靖以 14.233 分获得银牌。

2021 年 8 月 3 日

全红婵获女子十米台跳水冠军

自古英雄出少年，高台十米绽红莲。
雏鹰展翅冲天起，技艺高超入水来。
优美身姿如掠燕，新生纪录出鸣蝉。
朝阳喷薄前程远，但愿时时化蝶仙。

注：全红婵，2007 年出生于广东省湛江市麻章区麻章镇迈合村，中国跳水运动员。2021 年 8 月 5 日，超级新秀全红婵以女子十米跳台历史最高分 466.20 分的总成绩，获得 2020 东京奥运会跳水女子单人十米台冠军。

中国队获女子乒乓球团体金牌

陈王双打作先锋，恰似狂风势最汹。

次战颖莎重抖擞，再逢宿敌更从容。

石川未及征衣束，曼昱已将平野封。

事后纷纷评日将，心浮气躁不成龙。

注：2021年8月5日，日本东京体育馆，由陈梦、孙颖莎、王曼昱组成的中国队以3：0战胜伊藤美诚、石川佳纯、平野美宇组成的日本队，夺得东京奥运会乒乓球女子团体冠军。

2021年8月5日

中国乒乓男团得冠军

许昕搭档马龙哥，双打争先奏凯歌。

小胖顽强擒奥恰，金枪机智胜凶波。

三通锣鼓传捷报，四届金牌汇汉河。

领奖台前掌声起，国球依然站高坡。

注：东京奥运会乒乓球男团决赛，中国男乒连赢三场战胜德国男乒！其中，马龙、许昕3：0胜波尔、弗朗西斯卡；樊振东3：2胜奥恰洛夫；马龙3：1胜波尔。

刘诗颖获女子标枪冠军

惊喜时常出偶然，不经意里绽金莲。

诗颖出自山东女，疾箭冲飞九重天。

奥运赛场功就日，中华大地绘新篇。

挤身田径争一席，刮目还生话语权。

注：刘诗颖，1993年9月24日出生于山东省烟台市，中国女子田

径运动员。2021 年 8 月 6 日，在东京奥运会女子标枪决赛中，刘诗颖全场第一个出场，在第一次试投就投出 66 米 34 的赛季最好成绩，后面所有运动员的尝试都没能超过这个成绩，刘诗颖为中国代表团拿下东京奥运会第 36 金，这也是中国选手获得的首枚奥运会标枪金牌，老将吕会会名列第五。

2021 年 8 月 6 日

徐诗晓、孙梦雅 500 米双人划艇决赛冠军

时光回溯若干年，雅典北京各有篇。

沉寂多时终再发，欢声有意继前贤。

奋将桨叶频划水，不叫人生化过烟。

似梦如诗红一道，迅雷不及笑漪涟。

注：徐诗晓，1992 年 2 月 16 日出生于江西省上饶市铅山县，中国皮划艇运动员。孙梦雅，2001 年 5 月 3 日山东省枣庄市，中国皮划艇队队员。2021 年 8 月 7 日，东京奥运会女子 500 米双人划艇决赛，中国组合徐诗晓、孙梦雅以 1 分 55 秒 495 获得冠军，创造了奥运会最好成绩。历史上，中国皮划艇队曾在 2004 年和 2008 年两次拿到金牌，孟关良和杨文军两次夺金。13 年后，在东京奥运会赛场，中国皮划艇队再次冲击金牌成功。

曹缘、杨健男子十米台跳水冠亚军

青春亮丽战东京，十米高台起一惊。

忘却前朝无奈事，迎来今日夺金情。

纵然落后牙关咬，奋勇争先心气平。

携手同仁齐拼搏，曹杨不愧是精英。

注：曹缘，1995 年 2 月 7 日出生于湖南省长沙市。杨健，1994 年 6

月 10 日出生于四川省泸州市。他们都是中国跳水队运动员。在东京奥运会男子十米台跳水决赛是，曹缘以总成绩 582.35 分摘得金牌，帮助中国队实现了该项目的两连冠，杨健以总成绩 580.40 分获得银牌。

2021 年 8 月 7 日

致敬，东京残奥会！

夏奥归零残奥来，明星寄志各登台。

眼中身影翻思绪，心里酸团激感怀。

莫道完人还不及，反观羸弱未悲催。

劝君备得千千意，献上玫瑰鼓响雷。

注：东京残奥会开幕式日期为 2021 年 8 月 24 日，闭幕式为 2021 年 9 月 5 日。设 22 个大项，539 个小项。

2021 年 8 月 13 日

中国轮椅击队四人夺四金

陷身轮椅亦英雄，击剑还生华夏风。

百事无常勤励志，千般智慧化真功。

累月成年寒和暑，游龙戏水刺与冲。

金牌奖励勤劳者，更喜豪情染碧空。

注：2021 年 8 月 25 日，东京残奥会轮椅击剑男子佩剑个人 A 级金牌赛中，中国选手李豪在第一局结束 4：8 落后的情况下实现逆转，以 15：12 击败一位乌克兰选手，夺得金牌！这是中国代表团本届残奥会首金！

冯彦可在男子轮椅击剑佩剑 B 级决赛中夺冠；边静在女子轮椅击剑佩剑 A 级决赛中夺冠；谭淑梅夺女子佩剑个人 B 级金牌。中国轮椅击剑队连夺四金！恭喜！

张丽获女子 200 米自由泳 S5 决赛冠军

雄鹰弱翼仍翱翔，天使精灵一道光。

便有蛟龙腾碧水，好生娇丽踏狂浪。

亲人泪水浇花蕾，团队深情化末霜。

应劝众人多敬意，国需斗士好张扬。

注：东京残奥会女子 200 米自由泳 S5 决赛，张丽以 2 分 46 秒 53 的成绩成功卫冕，这是中国代表团拿下的第 5 金，也是中国游泳队在本次比赛的第 1 金！

2021 年 8 月 25 日

郭玲玲身残志坚夺金牌

千肌合汇力无穷，两臂顿生王者风。

山里姑娘能吃苦，十年汗水出真功。

无常命运束双腿，但寄精神起舟篷。

平生体育关难过，有道今因体育红。

注：2021 年 8 月 26 日，东京残奥会举重项目首个比赛日，第一次参加残奥会的中国队选手郭玲玲，以 108 公斤的成绩夺得女子 41 公斤级冠军，同时刷新了自己保持的世界纪录！这也是东京残奥会中国队的第 6 金，祝贺！郭玲玲身残志坚，如愿夺冠，为国争光，祖国的骄傲和自豪，点赞！

男女混合 4×50 米自由泳接力

四人联手碧波中，张郑袁卢各领风。

虽是身残心最热，自强歌唱五星红。

注：男女混合 4×50 米自由泳接力 20 分决赛，中国队打破世界纪

录，4 人分别是张丽、郑涛、袁伟译、卢冬，这是中国游泳队在残奥会上的第 2 金。

谭淑梅再夺轮椅击剑金牌

昨天佩剑得金牌，今日依然演最佳。

重剑花开轮椅里，红梅竞放到山涯。

注：轮椅击剑女子重剑个人赛 B 级决赛，中国选手谭淑梅再夺金牌，她在本届残奥会上拿到 2 金，也是中国代表团第 8 金。

2021 年 8 月 26 日

力量举重一天得三个冠军

下肢虽束有情怀，依旧扛鼎第一排。

莫问刚强何处有，成天汗水涤阴霾。

注：力量举重男子 59 公斤级，齐勇凯举起了 187 公斤夺得金牌。胡丹丹以 0.6 公斤的体重优势，夺得女子力量举重 50 公斤级冠军，成绩为 120 公斤。她还是上届里约残奥会女子举重 45 公斤级金牌得主。

残奥举重女子 50 公斤级决赛中，中国选手胡丹丹 120 公斤获得金牌，这是中国代表团本届残奥会第 12 枚金牌。

力量举重男子 65 公斤级，刘磊第一把试举成功举起 198 公斤获得冠军，拿到该项目四连冠。

女子 100 米 T35 级决赛周霞得金

里约曾经化疾烟，田径场上是飞仙。

如今再上东京道，出彩人生又一篇。

注：田径首个比赛日，女子 100 米 T35 级决赛，里约残奥会 100 米和 200 米双冠得主周霞，以 13 秒的成绩打破澳大利亚选手保持的世界纪

录，拿下该项目两连冠。

董飞霞获轮椅铁饼冠军

全凭手臂出千钧，轮椅难能束半身。

心念真经当不息，方能激浪过嶙峋。

注：董飞霞在女子 F55 级铁饼决赛中以 26.64 米的成绩夺得金牌，比起她在上一届里约残奥肢夺冠时的 25.03 米的成绩又进了一步。

李樟煜破纪录得金牌

里约旋风若迅雷，东京卷土又重来。

三千失却一千补，自有金星煜煜开。

注：李樟煜，男，汉族，1988 年 8 月 12 日出生，浙江省临安区人，中国男子残疾人自行车运动员。2016 年，获得里约残奥会场地自行车男子 C1-2-3 级 1000 米个人计时赛冠军。2021 年 8 月 26 日，东京残奥会场地自行车项目男子 3000 米个人追逐赛 C1 铜牌赛中，李樟煜以 3 分 39 秒 273 获得铜牌；2021 年 8 月 27 日，东京残奥会场地自行车男子 1000 米个人计时赛 C1-3 级，李樟煜以 1 分 03 秒 877 的成绩获得金牌，并打破 C1 级别世界纪录。

三面红旗齐上杆

东京泳馆演奇观，三面红旗齐上杆。

勇将郑涛先触壁，袁王次弟去登坛。

注：郑涛以 30 秒 62 的成绩获得男子 50 米蝶泳 S5 级的冠军。值得一提的是这个项目中国队包揽了金银铜牌，亚军获得者是王李超，季军则由袁伟译夺得。三面五星红旗同时在东京游泳馆内升起，堪称壮观！

卢冬夺金

三女拼争在泳池，蝶花飞舞展英姿。

自强不息无常退，便是金银获赞时。

注：卢冬，6 岁时一场车祸夺去了她的双臂，出生于辽宁省朝阳市北票区，中国女子残疾人游泳运动员。成姣，患有先天性脑瘫，出生于陕西省安康市石泉县，中国女子残疾人游泳运动员。姚攒，出生于浙江省慈溪市，姚攒从小因脊椎膨出，压迫神经导致双腿残疾，中国女子残疾人游泳运动员。北京时间 2021 年 8 月 27 日，东京残奥会游泳项目，女子 50 米蝶泳 S5 级决赛中，中国选手卢冬以 39.54 的成绩夺金，成姣以 43.04 的成绩拿到铜牌，姚攒排名第 6。

女子 200 米 T37 级决赛中文晓燕夺金蒋芬芬掠银

潇湘妹子出桃江，径赛争锋燕过窗。

里约曾经居第二，东京此刻已无双。

芬芬亦是英雄女，事事常添拼搏腔。

终有功成名就日，须知重任铁肩扛。

注：东京残奥会田径项目，女子 200 米 T37 级决赛中，中国选手文晓燕以 26 秒 58 的成绩刷新自己保持的世界纪录夺冠，中国选手蒋芬芬以 27.33 的个人最好成绩获得亚军，两人包揽该项目金银牌。

轮椅击剑团体赛金牌

且看三娇上剑坛，轮番叫阵冷锋寒。

谁人小觑冠军相，自有公孙演大观。

注：在东京残奥会轮椅击剑女子重剑团体决赛中，由荣静、边静、谭淑梅组成的中国队一路领先，以 40：17 击败头号种子乌克兰队，夺得

金牌！这是中国代表团本届残奥会的第19枚金牌！同时，这也是谭淑梅本届残奥会个人夺得的第三枚金牌！

邸东东男子跳远 T11 冠军

跳涧猛虎邸东东，括起沙坑一阵风。

独立前头无越者，谁知里约早成功。

注：邸东东，中国男子残疾人田径运动员。2016年，获得里约残奥会田径男子 T11-13 级 4×100 米接力银牌。2021 年 8 月 27 日，在东京残奥会男子跳远 T11 决赛中，邸东东以 6 米 47 的成绩获得金牌。

2021 年 8 月 27 日

刘翠青再得冠军

里约之前已耀光，虽然眼疾致深盲。

自强不息精神在，不误争金破茧忙。

注：刘翠青，出生于广西省南宁市，中国女子残疾人田径运动员。在 2016 年里约残奥会田径比赛女子 400 米 T11 级决赛中，刘翠青和领跑员徐冬林以 56 秒 71 的成绩夺得冠军。东京残奥会女子 400 米 T11 级（视力障碍）决赛中，中国选手刘翠青 56 秒 25 获得金牌，并打破残奥会纪录，这是中国代表团本届残奥会获得的第 20 枚金牌。

谭玉娇摘金

不公命运后天勤，金子生光女孟贲。

追梦外乡求境界，无缘大学亦欢欣。

注：谭玉娇，1990 年 10 月 4 日出生于湖南省韶山市银田镇，7 岁检查发现右脚骨髓发炎，耽误了医治，导致她的右脚比左脚要短一截。在大学和奥运的抉择中她义无反顾地选择了举重，现为中国残疾人举重运

动员。2021 年 8 月 28 日，东京残奥会举重赛场，中国选手谭玉娇以绝对领先的优势获得女子举重 67 公斤级金牌。

刘玉游泳得金牌

是玉终能亮玉光，何如刘女好儿郎。

赛场拼搏风云过，剔透晶莹坚似刚。

注：刘玉，黑龙江省牡丹江市人，2014 年进入黑龙江省残疾人运动队，2019 年再全国第十届残运会暨第七届特奥会游泳项目比赛中获得女子 S4 级 100 米自由泳、200 米自由泳、150 米混合泳三枚金牌，50 米自由泳银牌，其中 100 自由泳和 150 米混合泳均打破全国纪录，成为一颗"新星"。2021 年 8 月 28 日，东京残奥会游泳赛场女子 150 米个人混合泳 SM4 级比赛，中国选手刘玉以绝对优势夺得冠军。另一位中国选手刘艳菲夺得银牌。

又是三面国旗同时升

大观偏自出中华，娇女追波水伏鲨。

次弟进门齐摘果，相看眼里映三花。

注：蔡丽雯以 1 分 13 秒 46 打破此前由队友王欣怡保持的世界纪录（1 分 16 秒 40）夺冠，也为中国代表团斩获本届残奥会第 23 枚金牌！王欣怡则以 1 分 13 秒 71 落后 0.25 秒获得亚军，李桂芝 1 分 16 秒 98 夺得铜牌，中国选手包揽前三名。

孙刚轮椅男子花剑个人赛 A 级冠军

里约剑坛成剑王，东京再度闪金光。

冠军眷顾辛勤者，更奖身残励志郎。

注：孙刚，中国残疾人击剑运动员。2016年9月13日，在里约残奥会轮椅击剑男子个人重剑A级决赛中，中国选手孙刚以15：13战胜英国选手吉利维尔，获得冠军。2021年8月28日，在东京残奥会轮椅击剑决赛男子花剑个人赛A级，中国选手孙刚获得金牌，这是中国代表团本届残奥会获得的第24枚金牌。

冯攀峰、刘静乒乓球男女单打冠军

竟是多朝奋斗身，体残不负有心人。

其中苦楚君知否？挥拍凝眉最为真！

注：冯攀峰，1989年12月20日出生于江苏省，患有小儿麻痹症，2001年开始接受专业的乒乓球训练。在2008年北京残奥会的比赛中，冯攀峰3：0力挫法国选手让－菲利普·罗班获得冠军。2016年9月11日，在里约残奥会乒乓球男子单打3级决赛中，冯攀峰以3比1战胜德国选手施米德贝格尔，获得冠军。2021年8月28日，东京残奥会乒乓球在男子单打比赛中，冯攀峰以3-2战胜德国队选手夺冠。

刘静1988年7月25日出生在徐州市一个小县城的普通农民家中，10个月时刘静患上小儿麻痹症，9岁时进行乒乓球训练。2021年8月28日，在东京残奥会女子单打决赛（WS1-2）中，刘静3-1战胜韩国选手成功卫冕。这也是刘静继2008年北京残奥会、2012年伦敦残奥会、2016年里约残奥会之后，连续第四届残奥会在该项目中夺冠。

东京残奥会乒乓球女子单打4级决赛中，中国选手周影以总比分3：0击败印度选手帕特尔夺得金牌。

2021年8月28日

三破世界纪录再夺金

盲操训练逞坚强，腐朽神奇演正忙。

底蕴深深何处得？若无本事不张扬。

注：东京残奥会男子投掷棒 F32 级决赛，中国河北运动员刘利凭借第 5 投 45.39 米、超原世界纪录（37.19 米）8 米多的成绩强势夺冠。刘利在决赛第二投和第四投的成绩都超过 39 米，这样的成绩足以让他在所有参赛选手中稳居榜首，并且已经打破世界纪录，但第 5 投 45.39 米的成绩则让他将世界纪录提升了 8 米多，也让他为中国代表团摘得本届残奥会第 30 枚金牌。

乒乓球又添五金

乒乓王国将才多，摘得金牌几大箩。

此刻无须添豪语，残身逐梦汗成河。

注：8 月 29 日，东京残奥会乒乓球女子单打 4 级决赛拉开战幕，中国选手周影以总比分 3∶0 击败印度选手帕特尔夺得金牌；

东京残奥会乒乓球男子单打第 7 级别决赛结束，中国选手闫硕以 3∶1 战胜英国选手夺冠；

东京残奥会乒乓球女子单打 8 级决赛拉开战幕，中国选手茅经典和黄文娟会师决赛，提前帮助中国队将该项目的金牌收入囊中。在比赛中，茅经典以 3∶1 的总比分力克黄文娟夺得金牌，同时，实现了该项目的三连冠，黄文娟摘银；

东京残奥会 TT5 级女子乒乓球决赛中，中国选手张变以总比分 3∶2 战胜了另一位中国选手潘嘉敏，获得金牌潘，嘉敏获得银牌；

东京残奥会乒乓球女单 3 级决赛中，中国选手薛娟 3∶0 横扫斯洛伐克选手冠军，连续两届残奥会在该项目上获得金牌，恭喜薛娟！

铁饼又飞起来

姑娘拼搏正繁忙，铁饼飘飞向远方。

杨月姚娟真有力，凤凰残翅志还刚。

注：姚娟，出生于无锡市锡山区东亭镇，毕业于南京师范大学体育科学学院，中国女子残疾人田径运动员。杨月出生于辽宁省大连市，中国残疾人女子田径运动员。2021 年 8 月 29 日上午进行的东京残奥会女子铁饼 F64 级比赛中，中国选手姚娟以 44.73 米的成绩夺冠，并打破了自己在 2016 年里约奥运会创造的 44.53 米的世界纪录。另一位中国选手杨月以 40.48 米的成绩获得亚军。

史逸婷平了自己创造的世界纪录

多年拼搏最顽强，便自家乡到远方。

破茧成功今化蝶，艰辛一路未曾忘。

注：史逸婷，1997 年 10 月出生于郴州市桂阳县雷坪镇聂锡村一个普通家庭。出生时因缺氧造成脑瘫，导致左上肢肌肉萎缩，属四级肢体残疾。2021 年 8 月 29 日，东京残奥会女子 200 米 T36 决赛拉开战幕，中国选手史逸婷以 28 秒 21 的成绩夺得金牌。值得一提的是，该项目的世界纪录正是由史逸婷在迪拜 2019 世界残疾人田径锦标赛上创造的 28 秒 21。"只要敢拼人生一定出彩"，这是史逸婷的人生格言，她实践了！

邹连康 50 米仰泳 S3 级决赛夺金

里约曾经摘彩头，东京再次夺金筹。

国家未负辛勤者，劳动奖章褒此牛。

注：邹连康，出生于云南省，中国男子残疾人游泳运动员。2016 年，里约残奥会 S2 级男子 100 米仰泳决赛中，邹连康以 1 分 45 秒 25 的成绩获得冠军，并创造了新的世界纪录。东京残奥游泳男子 50 米仰泳 S3 级决赛，中国选手邹连康以 45 秒 25 的成绩获得金牌，这是中国代表团本届残奥会获得的第 38 枚金牌！2016 年 9 月 21 日，年曾获全国五一劳动奖章。

重赛还是夺金银

风波过后又重开,次弟依然未乱来。

若是真金终闪亮,如今磊落复登台。

注:东京残奥会女子 50 米自由泳决赛(视觉障碍 S11 级)进行重赛,中国选手马佳以 29 秒 20 的成绩打破世界纪录获得冠军,李桂芝以 29 秒 72 拿到银牌。荷兰选手布鲁因斯马,只以 30 秒 19 排在第四。

附:(第一次赛后即兴)

游泳赛场马佳收金李桂芝收银

正说盲人辨向难,泳池方位恐漫漫。

精神有序心随亮,摘取金银享大餐。

注:马佳,河北省行唐县玉亭乡官庄村人,李桂芝于 1993 年 7 月出生于江苏省泗洪县龙集镇龙集村,现为国家残疾人游泳队队员。北京时间 8 月 27 日,在女子 50 米自由泳 S11 级决赛中,马佳夺得金牌并打破世界纪录,李桂芝收获银牌。

残奥会举重男子 97 公斤级冠军

蓄势经年终出鞘,东京残奥抖风骚。

如今圆得冠军梦,虽是残肢更自豪。

注:闫盼盼,河北省沧州市沧县崔尔庄镇闫村人,肢体残疾二级,中国残疾人举重运动员。2012 年,闫盼盼被省残联体育训练指导中心教练选中,随后进入省队集训。东京残奥会举重男子 97 公斤级决赛,中国选手闫盼盼以 227 公斤的成绩获得金牌,这是中国代表团本届残奥会获得的第 40 枚金牌。

周霞夺金

百米金牌志已酬，再将两百掌中收。

未圆深梦难停步，曲径临遍始是幽。

注：东京残奥会女子田径 200 米 T35 级决赛中，中国选手周霞创造新的世界纪录夺冠！祝贺！

中国获得射箭复合弓公开级混合团体赛冠军

合力臂开灵宝弓，靶心些小见真功。

草丛斑虎惊谁胆，只见何林箭似风。

注：东京残奥会射箭复合弓公开级混合团体赛决赛，由林月珊和何梓豪组成的中国队在决赛中以 153 比 152 的比分惊险战胜土耳其队，获得金牌，这是中国代表团本届残奥会获得的第 42 枚金牌。

文晓燕跳远

径赛生风劲草惊，如今纵虎在沙坑。

征程未了难言止，总拥金牌映月明。

注：2021 年 8 月 29 日，东京残奥会田径女子跳远 T37 级决赛，中国选手文晓燕以 5 米 13 的成绩获得冠军，这是中国代表团本届残奥会获得的第 43 枚金牌。

邹莉娟标枪金牌

陷身轮椅掷标枪，里约起射到东洋。

逐鹿群雄争高下，游龙急窜任飞翔。

注：邹莉娟，中国田径运动员，镇江籍。2016 年巴西里约残奥会女子 f34 级标枪比赛，邹莉娟以 21.86 米获得金牌，并打破了由本人保持的

20.98 米的世界纪录。2021 年 8 月 29 日，邹莉娟以 22 米 28 的成绩获得 2020 年东京残奥会田径女子标枪 F34 冠军，平世界纪录的同时创残奥会纪录。

男女花剑团体各得金牌

公孙剑器舞龙蛇，张旭草书成一家。

今日花团添锦簇，真情演技绽中华。

注：2021 年 8 月 29 日，东京残奥会轮椅击剑女子花剑团体赛，由荣静、辜海燕、周景景组成的中国队以 45：41 战胜意大利队，为中国代表队摘得本届残奥会第 46 枚金牌。中国队单日摘下 16 枚金牌！运动员们，好样的！

8 月 29 日，在东京残奥会轮椅击剑男子花剑团体赛中，中国队以 45：38 的比分夺冠，为中国代表队再添一枚金牌！

2021 年 8 月 29 日

赵帅夺得乒乓球男单 MS8 级金牌

将军独臂战乒坛，对手假肢依杖杆。

但见争锋真激烈，三金背后是艰难。

注：2021 年 8 月 30 日，在东京残奥会乒乓球男子单打 TT8 级决赛中，中国选手赵帅最终以 3 比 1 的比分击败对手，获得该项目冠军！赵帅也是 2012 年伦敦残奥会乒乓球 TT8 级冠军和 2016 年里约残奥会乒乓球 TT8 级冠军。

董超得射击金牌

伦敦里约又东京，阵阵枪声慰董卿。

铸就三连凭汗水，辉煌最隐苦劳耕。

注：2021 年 8 月 30 日，在东京残奥会男子 10 米气步枪站姿 R1-SH1 级比赛中，中国选手董超夺得金牌，打破残奥会纪录，实现个人三连冠！

邓雪梅女子举重 86 公斤以上级金牌

雪梅绽放在东京，力士残肢奥运鸣。

赣州走出光荣女，一举成名故里情。

注：2021 年 8 月 30 日，在东京残奥会举重女子 86 公斤以上级比赛中，中国选手邓雪梅最终以 153 公斤的成绩夺冠，为中国代表团再添一枚金牌。

泳池五摘金

双臂全无划水难，只依蹬腿战波坛。

摘金似是从容事，担上君肩恐玩完。

注：东京残奥会游泳男子 50 米蝶泳 S6 级决赛，中国选手王金刚以 30 秒 81 的成绩获得金牌，这是中国代表团本届残奥会获得的第 50 枚金牌！贾红光以 31 秒 54 的成绩获得银牌。

东京残奥会女子 50 米蝶泳 S6 级别决赛中，中国选手蒋裕燕摘金！这是中国代表团本届残奥会获得的第 51 枚金牌！

8 月 30 日，2020 年东京残奥会残奥游泳男子 50 米仰泳 S5 级决赛，郑涛以 31 秒 48 成绩获得金牌，并打破世界纪录。

东京残奥会游泳女子 50 米仰泳 S5 级决赛，中国选手卢冬 37 秒 18 获得金牌，并打破世界纪录，这是中国代表团本届残奥会获得的第 53 枚金牌。

东京残奥会游泳女子 200 米个人混合泳 SM11 级决赛，中国选手马佳以 2 分 42 秒 14 的成绩获得金牌，并打破世界纪录，这是中国代表团本届残奥会获得的第 54 枚金牌。另一名中国选手蔡丽雯 2 分 42 秒 91 获得银牌。

2021 年 8 月 30 日

张亮敏女子铁饼三连冠

伦敦里约到东京，铁饼缘生不了情。

借问今飞何处是，巴黎会否见张卿？

注：张亮敏，1985 年 10 月 12 日出生于上海市，中国女子残疾人田径运动员。2021 年 8 月 31 日，东京残奥会女子铁饼 F11（全盲级别）决赛，中国选手张亮敏以 40.83 米的成绩刷新世界纪录夺冠，实现残奥女子铁饼项目三连冠。此前，在 2012 年 9 月份进行的伦敦奥运会比赛中，她的成绩是 40 米 13，创下了奥运会的纪录。2016 年里约残奥会，以 36.65 米成绩在本届残奥会女子铁饼 F11 级别比赛中夺冠。

邹莉娟铅球夺金

标枪折桂两天前，今日铅球掷金田。

虽是束身轮椅上，自强不息饮甘泉。

注：东京残奥会女子铅球 F34 级决赛中，中国选手邹莉娟掷出了 9.19 米的成绩拿下金牌，这个成绩还打破了由她自己保持的 8.82 米的世界纪录。此前，邹莉娟已经夺得了本届残奥会女子标枪 F34 级的金牌。这也是中国代表团本届残奥会的第 56 枚金牌。

何梓豪射箭夺冠

梓豪手执霸王弓，一到疆场便建功。

技艺提高无止境，自强不息育春风。

注：2021 年 8 月 31 日，在东京残奥会男子个人复合弓公开级决赛中，中国选手何梓豪以 147：143 战胜伊朗对手夺得金牌，这是他本届残奥会摘得的第二枚金牌。两天前，他与林月珊搭档，为中国夺得一枚射箭混合团体复合弓公开级金牌。

男子十米气手枪杨超夺金

直向靶心逼正中，聚焦一点未朦胧。

纪录翻开新册页，枪声过后五星红。

注：东京 2021 年 8 月 31 日。残奥会男子 10 米气手枪决赛，中国选手杨超以 237.9 环的总成绩，打破残奥会纪录夺得金牌，中国选手黄兴以总成绩 237.5 环获得银牌。另一名中国选手娄小龙以 196.5 环的成绩获得第 4 名。

自行车在公路上飞

爱情开出宝相花，鼎助健新骑快车。

便在东京争疾速，心圆美梦若婚纱。

注：陈健新出生于广东省江门市新会区，出生时因缺氧导致重度脑瘫，18 岁时就开始自行车训练，曾夺得多次全国冠军。2021 年 8 月 31 日男子公路自行车 T1-2 级计时赛决赛，陈健新以 25 分 0.32 秒的成绩夺冠，收获个人首枚残奥会金牌。

2019 年 5 月 12 日是母亲节，但对脑瘫患者陈健新和杜晓玲来说，这一天有着更特殊的意义——在恋爱两年多后，他们正式步入婚姻的殿堂。

周召倩轮椅竞速 1500 米冠军

手推轮椅便争先，眼见飞奔一溜烟。

野马脱缰毋用说，相看掌上黑如铅。

注：8月31日，东京残奥会展开第7比赛日的争夺。在田径女子1500米T54决赛中，中国选手周召倩以3分27秒63的个人最好成绩夺冠，这也是中国代表团在本届残奥会上获得的第60金。周召倩1997年10月11日出生于河北省邢台市。5岁那年，一场意外车祸，导致她的右腿截肢。

刘利再破世界纪录夺冠

先前进账一金牌，今日铅球又挺乖。

有劲高飞天外去，可知轮椅掩情怀？

注：刘利，唐山市丰南区人，生于1986年，中国男子田径运动员。2021年8月28日，东京残奥会田径男子投掷棒F32级决赛中，刘利夺得冠军，并打破世界纪录；8月31日，刘利以12米97的成绩获得东京残奥会田径男子铅球F32级比赛金牌，并打破了由他自己保持的世界纪录。

田径——蒋芬芬夺得女子400米T37级冠军

二百芬芬已夺银，争金四百有心人。

潇湘妹子驰骋处，身后众将只望尘。

注：蒋芬芬是湖南省永州市东安县人，一名95后残疾人，也是赛场老将，实力非凡！在2016年9月巴西里约残奥会上，曾获团体4×100米接力金牌，并刷新世界纪录。东京残奥会女子400米T37级田径决赛，中国选手蒋芬芬1分01秒36获得金牌，并打破亚洲纪录。

2021年8月31日

残奥男子跳远金银牌

纵身一跳入沙坑，越坎飞涧猛虎鸣。

始自朱衷联手后，金银并进献真情。

注：东京残奥会田径男子跳远 T38 决赛中，中国队再次包揽金银牌。中国队派出朱德宁、袁黄浩分别获得金牌和银牌。

朱德宁，中国田径运动员 2021 年 8 月 28 日，2020 年东京残奥会男子 100 米 T38 级别决赛，朱德宁以 11 秒 00 的成绩获得银牌，并追平个人最好成绩。9 月 1 日，朱德宁以 7.31 米的成绩获得 2020 东京残奥会田径男子跳远 T38 级金牌，并打破了世界纪录。

袁黄浩，1998 年出生，中国男子残疾人田径运动员。以 6.80 米的成绩获得 2020 年东京残奥会田径男子跳远 T38 级银牌。

残奥会女子射箭 W1 级个人赛陈敏仪夺金

先期团体摘金牌，匹马单枪闯海涯。

百步穿杨弓箭熟，荧屏赞声已成排。

注：2021 年 8 月 28 日，2020 年东京残奥会射箭 W1 级混合团体赛决赛，陈敏仪和张天鑫 138 : 132 战胜了捷克队，获得金牌；9 月 1 日，陈敏仪 142 : 131 击败捷克选手，夺得东京残奥会射箭女子 W1 级个人赛金牌，同时也打破了残奥会纪录。

2021 年 9 月 1 日

女子百米 T36 级金牌

一骑绝尘竟如烟，只过半程飞最前。

再把金牌收取后，国旗舞动作披肩。

注：2021 年 9 月 1 日，在东京残奥会田径项目女子 100 米 T36 级决赛中，中国选手史逸婷以 13 秒 61 的成绩夺金，并打破由自己保持的世界纪录，成功包揽东京残奥会田径 T36 级的 100 米和 200 米两项金牌。在 3 天前，她以追平残奥会纪录的好成绩，夺得女子 200 米 T36 级金牌。

第四次三面五星红旗一起升起

双臂全无竞泳池，相看三将竟飞驰。

游鱼折翅犹威猛，一举三旗世间知！

注：游泳赛场，男子50米自由泳S5决赛，郑涛以30秒31的成绩夺得金牌，袁伟译31秒11获得亚军，王李超31秒35排名第三，中国选手囊括金银铜牌。这是郑涛本届残奥会上获得的个人第四金，也是中国代表团参加历届残奥会获得的第500枚金牌。

轮椅百米赛夺两金

赛道平行闪八英，红衣女将五星清。

车轮滚滚飞鸣镝，终点之前不算赢。

注：东京残奥会田径女子100米T53决赛，中国选手包揽冠亚军，其中高芳以16秒29的成绩获得冠军；

东京残奥会田径女子100米T54级决赛，中国选手周召倩以15秒90的成绩获得金牌，这是中国代表团本届残奥会获得的第67、68枚金牌。

2021年9月1日

女子百米文晓燕夺冠

连跑带跳摘金忙，今日飞奔百米狂。

且喜三登灵宝殿，国歌声响到潇湘。

注：东京残奥会进入第9个比赛日，在刚刚结束的田径女子100米T37级决赛中，中国选手文晓燕以13.00秒的成绩夺得金牌，同时打破世界纪录，这也是文晓燕在本届残奥会继女子T37级跳远5米13、女子T37级200米26秒58夺冠后的第三枚金牌。

获残奥乒乓球男女团五金牌

小小银球转不停，提拉切削动精灵。

单挑双打争高下，相互呼应共识经。

落后时间沉住气，领先一刻不忘形。

健儿胸有凌云志，化作金牌耀五星。

注：2021年9月2日，东京残奥会乒乓球男子团体C4-5级决赛，中国队2：0击败韩国组合夺金！双打曹宁宁、郭兴元先是在双打中3：0取得开门红，随后在单打中曹宁宁3：2击败对手，总比分2：0战胜韩国组合金正吉、金英根，夺得该项目的金牌！第70金。

乒乓球女团6-8级决赛中，中国队茅经典、黄文娟出战，最终以大比分2：0力克荷兰队夺得冠军，这是中国代表团本届残奥会收获的第71枚金牌。

乒乓球女团1-3级决赛中，中国队薛娟、李倩出战，最终以大比分2：0力克韩国组合夺得冠军，这是中国代表团本届残奥会收获的第73枚金牌。

乒乓球男子团体MT级决赛中，赵帅、彭伟楠对阵维克多·迪杜克、马克西姆·尼科伦科3：0；第二场赵帅对阵维克多·迪杜克3：1，总比分3：0，中国队夺冠。获第76金。

乒乓球男团C3级决赛中，中国队冯攀峰、翟翔出战，前两场双方战平的情况下，第三场翟翔一度0：2落后德国选手，但最终却连下三城，大逆转战胜德国队！第77金。

公路自行车陈健新又得金

看罢健新还摘金，飞车不止意深深。

又将圆梦添新笔，闪闪红心唤玉音。

注：2021年9月1日，残奥会男子公路自行车T1-2级别决赛（全

程 26.4 公里）中，中国选手陈健新以 51 分 07 秒的成绩摘得金牌。8 月 31 曾夺过一金。

黄兴射击摘金

沉着瞄枪三点连，轻扣扳机细如弦。

只在东京圆美梦，新创纪录化甘泉。

注：2021 年 8 月 31 日，东京残奥会男子 10 米气手枪决赛，黄兴以总成绩 237.5 环获得银牌；9 月 2 日，黄兴在东京残奥会射击项目混合 25 米手枪 SH1 级决赛结束，中国选手黄兴以 27 中的成绩创下新的残奥会纪录，摘下一金。

蒋裕燕游泳得金牌

当知此女有身残，半壁何须只道难。

折翅飞鱼争志气，泳坛拼搏化严寒。

注：残奥会游泳项目女子 400 米自由泳 S6 级决赛刚刚结束。中国选手蒋裕燕以 5：04.57 的成绩稳稳夺冠，摘下一枚金牌的同时还创造了新的世界纪录！

2021 年 9 月 2 日

乒乓球男团、女团各得一金

先从双打拔头筹，然后单挑战枭酋。

虽有波澜惊小浪，依然桂冠掌中收。

注：乒乓球女团 4—5 级决赛中，中国队张变、周影出战，最终以大比分 2：1 力克瑞典组合夺得冠军，这是中国代表团本届残奥会收获的第 78 枚金牌。

东京残奥会乒乓球男子团体 MT6—7 级决赛，中国组合闫硕、廖克力击败英国组合，夺得金牌。中国组合第一盘双打 3∶0，第二盘单打闫硕 3∶1 击败对手，直落两盘，大比分 2∶0 获胜，夺得金牌。

张翠平射击得金

仅得银牌心不甘，终于上得最高坛。

攀层走塔需劳碌，只有真神进佛龛。

注：在东京残奥会 SH1 级女子 50 米步枪三姿项目比赛中，第四次征战残奥会的河北名将张翠平夺得金牌，并以 457.9 环的成绩打破世界纪录，这也是她在本届残奥会夺得的第二枚奖牌。此前，她还在本届残奥会收获一枚银牌。

游泳又夺四金

泳池处处起东风，衣上国旗还映红。

虽说飞鱼曾折翅，自强不息咬青松。

注：9 月 3 日，东京残奥会游泳比赛继续进行，在男子 100 米仰泳 S6 级决赛中，中国选手贾红光以 1 分 12 秒 72 的成绩夺冠；女子 50 米仰泳 S4 级，中国选手刘玉 44 秒 68 获得金牌，并打破世界纪录，这是中国代表团本届残奥会获得的第 82 枚金牌。另一名中国选手周艳菲 48 秒 42 获得银牌；女子 100 米自由泳 S11 级李桂芝 1 分 05 秒 87 获得金牌，并打破残奥会纪录；女子 200 米个人混合泳 SM5 级比赛中，中国选手卢冬 3 分 20 秒 53 获得金牌，另一名中国选手成姣 3 分 20 秒 80 获得银牌，意大利选手获得铜牌。

乒乓球男子团体夺金牌

拐杖权当腿一条，依然拼搏闯天桥。

提拉切削弧圈急，直到龙庭捉紫貂。

注：东京残奥会乒乓球男子团体（MT9-10）决赛中，由赵裔卿和连浩出战的中国队两场比赛均以3∶0横扫对手，最终以大比分2∶0击败澳大利亚队，夺得金牌！

2021年9月3日

吴国山男子铅球幸运夺冠

铅球已过大荒山，却道风云进港湾。

正本清源还本质，金牌幸运又重颁。

注：2021年9月3日晚进行的东京残奥会男子铅球F57级决赛中，中国选手吴国山以15米刷新残奥会纪录的成绩获得亚军。消息称，巴西选手15米10夺冠成绩被判犯规，金牌取消，吴国山获得了该项目的金牌，这是中国代表团本届残奥会获得的第86枚金牌。

邓培程百米争飞人

百米飞人不一般，顽强意志战身残。

迅雷翻作电光势，越过青龙白虎滩。

注：2021年9月4日，东京残奥会继续田径项目的争夺激烈。在男子100米T36级决赛中，中国选手邓培程以11秒85夺冠，另外一位中国选手杨义飞获得了第五名。

男子标枪孙鹏夺冠

借问标枪何处挥，应将旧历化新菲。

不因人矮寒酸相，偏作雄鹰向远飞。

注：东京残奥会田径项目男子标枪F41级决赛，中国选手孙鹏祥首掷即投出45.82m的成绩打破世界纪录，第五掷投出47.13m的成绩刷新了自己的世界纪录，为中国代表团再添一金！

1991 年 1 月出生的孙鹏祥是内蒙古巴彦呼舒人，从小因吃缺碘盐导致生长素不足，但从小学到大学一直品学兼优，2013 年完成学业，进入内蒙古残疾人田径训练基地，开始残疾人体育训练，主攻投掷项目。

女子 200 米又是刘翠青得金

深盲不碍夺金牌，赛道弯弯总不差。

还有冬林当引导，只须脚上着钉鞋。

注：东京残奥会，女子 200 米 T11 级决赛，刘翠青跑出 24.936 秒的成绩，以 0.004 秒的微弱优势险胜巴西选手夺得金牌，这也是她本届残奥会个人的第二金。

女子铁饼米娜创世界纪录夺冠

铁饼今日向何方？四次登堂不算狂。

只教鲜花开不败，金牌满挂并勋章。

注：2021 年 9 月 4 日，东京残奥会田径项目女子铁饼 F38 级决赛，中国选手米娜以 38.5 米的成绩，打破世界纪录再夺一金！另外一位中国选手李英粒获得银牌。米娜，1986 年 8 月出生于河北省行唐县，先后参加 2008 年北京、2012 年伦敦、2016 年里约三届残奥会，获得"北京奥运会残奥会先进个人"并享受全国劳模待遇，两次获得"全国五一劳动奖章"，同时获得"中国青年五四奖章""全国三八红旗手"等荣誉或称号。

羽毛球三枚金牌

羽球成败动人心，又是初生奥运林。

连得三金堪赞誉，引我诗情笔底吟。

注：在女子单打 SU5 级决赛里，杨秋霞金牌，这是中国队在残奥会羽毛球项目的历史首金。杨秋霞只用了 28 分钟就以 21∶17、21∶9 直落

两局力克日本选手拿到。

女子单打 WH2 级决赛是一场中国德比战，刘禹彤和徐婷婷展开较量，最终刘禹彤以两个 21∶15 获胜赢得冠军。

男单 WH1 级决赛里，屈子墨以 21∶6 先胜一局，第二局他以 11∶6 领先，这时韩国选手无奈退赛，屈子墨成功夺冠。

2021 年 9 月 4 日

李朝燕马拉松夺金

里约已经初发狂，此番再次闪金光。

青春不负勤劳者，更得褒扬赐奖章。

注：李朝燕，中国男子残疾人田径运动员。

李朝燕从小因触电事故导致左臂残疾。但他没有消沉，发奋自强，通过普通高考考上了云南财经大学会计电算化专业。2016 年，里约残奥会中国代表团成员，并获得男子马拉松 T46 级金牌；同年获 2016 年全国五一劳动奖章。2021 年 9 月 5 日，在东京残奥会男子马拉松 T46 级比赛中，中国选手李朝燕以 2 小时 25 分 50 秒的成绩打破残奥会纪录，夺得冠军！这也是中国代表团的第 94 金。

羽毛球添两金

两金添得作收官，再睹英姿始有难。

倩影常留深忆中，巴黎拼搏再凭栏。

注：女子羽毛球单打 SL4 级决赛，中国选手程和芳 2∶1 战胜印尼选手，获得金牌。

羽毛球男双决赛，中国组合屈子墨与麦建明直落两局以 2∶0 战胜韩国组合拿到金牌。

2021 年 9 月 5 日

《周游山水》篇

4月28日上海金山一日游

直从杨浦只辰初，沪上横穿似看书。

高架龙飞花老眼，霜翁话趣忆禾锄。

金山本说唔侬语，浦水连通泖港渠。

觅得春光无限好，枫泾探绿品时蔬。

注：早上七点半发车，正是辰时（7—9点）之初。泖港是金山区一水流名，通黄浦江。

在朱泾镇"花开海上"园区游览

四叶遥承四季区，春秋冬夏皆明珠。

朱泾地杰风光好，海上花香景致殊。

馋看跟前添彩色，情生郊野享屠苏。

无须抱怨楼遮日，此去龙禅有坦途。

注：朱泾镇位于金山区北部，东临张泾河，与亭林镇为界；西与枫泾镇接壤；南与吕巷镇为邻；北隔大、小泖港，与松江区泖港镇毗邻。

龙禅：即朱泾龙禅寺。

在枫泾"唔侬喔哩"用午餐

包厢看去是农家，桌上鲜蔬并爆虾。

米饭糯香还闪亮，丁蹄酥软不伤牙。

长条且待军休坐，肉粽盛来竹筷划。

但等鸡汤光尽后，只留残骨又留爪。

注："唔侬喔哩"是本地话"我的家里"的意思。

说枫泾丁蹄

需是后蹄方是真，除污剔骨遣姜辛。

冰糖酱料闷烧透，卤汁浓汤文火匀。

肉细红亮形也美，皮酥不烂味犹醇。

盘中尽显玫瑰色，片片喷香袭嘴唇。

注：上海枫泾丁蹄是上海地区的特色传统名菜。上海枫泾丁选用猪后蹄为主料，佐以绍酒，冰糖，桂皮，丁香等辅料烹制而成。选料注重活、生、寸、鲜；调味擅长咸、甜、糟、酸。成品具有冷吃"香"，蒸熟后吃"糯"的独特味道，色泽红亮，卤汁浓厚，肉质肥嫩，负有盛誉。

川西行之诗词

2019年10月10日至10月26日在川西旅游共16天，回来后经整理，赋就以下诗词。

清平乐

2019年10月10日向成都进发，开启川西之行。

川西胜境，撩我思难静。再作一回游子骋，了却心头之耿。

如今蜀道通途，无须再历崎岖。趁着身轻体健，只消醇酒盛壶。

注：从上海出发至成都，坐K字头的卧铺火车，约33个小时便可到达，很舒适，也很便捷，如果乘高铁，则更快。

卜算子

10月11日夜宿成都熊猫皇子酒店

天府出熊猫，身贵神州道，最在人间享福缘，无虑还无恼。

商贾作牌招，添得生财宝，银狗终于爵禄登，竟住皇宫堡。

注：入住的熊猫王子酒店在青羊路，是一家连锁酒店，以国宝熊猫为店招。银狗乃大熊猫别称。

水调歌头

10月12日飞驰在雅康高速云端天路上

水袖云端舞，彩练九霄飞。几多翻复腾跃，身醉似杨妃。时有金钗闪烁，又见霓裳飘拂，神曲振仙衣。举目动情处，蜀道迎生机！

川西路，雅康段，最巍巍。高原禁区岩坚，风雪更添威。但看中华勇士，不畏艰难险阻，敢把浊汗挥。天堑通途宽，功冠世间稀！

注：起于雅安市雨城区，向西经天全县、泸定县，止于康定城东，全长约135公里，双向4车道，设计时速80公里/小时，桥隧比达82%。从成都绕城高速公路出发，3.5小时就可以到达康定市，不再是蜀道难了，此段享有中国最美景观车道之誉。

浣溪沙

10月12日大巴穿越二郎山隧道有感

遥想当年唱二郎，英雄筑路靠肩膀，辛劳艰苦伴荣光。

今日二郎通隧道，初心依旧忆羊肠，钻山挖洞筑安康。

注：川藏公路二郎山隧道位于四川省雅安市和甘孜州交界的二郎山，它起于天全县龙胆溪川藏线，止于泸定县别托山川藏公路，全长约8600米。

忆秦娥

10月12日游海螺沟

冰山洁，阳光难演黄金烈。黄金烈，无缘胜景，密云如铁。

虽登索道能望极，难穿淫雨思无诀。思无诀，只留遗憾，再添呜咽。

忆秦娥

10月12日游海螺沟（平韵格）

眼朦胧，攀登索道多匆匆。多匆匆，山光灰暗，苦盼清空。

此身虽在云梯中，黑龙腾越遮花红。遮花红，雾深缭绕，只感凉风。

注：海螺沟位于四川省泸定县磨西镇，贡嘎山东坡，是青藏高原东缘的极高山地。海螺沟位于贡嘎雪峰脚下，以低海拔现代冰川著称于世。晶莹的现代冰川从高峻的山谷铺泻而下；巨大的冰洞、险峻的冰桥，使

人如入神话中的水晶宫。

醉花阴

10 月 12 日海螺沟归来宿磨西古镇

夜宿磨西看古道，灯映霓虹俏。石板托雕楼，几股清风，一觉天将晓。

教堂尖顶多窈窕，有百多年了。那日最风光，恭候朱毛，从此前程妙。

注：磨西古镇建在一个东西北三面绕水环山的倾斜高台平地上，古镇入口岔成两条马路。一条通往古镇，一条穿过新城，绕城后汇合成一圈。石板铺设的古镇上，楼房紧挨着聚集于路两边。古民居实际上已不多见，较具特色的是 1918 年法国传教士修建的天主教堂。1935 年，红军长征路过此地，毛泽东主席下榻于天主教堂内，召开了著名的磨西会议。随后，红军飞夺泸定桥，毛主席跟随红军主力渡过了泸定桥。

是夜，我们入住"大西映画"酒店。

满江红

10 月 13 日在泸定桥上的沉思

秋雨才收，逢湿冷、浪涛起落。移步处、客流纷至，正扶铁索。惟有人声传叹语，犹听枪弹惊魂魄。真勇士、无惧斗顽凶，鸥鹏缚。

桥依旧，情最确。河仍滚，山如削。有初心使命，激人拼搏。旗帜鲜明红色艳，英雄志坚功勋著。莫忘本、一曲须长吟，军民乐。

292

士为先导的突击队，冒着敌人的枪林弹雨，在铁索桥上匍匐前进，一举消灭桥头守卫。"飞夺泸定桥"战斗打开了红军长征北上抗日通道，谱写了中国革命史上和世界军史上"惊、险、奇、绝"的战争奇迹，泸定桥从此成为中国共产党重要的历史纪念地。

菩萨蛮

10 月 13 日忘情木格措

平湖如镜清如澈，群山满裹晶莹雪。海子映千娇，柔情飞九霄。

九霄仙艳绝，长袖催红叶。叠瀑抖风骚，心潮比天高。

注：木格措，位于康定情歌风景区，是唯一一个直接以情歌命名的景区，这里仿佛得了造物主的厚爱，大大小小的景点就像从仙境散落在凡间的珍珠……雪山森林、高原湖泊、草甸花海、绝世情歌……所有的这些，在一个地方都能遇见——那就是木格措！

沁园春

行走在杜鹃峡中

康定情歌，震耳回声，激浪涌涛。看杜鹃峡谷，东临七色[1]，西连木格[2]，满地妖娆。树木葱茏，霜枝千色，十里长廊披彩袍。秋光里，挂金帘秀幕，欲醉偏陶。

飞来侠侣神雕，引鸾凤金龙闹碧霄。更溪涧流水，或湍或缓，时腾时跃，似怒似嚎。侧目凝看，溅珠落玉，碾碎银鳞冲石礁。还归处，最不甘离去，满嘴唠唠。

注：1. 七色海。2. 木格措。

注：杜鹃峡位于康定情歌景区，木格措最美的是十里杜鹃长廊，从高达数丈的百年杜鹃到低矮的杜鹃丛，68 种杜鹃次第绽放，还能见到雪山与杜鹃辉映的奇观。

风入松

杜鹃峡里红石滩

正沿峡谷向温泉，远看有红岩。参差染满殷殷血，或应是、征战边关。遍历刀兵枪戟，方留深色斑斓？

相传巨蟒逞凶顽，作恶坏青山。高僧破戒钧拳出，方才有、重见潺潺。还复钟灵神秀，任凭地覆天翻。

注：海螺沟红石滩位于四川省海螺沟景区雅家埂两河口地带。海螺沟红石不仅神秘，而且在全世界也是独一无二的奇观。

10 月 13 日翻越折多山

甘孜境内折多山，扼守康巴第一关。
大渡雅砻分左右，人文藏汉各钗环。
溯风吹递千般冷，大雪模糊十八湾。
虽是冰凌封眼睑，导游不叫不思还。

注：折多山位于四川省甘孜州境内，海拔 4298 米，是康巴第一关。折多山又是重要的地理分界线，西面为高原隆起地带，有雅砻江，右为高山峡谷地带，有大渡河。大渡河流域在民族、文化形态等方面处于过渡地带，主要分布着有"嘉绒"之称的藏族支系。其地域往北可至四川省阿坝州的大小金川一带，折多山以东是山区，而折多山以西则是青藏高原的东部，真正的藏区。"折多"在藏语中是弯曲的意思，写成汉语又是"折多"二字。

长相思

10 月 13 日远眺贡嘎山

贡嘎山，冰雪山。蜀地称王不一般，巍巍云雾间。

向天顽，向地顽。百座高峰腰不弯，高人方敢攀！

注：贡嘎山被誉为"蜀山之王"。主峰周围林立着 145 座海拔 5000
米以上的冰峰，形成了群峰簇拥、雪山相接的景象。贡嘎山是国际上享
有盛名的高山探险和登山圣地。

在高处看剪子湾山的天路十八湾

剪子山前告谪仙，尔今蜀道改容颜。

漫修石栈铺天路，直削巉岩筑便环。

锦缎逶迤千皱折，灵龙蜷缩百层弯。

昏天大雪兴愈烈，欣喜情生眉宇间。

注：天路十八弯位于雅江开往理塘的路上，在四川境内，318 国道
上，剪子湾山的天路十八弯，海拔 3990 米，从半山腰俯瞰，曲折的路膊
肘弯，有一种震撼的曲线美！

望海潮

新都桥镇——摄影家的天堂

新都桥镇，甘孜康定，应同国道依傍。溪水正流，高峰挺立，
参差十几村庄。羌藏共芬芳。旅途必经地，时见牛羊。且有青稞，
任凭醇酒吐奇香。

秋风落叶橙黄。有无垠草甸，金色斜阳。沟壑纵横，巉岩错

杂，深穿万亩林杨。还七彩辉光。最引游客至，粗炮长枪。不愧天堂影殿，惊醒美姑娘。

注：新都桥的十余公里，都是"摄影家的天堂"。在这可以拍摄到无垠的草甸，曲折的溪流，金黄的秋叶，山坡上大片在觅食的牛羊，散落着的藏族村寨。

小重山

行走在游洛绒牛场的栈道上

叶染金黄秋里秋，红橙蓝绿紫、洒绫绸。三山头白雪真稠。风声急、戴帽再添裘。

青草育肥牛。斜阳生暖意、最悠悠。移身栈道好深游。真情望，美景要常留。

注：洛绒牛场位于四川省甘孜藏族自治州稻城县境内，海拔4150米，是附近村民放牧的高山牧场，成群的牛羊在这里享受着充足的阳光、青青的草地和纯净的湖水。洛绒牛场被"日松贡布"三座神山环绕，贡嘎河从草场穿梭，林间溪流潺潺，与牧场木屋交相辉映，构成了一幅原始而又迷人的景色，令人们进入返朴归真的境界。

与三怙主神山照面

三山鼎立亚丁中，护法神仙白发翁。

影顾壮严心会意，布施功德脑开聪。

风光正觉雄奇秀，圣洁还思静朴葱。

苦海无边舟可渡，经幡拂罢转经筒。

注：这三座雪山佛名三怙主雪山。在世界佛教二十四圣地中排名第十一位。"属众生供奉朝神积德之圣地"。公元八世纪，莲花生大师为三

座雪峰开光，并以佛教中三怙主：观音（仙乃日）、文殊（央迈勇）和金刚手（夏诺多吉）命名加持，因此称为三怙主雪山。贡嘎日松贡布从此蜚声藏区。

忆江南三首

之一、仙乃日峰

仙乃日，山下是珍珠[1]，三鼎册封居首位，神音天籁救歧途。莫忘敬屠苏。

注：1.仙乃日山峰脚下便是美丽的珍珠海。

仙乃日是"三怙主"雪山的北峰，佛位排在第二位，是亚丁景区三大高峰之首，是四川第五大山峰，海拔6032米，巍峨伟丽，雄剑如削，直插云霄，峰名意为"观世音菩萨"。

之二、央迈勇峰

央迈勇，形影似文殊，玉洁冰清光耀目，且将智慧化宏图。灌顶有醍醐。

注：央迈勇藏语意为："文殊菩萨"，为"三怙主"雪山的南峰，海拔高度为5958米，在佛教中排在"三怙主"雪山之首。文殊菩萨在佛教中是智慧的化身，雪峰像文殊师利用手中的智慧之俞直指苍穹，冰晶玉洁的央迈勇傲然于天地之间。

之三、夏诺多吉峰

金刚手，尖顶入天都，恰似少年英勇汉，降龙伏虎斩妖狐。去秽再除污。

注：夏诺多吉意为"金刚手菩萨"，是"三怙主"雪山的东峰，海拔 5958 米，在"三怙主雪山"佛位第三，夏诺多吉山峰耸立在天地之间，在佛教中除暴安良的神甚，他勇猛的刚烈，神采奕奕。

2019 年 11 月初

忆江南（变体二）三首

之一、仙乃日峰

万里深秋峰满雪。似裹纱巾，直朝宫阙。玉颜仙子染祥云，粉妆天籁唱红尘。

莲花台上慈悲佛。裂谷金声，一任经幡拂。清音传世净灵魂，心舟度孽了知恩。

之二、央迈勇峰

影似文殊追九野。直指苍穹，静恬风雅。手持般若现端庄，足登莲座见慈详。

身随冰洁天中挂。五髻成冠，便把青狮跨。诚增智慧救洪荒，高歌法曲化情商。

之三、夏诺多吉峰

怙主神山三弟秀。白雪山头，朔风寒透。冷锋凝结化精灵，锦袍穿罢演晶莹。

何人能敌金刚手。巨蟒缠腰，猛虎皮围就。钢身金骨见铿铿，仙人宝剑灭狰狞。

2019 年 12 月 30 日

过冲古寺

珍珠连洁雪，古寺仰崔嵬。

栈道邀游客，大师增德才。

为民甘赴死，祈福一消灾。

过路虔诚意，莲蓬已满台。

注：冲古寺（3880米）位于仙乃日雪峰脚下。传说，高僧却杰贡觉加错为终身供奉神山，弘扬佛法，在此修建寺庙。因动土挖石而触怒神灵，穴祸降临四周百姓，麻风病流行。却杰贡觉加错终日念经育佛，施展法力，乞求神灵降灾于自己，免除百姓之灾。他的慈悲举动感动了神灵，百姓平安，他则身患风病圆寂。现在，却杰贡觉加错的灵骨还葬在他自己建造的寺院内，寺院僧人每日薰香念经，纪念他的大功大德。

昭君怨

咏珍珠海

秋看三山雪白，喜煞众多游客。何处是珍珠，上征途。

天下深潭无数，一望频添仰慕。圣水映蓝天，赛神仙。

注：珍珠海位于稻城县亚丁风景区。严格意义上说，她只能算是一个大一点的水潭。碧绿的水色在清晨天空的映射下发着幽幽的光芒，仿佛就是一块跌落在人间的深色翡翠。湖水正好倒影着仙乃日的雄姿，让湖水也沾上了神山的灵气。

虞美人

进入稻城万亩青杨林

春花为伴青杨绿，秋变橙黄玉。风霜作笔染山河，十万林场随处泛金波。

朝阳斜照游人脸，枝叶同相染。莺歌燕舞醉成欢，惊得云端仙子亦翩翩。

注：稻城最美的季节是秋天，而秋天里最美的地方就在县城周围的万亩河滩青杨林。稻城青杨林，更是世界上海拔最高，造林面积最大的人工林。预计造林 10 万亩，这是稻城人为改善生存环境而辛勤劳作的结晶。

风入松

在塔公寺短暂逗留后过塔公草原

千年古寺亮酥灯，僧众最虔诚。白墙红瓦黄金顶，更配得、雪皑云轻。圣殿烟雾缭绕，蓝天广袤晶莹。

当初公主正西行，藏汉秀安宁。只将友善求昌盛，因此有、菩萨欢欣。升起光鲜莲座，造福亿万生灵。

注：塔公草原相传当年文成公主进藏时，途经塔公草原，随身携带的释迦牟尼佛像忽然开口说话，示意愿留在此地。众人随即便用金沙复制了一尊留下。从此，这里就有了被称为"小大昭寺"的塔公寺。

满庭芳

游墨石公园

天布霓霞，山描眉黛，下车遍袭空寒。雪峰凝白，然黑石斑斓。多少深蓝浅黑，也还有、灰色千般。迷宫也、墨林美景，突兀染丰颜。

奇观。还望处、重峦叠嶂，削壁残垣。似狮虎相争，兵守城关。仿佛猕猴懒睡，再见得、白鹿望天。欣欣此，迷宫童话，真可聚神仙。

注：墨石公园景区位于四川省甘孜州道孚八美镇卡玛村与中古村交界处，绵延在鲜水河断裂带上的墨石天然景观更为世人被誉为"中国最美景观大道第八美"。

长相思

游四姑娘山风景区

长坪沟，双桥沟，展翅雄鹰望晚秋。欲飞身仍留。

双桥沟，长坪沟，四女私聊总不休。姑娘正计谋。

注：四姑娘山风景名胜区核心景点为双桥沟、长坪沟、海子沟、幺姑娘山（幺妹峰）、三姑娘山、二姑娘山、大姑娘山。四姑娘山山势陡峭，现代冰川发育。海拔在 5000 米以上的雪峰 52 座，终年积雪，发育有现代山岳冰川。主峰四姑娘山海拔 6250 米，是邛崃山脉的最高峰，四川第二高峰，横断山脉第三高峰。

大巴翻越梦笔山有感

红军一路向川西，梦笔峰前未歇蹄。

霜刃尖尖云欲裂，风刀霍霍雁更凄。

无边困苦催强将，不尽关山走铁犁。

护得新泥花万树，霞光不忘谢雄鸡。

注：梦笔山距马尔康县城 30 公里，位于卓克基乡南与小金县交界处，呈东西走向，山势平缓，最低山口海拔 3900 米，最高峰海拔 4470 米。梦笔山垭口是县城通往小金县的独一通道，也是 1935 年 6 月 27 日中国工农红军长征时翻越的第二座大雪山。

卓克基土司官寨的红色记忆

国建中华七十年，长征渡尽苦和艰。

牦牛革命图存道，官寨油灯欲尽天。

百万刀兵凶且烈，几重危局险犹悬。

狂澜幸得巨人挽，方有振兴圆梦篇。

注：1935年7月，毛泽东同志及中央机关长征途中曾在官寨住宿一周。7月3日，毛泽东、周恩来、张闻天等中央领导进驻土司官寨。并于当日在"土司议政厅"召开中央政治局常委会议，专门讨论民族地区的有关问题，通过了《告康藏西番民众书》。号召藏族民众起来反对帝国主义和国民党军阀，成立游击队，实现民族自治。

毕棚沟的秋景

近有湖光远映峰，毕棚沟里集尊容。

将军 [1] 威武头盔白，才女 [2] 众多脂粉浓。

水养精华生绝色，云飘彩练舞银龙。

斑斓世界层层展，一跃磐羊 [3] 无影踪。

注：1.将军峰。2.十二才女峰。3.磐羊是典型的山地动物，喜在半开旷的高山裸岩带及起伏的山间丘陵生活。毕棚沟有一磐羊湖景点，因有磐羊出没而命名。

长亭怨慢

在汶川大地震中心的映川中学遗址

说灾害、汶川多难。戊子之年，震波横贯。地裂天崩，路开街陷，遇飞窜，屋倾梁断。谁禁得、乌龙悍。性命毙其间，最造孽、生灵涂炭。

瞬变。便阴阳两隔，跌落鬼都阎殿。如今只见，惨绝处、废墟荒乱。更满耳、鹤唳风声，见光景、无由停潜。愿逝者安心，存者天从其愿。

注：2008 年 5 月 12 日（星期一）14 时 28 分 04 秒，根据中华人民共和国地震局的数据，此次地震的面波震级里氏震级达 8.0Ms、矩震级达 8.3Mw（根据美国地质调查局的数据，矩震级为 7.9Mw），地震烈度达到 11 度。此次地震的地震波已确认共环绕了地球 6 圈。地震波及大半个中国及亚洲多个国家和地区，北至辽宁，东至上海，南至香港、澳门、泰国、越南，西至巴基斯坦均有震感。

5·12 汶川地震严重破坏地区超过 10 万平方千米，其中，极重灾区共 10 个县（市），较重灾区共 41 个县（市），一般灾区共 186 个县（市）。截至 2008 年 9 月 18 日 12 时，5·12 汶川地震共造成 69227 人死亡，374643 人受伤，17923 人失踪，是中华人民共和国成立以来破坏力最大的地震，也是唐山大地震后伤亡最严重的一次地震。

过叠溪望叠溪海子

岷山脚下有岷江，古袭繁华唱霸腔。
忽有地龙喷怒气，便成堰塞造天缸。
情邀海子影随岸，水出风光人站桩。
谁懂珍珠曾染血，叠溪悲喜亦无双。

注：叠溪地震发生于 1933 年 8 月 25 日，震中位于今天的四川省阿坝藏族羌族自治州茂县北部。此次地震导致叠溪古城全部建筑坍塌，并引发水灾，伤亡人数超过 2 万。地震发生时，天空中发出霹雳一声巨响，大地开始猛烈的摇晃起来，地中发出巨大响声，与地面隆隆之声相混合。风沙走石滚滚而来，人们的耳眼口鼻均被尘土所塞，满眼迷离不能远视，

只见近处地皮到处裂开了大缝，忽开忽闭，大地向下倾陷，人在地上一步不能移动，意志全失。持续了一分钟之久，地壳停止摇晃，但四周巨大的隆隆声仍持续不断，沙石继续飞扬，三小时后尘雾稍歇，方可辨远近，太阳西沉，河山改易，城郭为存。叠溪这座拥有二百七十余户羌人的古老羌城，历史上重要的军事要塞——古蚕陵重镇，竟被地震毁于一旦。

宴山亭

游牟尼沟扎嘎瀑布

直泻飞流，狮吼虎啸，使尽平生全力。天女散花？孔雀开屏？还是巨龙横壁？叠瀑台阶，展多少、云腾雾逸。雷劈，看石溅悬崖，玉银珠碧。

游罢奇景方知，有鬼斧神工，倚天长笔。精雕细刻，绘彩描金，偏成这般经历。艳溢香融，入景里，百寻千觅。频摘，思进梦，常翻影集。

注：牟尼沟风景区位于松潘县西南牟尼乡境内。占地面积160平方公里，最低海拔2800米，最高海拔4070米，年平均气温约4度。2011年顶峰国际旅游规划项目。景区内山林洞海等相映成辉，林木遍野，大小海子可与九寨彩池比美，钙化池瀑布可与黄龙"瑶池"争辉。主要景点有：扎嘎瀑布、牟尼森林、百亩杜鹃、翡翠温泉、百花湖、月亮湖、天鹅湖和溶洞群等。

又过松潘古城

二度到松潘，时当一岁完[1]。
去年刚九月，今日冒秋寒。
原路同行换，满街居人欢。

依然游趣足，囊饼最如盘。

注：松潘古城规模宏伟，气势非凡，其城墙的长度、高度、厚度、浮雕石刻的精美在民族地区是首屈一指的。

1. 2018 年 9 月在甘南旅游时，曾游览过松潘古城，为此也填过一首词，满江红·咏松州古城（见《七色海的浪花》之《周游篇》）。

绕佛阁

九寨沟之五花海

藏羌九寨，阿坝胜景，盛水成海。秋色初戴，染将姹紫嫣红万人爱。钙华正待，斜照拂面，如复如盖。犹显惊骇。引来百蝶千蜂逐高矮。

绚丽最纯正，便叫金星飞乙太。添得彩虹纷纷飘玉带，看一鉴粼粼，奇异多彩。宝蓝还在，又翠绿消繁，橙诡黄怪，世无双、起兴成倍。

注：九寨沟五花海是位于四川省阿坝藏族羌族自治州九寨沟旅游景区中心，有"九寨沟一绝"和"九寨精华"之誉，是九寨沟的骄傲。在同一水域中，五花海可以呈现出鹅黄、墨绿、深蓝、藏青等色，斑驳迷离，色彩缤纷，是九寨沟各个景点中最为精彩的景点之一，吸引了无数游客和摄影爱好者。

蓦山溪

九寨沟之镜海

湖平秋水，镜滑无棱刺。山翠映多姿，染万种、嫣红姹紫。看无裂缝，界面也葱茏，相对视，还互倚，都是风光意。

游人逸致，顾影最窃喜。云在水中飘，树向底、虚生实体。鸟翔梢顶，真假便成疑，上下同、无迥异，谁辨亲兄弟？

注：九寨沟著名景点之一。它就像一面镜子，将地上和空中的景物毫不失真地复制到了水面。当晨曦初露，朝霞染红东方天际之时，海水一平如镜，蓝天、白云、雪山悉数被映放在海面，呈现出"鱼在云中游，鸟在水中飞"的奇观。

祝英台近

九寨沟之珍珠滩

看珍珠，来九寨，寻景在幽谷。凹凸岩峦，偏遇瀑飞速。垂帘化作金光，碎鳞裂甲，更激起、万千颜玉。

有传说，女神曾恋男童，便赠斧耕粟。项链晶莹，还就女身束。天神忿忿难平，派兵捉拿，竟扯断，滚珠号哭。

注：珍珠滩位于四川省九寨沟景区的花石海下游 0.5 公里左右的地方，日则沟和南日沟的交界处，有一片坡度平缓，长满了各种灌木丛的浅滩，长约 100 米，水流在此经过多级跌落河谷，激流在倾斜而凹凸不平的乳黄色钙化滩面上溅起无数水珠，阳光下，点点水珠就像巨型扇贝里的粒粒珍珠，远看河中流动着一河洁白的珍珠，这就是珍珠滩，她还有一个传说。

调笑令

九寨沟之观长海

长海，长海，深隐层峦叠彩。冰峰碧水相连，银装素裹丽仙。仙丽，仙丽，当在秋高聚会。

注：长海顺山弯去，头深藏在层峦叠嶂的山谷之中。海子对面，雪峰皑皑，冰斗、"U"字谷等典型冰川景观，历历在目。岸旁林木叶茂，一眼望去，水似明镜，巍巍雪峰，沐浴在蓝天白云之中，壮观奇丽。

雪梅香

九寨沟之五彩池

说精粹，秋阳落在玉池中。用青荇轮藻，描成五彩葱茏。左是天蓝右生绿，上呈浓碧下橙红。画图里，享受风光，其乐融融。

临风，聚佳丽，抹粉涂脂，一展颜容。即便冬天，任由雪域冰封。雅态妍姿仍然是，影随流水任西东。不忘温柔，添得玲珑。

注：五彩池是九寨沟湖泊中的精粹，是九寨沟最小而颜色最为丰富的池子，上半部呈碧蓝色，下半部则呈橙红色，左边呈天蓝色，右边则呈橄榄绿色。冬季四周冰天雪地，而这个五彩斑斓的小池子却不冻冰，甚为奇绝。

八六子

重游诺日朗瀑布

十三年，别来无恙？曾经一聚成欢。见瀑布垂帘引颤，滚龙飞甲流潜。会神会仙。

无端天地翻旋，引发石摧山陷，频生肉跳心寒。最想念、容颜仍留风韵，织机依旧，铁犁还在？今看款款身姿绰约，蒙蒙烟雨斑斓。甚平安，心底又添贺言。

注：13年前的2006年8月，曾游览过九寨沟和黄龙景区，也游览了诺日朗瀑布，曾有一首以记其事。传说铁犁、织机和贝叶经是扎尔穆

德和尚远游归来时带来的，织布机以后成为诺日朗瀑布。

九寨沟之犀牛海

变幻多端此海中，湖光毕竟不雷同。

只因清水神奇力，方治僧人致病虫。

于是投波同一体，竟然成典致溶融。

万花千树生根后，始有声名向客丛。

注：犀牛海是九寨沟中景色变化最多的海子之一，其倒影几乎是众海之冠。传说古时候，有一位身患重病，奄奄一息的藏族老喇嘛，骑着犀牛来到这里。当他饮用了这里的湖水后，病症竟然奇迹似的康复了。于是，老喇嘛日夜饮用这里的湖水，舍不得离开，最后骑着犀牛进入海中，永久定居于此，这个海子便被称为犀牛海。

行香子

在九寨沟之老虎海

遍袭秋风，又见飞鸿。水天清、波泛颜丰。虎啸藻鉴，皮复橙红。过险滩疾，平滩缓，垂滩疯。

彩条尽染，纹路稠浓。浑身力、气势汹汹。遇山引颈，逢石飞洪。正喘声烈，吼声远，回声隆。

注：老虎海海拔2298米，位于树正瀑布之上，深邃恬静，沉默中蕴蓄着暴烈，安谧中隐藏着桀骜。波云泻雪似的树正瀑布正是它陡然爆发的活力与激情，瀑声沉雄浑厚，宛若虎啸。

风入松

观九寨沟之树正瀑布

轻风十里正描秋，石屏立沟头。裂开束带冲将去，犹迅捷、欲去还留。神采飞扬飘逸，旋律雄劲刚柔。

水帘一泻即成流，不再慢悠悠。树根竟把青龙缚，便激来、不尽啾啾。枫叶丛中张爪，银峰侧畔歌喉。

注：树正瀑布位于四川九寨沟风景名胜区树正沟中。是入沟见到的第一个瀑布，也是九寨沟四大瀑布中最小的一个。

喝火令

观九寨沟之双龙瀑布

为地摇天动，令花落火消[1]。竟然芳姿已枯凋。从此杳无音讯，何处见风骚？

所幸双龙至，欢欣上碧霄。但思牵手偏心焦。静罢思君，静罢又思君，静罢眼寻空谷，难再觅红娇！

注：双龙海瀑布，双龙海海拔2180米，位于四川九寨沟景区，瀑布宽85米、高8米，原先掩藏在密林深处。该景点是因地震后水文发生变化，水流增大形成。九寨沟地震后，火花海不复存在；火花海的水全部流入到双龙海，双龙海的水位瀑涨，形成双龙海瀑布。

西江月

晨游成都宽窄巷

早起昏昏晨暗，正逢细细丝朦。同行结伴觅胡同，鲜有街人走动。阳伞未能遮雨，只因双手无空。走遍宽窄了匆匆，犹似申城里弄。

注：此间的宽巷子名叫兴仁胡同，窄巷子名叫太平胡同，井巷子叫如意胡同（明德胡同）。

游杜甫草堂

茅屋蓬门径不轻，花溪秋霭锦官城。
荷哀节令萧萧去，雨湿衣裳孑孑茕。
一览停留思野老，八仙春望感悲声。
浮云玉垒鸣黄鹂，吟罢余杯燕也惊。

注：成都杜甫草堂博物馆位于四川省成都市青羊区青华路 37 号，是中国唐代大诗人杜甫流寓成都时的故居。杜甫先后在此居住近四年，创作诗歌 240 余首。唐末诗人韦庄寻得草堂遗址，重结茅屋，使之得以保存，宋元明清历代都有修葺扩建。成都杜甫草堂因诗名扬天下，借诗圣而后世流芳。

渡江云

游成都锦里

草堂飞雨后，再游锦里，执伞入人流。石坊呼水岸，院落参差，举目巷之头。商家麇集，店招亮、方信人稠。求美食、眼中零乱，难择是诸刘。

悠悠，回眸昭烈，漫忆乡侯，又蜀相功厚。何处是、三分天下，八阵图谋。缘由五丈[1]身先绝，终引得、司马添愁。真不信、长星跌落东投。

注：传说锦里曾是西蜀历史上最古老、最具有商业气息的街道之一，早在秦汉、三国时期便闻名全国。现在，锦里占地30000余平方米，建筑面积14000余平方米，街道全长550米，以明末清初川西民居作外衣，三国文化与成都民俗作内涵，有武侯一祠。集旅游购物、休闲娱乐为一体。

1. 五丈，即五丈原。五丈原东麓之落星湾，旧县志据亮传裴注引《晋阳秋》："有星赤而芒角，自东北西南流，投于亮营，三投再还，往大还小，俄而亮卒"之记载，将其列为"诸葛武侯长星坠处"古迹。

婺源五日摄影游诗词

（2019年11月24—28日）

浪淘沙

游婺源晓起村

古树竞高低，绿瘦红肥。秋风过处叶纷飞。且看香樟斜照里，处处芳菲。

石板小村围。旧巷斜晖，溪流倒影最神怡。万武迁来居宝地，从此鸡啼。

注：汪万武于公元787年来到晓起，看到此处田地肥沃，青山环绕，溪水潺潺，在此结庐，遂起名晓起。

婺源龙尾村寻迹

龙尾村中溪水长，声名未得尽张扬。

簑翁独钓舒心地，游客对斟原液浆。

朴质无华生敬意，矫揉造作引惆怅。

长枪短炮应明理，专造影家金殿堂。

浪淘沙

登婺源龙池坁村山梁

执驾靠真功，曲路难通。都因闭塞仍朦胧。依然旧貌旧容颜，朴质民风。

坯屋半山中，不辨西东。参差住宅映橙红。错落梯田弯月色，景最酬瞳。

在婺源篁岭看晒秋

直借云梯向绝巅，吾身敢向白云间。

拾阶不顾庚年老，移步当须腰腿弯。

只看缤纷多彩色，当如仙女织蓬莲。

此情此景何联想，疑在天宫御园边。

注：晒秋是一种典型的农俗现象，具有地域特色。在湖南、安徽、江西等生活在山区的村民，由于地势复杂，村庄平地极少，只好利用房前屋后及自家窗台屋顶架晒、挂晒农作物，久而久之就演变成一种传统农俗现象。这种村民晾晒农作物的特殊生活方式和场景，逐步成了画家、摄影家创造的素材，并塑造出"晒秋"称呼。篁岭晒秋的规模应是首屈一指，故成为风景。

望月亮湾景色

一弯钩月落湖中，绿叶经霜色正浓。

碧水四围成岛屿，浮排往复觅游丛。

手机启盖瞄佳影，骚客成群对彩枫。

若得阳光侵景致，定教图画更酣瞳。

注：婺源的月亮湾位于紫阳镇往东700米处，到达李坑的半路之间，有一座狭长的小岛。小岛夹在两岸之间，形状犹如一弯月，这就是月亮湾。

念奴娇

在摄影点——婺源石城

清晨速速，亦匆匆，摄影天堂竞拍。身背行囊争捷足，但见骚人满陌。短炮横伸，长枪纵列，坡道无空格。耸肩踮脚，谨防东刮西划。

遗憾不见朝霞，未逢帘雾，更缺炊烟白。谁赴天宫邀昴宿？协助声光投射。游众高兴，影家畅怀，景点还增客。多方有利，此诚应是高策。

注：摄影爱好者们简直爱死了这些枫树，每年11月中下旬，枫树开始变红，就会有人从凌晨拍到黄昏。清晨雾气或炊烟中的火红枫树简直就美得不像人间植物了。

风入松

登山腰看婺源菊径村

婺源县里演人文，菊径便传闻。且登高处寻踪迹，宋代时、在此耕耘。彼此生生不息，白墙黛瓦重门。

阴阳辩证说纷纷。村落似圆盆。后水前山神机道，佑族群，宅第添恩。因为连通公路，方能再返青春。

注：菊径村始建于宋代初期，位于江西省上饶市婺源县大鄣山乡。整个村庄布局独特，文化底蕴深厚，是个典型的山环水绕型村庄，四周高山环绕，一条小溪环绕整个村庄，符合中国的八卦"后山前水"设计，被誉为"中国最圆的村庄"，犹如世外桃源。

在奇墅湖宏村景区拍倒影

一鉴清湖映碧空，白云在上下秋枫。

景人共照多情趣，天地同框最正宗。

林中佳丽如翩蝶，水里折光变霓虹。

老辣影家多手法，遣来倒影织奇风。

注：奇墅湖又名"东方红水库"，位于黟县宏村镇宏村，位于宏村西南方向3公里，距县城10公里。深水处水深达几十米，湖光山色，潋滟碧波，有如处子，烟雨濛绕。湖内风景秀丽。洪村始建于北宋初，清朝赐名"长寿古里"。是洪姓聚居的村落，处在狭窄而曲折的山谷，周围群山环绕、溪水潺潺，风景秀丽。是一个让你心灵静息，适合拍摄倒影的理想之地。

在卢村探古

墙唤马头翘角尖，木雕窗格古香潜。

采阳天井需盛水，祖训楹联见律严。

巷子流沟多曲折，时光隧道识咸甜。

光阴一晃千年过，专见明清旧柱檐。

注：卢村又名雉山村，地处交通要道羊栈岭南侧。卢村位于黟县北部，距宏村仅2公里，是以卢姓为主聚居的古村落。卢村以规模宏大、雕刻精美的木雕楼群而著称，木雕楼享有中国木雕第一楼之誉。

姬公尖的柿子

轿车直向半山腰，扑面橙黄枝上摇。

木架绳垂金色练，竹梯手摘小圆妖。

果家讲解游人喜，微信付钱眉角飙。

柿子应挑酥软捏，真经最宜放头条。

注：姬公尖村农家户户都有柿子树，立冬过后农民采柿子晒柿子，制作徽州灯笼柿饼，农家门前晒柿子成了一道道美丽风景，游客慕名到皖南这座偏僻高山村赏"灯"，购买刚采下来的柿子，或晾干了的柿饼。

到桐庐

卯时出发向桐庐，自驾从容人也舒。

高速纵横多便捷，骄阳恣意未添淤。

疫情阻滞周游兴，子媳常思长辈书。

品尝富春鱼味美，午中寄趣在农居。

2020 年 8 月 16

在云中居农家

面山傍水小溪清，溪里萌娃正尽情。

鹅卵游鱼常促狭，瓢盆网兜慢逃惊。

长枪喷射身将雨，手臂抡挥浪拍婴。

玩罢圆台围一桌，时蔬更有土鸡鸣。

2020 年 8 月 15 日

游白云源景点

有溪有谷有山姿，驱车径直上芦茨。

当年是隐方干处，今日才闻范哲诗。

峡里漂流消暑毒，林间木屋聚相知。

垂云招手邀新客，叠瀑深潭未尽窥。

注：白云源景区指的只是已开发的一期峡谷风光带，而整个白云源和周边区域可称之为"泛白云源"区域。

2020 年 8 月 16 日

在垂云通天河景区之十里暗河

问君何处有天成，十里暗河鬼斧生。

怪石嶙峋呈百态，游船往返誉千声。

正疑仙景人间少，堪看龙宫满地精。

吴越本来灵秀出，纱巾揭罢便倾城。

在垂云通天河景区走凌云天桥

千尺天桥千尺高，玻璃桥面人声嘈。

远看层绿翻波韵，脚下分明起疾涛。

胆小难开丹凤眼，心平易着济公袍。

莫遭幻觉欺心智，大步流星客最骚。

在垂云通天河景区凌空漂越

一叶扁舟栈道中，左弯右拐向前冲。

激波溅起纷纷雾，柔体偏成扭扭风。

更在凌空千尺下，但凭远处万里朦。

河山大好需身历，不费神仙造化功。

2020 年 8 月 17 日

再游严子陵钓台

竟是秋天酷暑同，富春江水正朝东。

时人只恋三公贵，垂线相随一叟翁。

多少名流施笔墨，千言碑刻记时风。

还须借问公知辈，"隐"字包含何内容？

游严子陵钓台处的天下第十九泉

桐君山处有名茶，雀舌蜚声进万家。

因有富春风景好，便生凤涎涧水佳。

灵泉泡得龙芽碧，陆羽亲临日影斜。

从此池亭添十九，门前满地停轿车。

2020 年 8 月 18 日

到陕西省去旅游

时年十七到西安，身着戎装始执鞍。

竟是三年居院校，只曾廿里访窑寒。

今朝弃杖登西岳，昨日轻身到土坛。

甲子重游鬓似雪，镐京更胜旧时欢。

注：平生首次出远门即在西安，时年十七还差一月有余，在西安整整三年时间里，未曾到过周边的景点游览，只是在1961年的五一节，趁放假时间，和几位同学徒步到大雁塔和寒窑逛过，连临潼、华山近在咫尺都未去过。

在轩辕庙看黄帝手植柏

一株古树五千年，葱郁虬枝连九天。

根植桥山承雨露，施恩沃土历风烟。

精魂汇聚雄犹在，黄柏依然伴圣贤。

但愿神龙常护佑，中华脉脉向无边。

注：黄帝手植柏位于陕西省中部黄陵县轩辕庙院内，高 20 余米，胸围 7.60 米，苍劲挺拔，冠盖蔽空，叶子四季不衰，层层密密，像个巨大的绿伞。相传黄帝手植柏为轩辕黄帝亲手所植，距今 5000 多年，是世界上最古老的柏树。

在轩辕庙

人文初祖是轩辕，首建中华便渊源。

百谷农耕兴草木，五音吕律定方言。

舟车衣冠辨南北，算术医经展故园。

只看扬臂手挥处，更有神龙舞锦幡。

注：轩辕庙，也称黄帝庙，坐北朝南，最早建于汉代，占地约 9.33 公顷。庙院长 140 米，宽 84 米。主要建筑有庙门、诚心亭、碑亭和人文初祖殿。院内有古柏 16 棵，最珍贵者当属"黄帝手植柏"与"汉武挂甲柏"。庙址设在桥山之麓。唐代正式将祭祀活动列为国祭，并开始重修扩建黄帝陵庙。

拜谒黄帝陵

柏寿槐高绿荫深，拾阶千尺有虔心。

青砖诉说先贤事，土冢听闻百姓音。

造福神州功盖世，建勋万代业垂今。

飞天尚且衣襟在，自有腾龙出此林。

注：黄帝联合炎帝打败蚩尤后，由华族部落联盟首领成为天下共主，使华夏民族由蛮荒时代跨入了文明时代，黄帝的丰功伟绩理所当然地受到后世的敬仰和崇拜。黄帝死后，人们为了表达对这位人文初祖的怀念之情，便在桥山起冢为陵，立庙祭祀。

2020 年 9 月 21 日

观汉武仙台

北战匈奴正凯旋，黄陵祭祀欲成仙。
垒高不惜桥山土，曲径难通玉帝关。
九转祈台盈百尺，四围冠冢没林巅。
最因狂妄无先祖，玄女传言到耳边。

注：元封元年 10 月初，汉武帝带领 18 万大军北巡边关，威震匈奴。在返回长安时，路经阳周郡桥山，为了祭奠黄帝，他竟在黄帝陵的对面，修筑了一座比黄帝陵还高出一半的"九转祈仙台"（后人称"汉武仙台"）。这一下可触怒了天宫，玉帝和诸神都认为汉武帝太狂妄自大，竟敢把祖先都不放在眼里，这还能成仙？玉帝盛怒之下，用朱笔一挥，就把汉武帝即将到手的仙籍取消了。

在陕西省一侧观壶口瀑布

惯已悠闲驯不拘，束身缚脚便昏愚。
横冲直撞蛮牛劲，头破血流疯狗趋。
激浪滔天冲九野，旋涡入地裂身躯。
正因此处声声吼，天下扬名第一壶。

注：壶口瀑布是中国第二大瀑布，世界上最大的黄色瀑布。

2020 年 9 月 22 日

在陕西省乾县懿德太子墓博物馆

杀身之祸是何来？失位中宗实可哀。

方有女皇权自重，偏逢懿德命悲催。

谗构致使鲜花落，斜道终将硬土堆。

虽是追封还冥配，青春逝去已难回。

注：懿德太子李重润为唐高宗李治与武则天之孙，唐中宗李显与韦皇后之长子。701年死于四川巴州，年19岁。中宗复位后于706年追封为懿德太子，葬乾陵。

2020年9月23日

在乾陵

乾陵自古在梁山，龙凤长眠绿荫间。

一对华表相对峙。十尊翁仲共朝班。

群雕像栩方来看，司马道宽堪可攀。

世上君王谁与比，双碑纵览识机关。

注：乾陵是陕西关中地区唐十八陵之一，位于陕西省咸阳市乾县县城北部6千米的梁山上，为唐高宗李治与武则天的合葬墓，占地面积30余万亩。乾陵是唐十八陵中主墓保存最完好的一个，也是唐陵中唯一一座没有被盗的陵墓。

2020年9月24日

在无字碑前

一代风流贬与褒，千年不绝语滔滔。

贞观承袭开元盛，科举才兴武将豪。

滥杀无非成众怒，权私有恐藏金刀。

无文白壁心安得，功过千秋任尔唠！

注：乾陵无字碑，为武则天所立。位于陕西省咸阳市区西北方50公里处的乾陵。在乾陵司马道东侧，北靠土阙，南依翁仲，西与述圣纪碑相对，奇崛瑰丽，巍峨壮观。

写一写武则天

巾帼英雄计也深，武皇绝代只从今。

虽然女子纤微力，最有智谋老辣心。

孤凤成龙争上位，明堂挥手灭奸音。

千秋功罪争何去？无字丰碑只细寻。

注：唐朝功臣武士彟次女，母亲杨氏。14岁入后宫为唐太宗的才人，唐太宗赐号"武媚"，唐高宗时初为昭仪，后为皇后（655年—683年），尊号为天后，与唐高宗李治并称二圣。683年12月27日—690年10月16日作为唐中宗、唐睿宗的皇太后临朝称制，后自立为武周皇帝（690年10月16日—705年2月22日在位），705年退位以后，成为中国历史上唯一一位女性太上皇。武周一朝结束，唐朝复辟，恢复以神都为东都。神龙元年农历十一月二十六日（705年12月16日），武氏在上阳宫病死，年82，后与高宗合葬乾陵，留无字碑。

说一说述圣纪碑

女皇亲撰此碑文，李显书丹更可闻。

只为高宗歌圣德，又镶金粉说明君。

碑身七节昭天下，仪象千番织万勋。

岁月匆匆穿久远，时空不再返耕耘。

注：述圣纪碑，是武则天亲撰、其子中宗李显书丹，为唐高宗歌功颂德的一通功德碑，立于司马道西侧，与无字碑东西相对，北距西阙8.65米。

在陕西宝鸡法门寺

秋风起处法门开，自有祥云照圣台。

大路通灵心自静，金光合十道轮回。

八尊慈像庄严坐，千万信徒诚恐来。

虽说奇珍应不少，真身舍利色皑皑。

注：法门寺，又称法云寺，位于中国陕西省宝鸡市扶风县法门镇，有"关中塔庙始祖之称"。据传，法门寺始建于东汉明帝十一年（68年），周魏以前原名也叫"阿育王寺"，隋改称"成实道场"，唐初改名"法门寺"，被誉为"皇家寺庙"，因安置释迦牟尼佛指骨舍利而成为举国仰望的佛教圣地。

在陕西宝鸡法门寺地宫

屏息敛声游地宫，灯光浅秘感微风。

躬身放眼小窗亮，引手投眸意念通。

影骨三枚灵骨一，法门千万色门空。

随缘化作茶杯语，信仰不同人性同。

注：宝鸡法门寺地宫，打开了佛教和盛唐王朝的宝藏，是世界上迄今为止发现的年代最久远、规模最大、等级最高的佛塔地宫，面积仅31.48平方米，在清幽灯光照射下，尤显神秘，地宫为保全安奉佛指舍利之所在。

观陕西宝鸡法门寺阿育王塔

阅尽沧桑木塔沉，修成八角十三层。

多经地动天雨袭，更历风吹霜雪凝。

喜借地宫居沃野，缘因宝函有高僧。

歧山南麓晶莹现，始是曾封第九登。

注：法门寺阿育王塔又名法门寺塔，原为四层木塔，下有地宫，除藏有真身指舍利外，还有唐皇室施舍的大量金银珠宝。

2020 年 9 月 25 日

听佛教圣地的导游讲解

满腹经纶有水平，常将要义说分明。

深情打动凡人念，佛理催醒苦海卿。

酒肉穿肠菩萨在，六根清净觉缘诚。

话锋一转常提示，贫道依然喜福羹。

2020 年 9 月 26 日

观西安鼓楼

盛世昌隆说鼓楼，攀高百丈揽云头。

雕梁画栋重檐展，彩绘鎏金宝顶修。

朝阳正照秋光好，飞雁相欢南国游。

都市常闻声百里，巡天历地记风流。

注：西安鼓楼位于古都西安市中心，明城墙内东西南北四条大街交汇处的西安钟楼西北方约 200 米处。建于明太祖朱元璋洪武十三年（1380 年），是中国古代遗留下来众多鼓楼中形制最大、保存最完整鼓楼之一。西安鼓楼建在方型基座之上，为砖木结构，顶部为重檐形式，总高 36 米，占地面积 1377 平方米，内有楼梯可盘旋而上。在檐上覆盖有深绿色琉璃瓦，楼内贴金彩绘，画栋雕梁，顶部有鎏金宝顶，是西安的标志性建筑。

观西安钟楼

始为宏钟建此楼，红尘历久竟风流。

星移斗转沧桑疾，鹤舞龙翔鼓乐稠。

王气升腾来紫气，金喉婉转启歌喉。

景云声响传千里，正是长安第一筹。

注：西安钟楼位于西安市中心，明城墙内东西南北四条大街的交汇处，是中国现存钟楼中形制最大、保存最完整的一座。建于明太祖洪武十七年（1384年），初建于今广济街口，与鼓楼相对，明神宗万历十年（1582年）整体迁移于今址。钟楼建在方型基座之上，为砖木结构，重楼三层檐，四角攒顶的形式，总高36米，占地面积1377平方米。

游回民小吃街

亲近回坊一条街，青石铺成店铺挨。

莫说临门多小吃，频来访客看招牌。

巷深常有声声语，货艳终围老老孩。

信手红榴甜美汁，核桃柿饼入情怀。

注：回坊风情街在鼓楼的边上，是回民区的一条街道，长约500米左右，南北走向，特点是青石铺路，绿树成荫，路两旁一色仿明清建筑，或餐饮，或器物，均由回民经营，具有浓郁清真特色。

登西安明城墙有感

秋月来时雁有飞，登临高处见朝辉。

正思骠校祁连战，似见长安玄奘归。

近看沉砖留岁月，犹听钟鼓奏瘦肥。

深情眺望天边尽，隐见轩辕把手挥。

注：西安明城墙位于陕西省西安市中心区，墙高 12 米，顶宽 12—14 米，底宽 15—18 米，轮廓呈封闭的长方形，周长 13.74 千米。城墙内人们习惯称为古城区，面积 11.32 平方千米，著名的西安钟鼓楼就位于古城区中心。

临慈恩寺并观大雁塔

感恩飞雁识慈悲，西取真经救大危。

立命潜心翻巨著，浮屠藏典树丰碑。

七层四面斜阳照，百代千年觉海维。

只影西行归返日，苍生万劫尽消弥。

注：大雁塔位于唐长安城晋昌坊（今陕西省西安市南）的大慈恩寺内，又名"慈恩寺塔"。唐永徽三年（652 年），玄奘为保存由天竺经丝绸之路带回长安的经卷佛像主持修建了大雁塔，最初五层，后加盖至九层，再后层数和高度又有数次变更，最后固定为今天所看到的七层塔身，通高 64.517 米，底层边长 25.5 米。

2020 年 9 月 27 日

夜游大唐不夜城

竟落银河生不夜，光辉投地化精华。

银灯竞逐犹天眼，火树纷呈染碧霞。

盛世开元方重现，小康追梦正飞车。

走进光圈常吻艳，竟如走毯着婚纱。

注：大唐不夜城南北长 2100 米，东西宽 500 米，建有大雁塔北广场、玄奘广场、贞观广场、创领新时代广场四大广场，西安音乐厅、陕西大剧院、西安美术馆、曲江太平洋电影城等四大文化场馆，大唐佛文化、大唐群英谱、贞观之治、武后行从、开元盛世等五大文化雕塑，是

西安唐文化展示和体验的首选之地。

登华山西峰

秋临气爽最招摇，华岳西峰险又妖。

岩脊沿边沟壑动，骄阳历顶赤霞烧。

萱花巨斧惊天地，孝子沉香劈山腰。

若无霹雳声声吼，焉有莲花耸九霄！

注：西峰海拔 2082 米，华山主峰之一，因位置居西得名，又因峰
巅有巨石形状好似莲花瓣，古代文人多称其为莲花峰、芙蓉峰。沉香劈
山救母之故事便是在这里衍生。

2020 年 9 月 28 日

从华山西峰一路向北峰

注：云台峰，是华山主峰之一，海拔 1614 米。此峰四面悬绝，上
冠景云，下通地脉，巍然独秀，有若云台，因此得名。因位置居北，又
叫北峰。

其一　过金锁关

直下西峰向北峰，沉沉金锁已穿疯。

阶梯石凿三分阔，护链绸连一抹红。

脚步匆匆关垒近，心胸喘喘壑沟雄。

云台竟是风光美，远眺南天老寿翁。

注：金锁关是建在三峰口的一座城楼般石拱门，是经五云峰通往东
西南峰的咽喉要道，锁关后则无路可通。关内关外登山路两侧铁索上情
侣锁、平安锁，重重叠叠，红绳彩线迎风摇曳，不失为关前一道美丽的
风景线。

其二　过苍龙岭

下视苍龙尾不收，蜿蜒背脊向深幽。

游人坐甲惶惶看，信手扶鳞缓缓浮。

匍匐小心还冒汗，蠕行谨慎只摇头。

多留典故酬茶饭，哭笑无常韩赵由。

　　注：苍龙岭是华山著名险道之一，以其苍黑色的外部和其似悬龙般的地势而得名。其中，最著名的就是韩愈大哭投书求助的故事，并引发了大量的相关典故和考证，该处也因此留下了"韩退之投书处"的文化遗产。山西武乡有个叫赵文备的人，百岁时游华山，闻韩愈投书故事，放声大笑。有个叫李柏的人登山至此，观苍龙岭奇险，感慨万端，知韩愈投书和赵老笑韩趣事，留诗抒怀说："华之险，岭为要。韩老哭，赵老笑，一哭一笑传二妙。李柏不哭亦不笑，独立岭上但长啸。"

其三　过擦耳崖

劝君护好耳成双，收腹敛胸还像腔。

西傍悬崖峭壁陡，东邻深渊沟壑庞。

侧身时有伤皮苦，抬腿需防足胫撞。

不信回头看此女，化妆自有藓苔缸。

　　注：距北峰不远处是"仙人砭"，与"仙人砭"相连的就是"擦耳崖"。这里一面是向外凸出的悬崖绝壁，一边是深不见底的万丈深渊，游人行至此处，唯恐被山势逼下悬崖，需身体紧贴崖壁慢慢侧身而过，道路紧仄之处更是岩壁擦耳，连脸面都蹭在崖壁上才走得过去。

其四　在《智取华山》纪念雕塑处

西北战场刀对枪，宗南残部正仓皇。

自拥华山依险恶，还凭绝壁梦回光。

军民共奏同心曲，勇士全歼白眼狼。

石雕泥塑丰碑在，相看斜晖映奖章。

注：《智取华山》是北京电影制片厂摄制的战争题材惊险片，郭维执导，郭允泰主演。该片根据中国人民解放军在解放大西北的战役中的真实事件改编，讲述了解放军侦察小分队机智、勇敢地攻取华山的故事 。

2020 年 9 月 29 日

在临潼见秦始皇兵马俑博物馆感

千秋霸业说纷纷，半是称功半骂声。

冢里全非真骨肉，阵中都是彩陶兵。

诚心启用无情物，无意差遣有性卿。

正是庞然千万俑，秦王气概与谁争？

注：秦始皇兵马俑博物馆位于陕西省西安市临潼区秦陵镇，已先后建成并开放了秦俑一、三、二号坑和文物陈列厅。目前，秦俑博物馆面积已扩大到 46.1 公顷，拥有藏品 5 万余（套）件。一号兵马俑坑内约埋藏陶俑、陶马 6000 件，同时还有大量的青铜兵器；二号兵马俑坑内埋藏陶俑、陶马 1300 余件，二号俑坑较一号俑坑的内容更丰富，兵种更齐全；三号俑坑的规模较小，坑内埋藏陶俑、陶马 72 件；陈列厅内有一二号铜车马。

在临潼观长生殿

骊山筑殿唤长生，借得清泉水一泓。

锁户闭门人主去，境迁时过性灵更。

当年七夕曾私语，夜半深情见媚声。

今日游园秋雨落，憾无杨李并肩行。

注：长生殿为供奉唐代自高祖李渊、太宗李世民、高宗李治、大圣皇后武则天、中宗李显、睿宗李旦，以及追封的太上玄元皇帝老子李耳，共七位皇帝灵位之地，所以，唐代该殿也被称为七圣殿。2005年，长生殿重建，曾作为唐华清宫文物展览馆。2008年之后，策划成为《长恨歌》的主要表演场地。

游华清宫

绿瓦红墙筑爱巢，长生殿里藏娇姣。

温泉水滑常相顾，倩影情真最似胶。

但怨承欢终有尽，奈何春色聚还抛。

今朝遇雨秋凉至，思向马嵬寻土包。

注：唐华清宫，后也称"华清池"，包括原骊山国家森林公园，与颐和园、圆明园、承德避暑山庄并称为中国四大皇家园林。华清宫是唐代封建帝王游幸的别宫，位于陕西省西安市临潼区，南依骊山，北面渭水，与"世界第八大奇迹"兵马俑相邻。华清宫是国家首批5A级旅游景区、全国重点风景名胜区、全国重点文物保护单位、国家级文化产业示范基地、国家地质森林公园。周、秦、汉、隋、唐等历代帝王在此建有离宫别苑。因其亘古不变的温泉资源、烽火戏诸侯的历史典故、唐明皇与杨贵妃的爱情故事、"西安事变"发生地而享誉海内外，成为中国唐宫文化旅游标志性景区。

在临潼兵谏亭

寒夜枪声响不停，"五间厅"里梦惊醒。

正逢危局无常至，胆照千秋世事铭。

只为阋墙生外患，故将兵谏念真经。

张杨从此青春固，一赴黄泉一陷囹。

注：兵谏亭位于陕西省西安市临潼区华清宫景区，西安事变时杨虎城和张学良两位将军在此将蒋介石抓获，以谏停止内战，一致抗日。该亭建于 1946 年 3 月，由胡宗南发起，黄埔军校七分校全体士官募捐而成，名曰"正气亭"，解放后，该亭更名为"捉蒋亭"，1986 年 12 月在纪念"西安事变"50 周年前夕，为了缓和两岸关系，再次易名为"兵谏亭"。

2020 年 9 月 30 日

到七彩云南去旅游

十四年前首赴滇，石林奇景直流连。

影留三塔风光好，车到泸沽甲蹉翮。

偏向腾冲寻火石，更朝大理见新鲜。

别来无恙阿诗玛，牵挂当知每一天！

注：2006 年百天，曾游览云南，到过石林，看到过"阿诗玛"。

2020 年 10 月 5 日

八声甘州

又在云南昆明见石林阿诗玛

想当年丙戌值骄阳，七彩在云南。正风光饱揽，人文初识，美味偏贪。是处嫣红姹紫，身立石林探。惟有阿诗玛，羞未攀谈。

今日重逢盼顾，见秀容依旧，体态丰甜。竟含情脉脉，秋水眼中含。问佳姝，别来无恙？化几多，思绪若烟潜。知君也，倚阑干久，欲透帘蓝！

2020 年 10 月 11 日

洞仙歌

游宜良九乡风景区

宜良胜景，看九乡溶洞。水泻神田稻香送。雾朦胧、疑是飞下帘栊，声震感，堪叫思绪涌动。

雌雄双瀑布，蝙蝠纷纷，时见繁星悦飞凤。荫翠峡如何？但有银龙，涛中卧、去来难懂。又一只雄狮守厅堂，但不顾流年，与君相拱。

注：九乡溶洞群堪称世界奇观，其形成的机理就是由于强烈的喀斯特作用。在这里，巨大的洞室、洞穴系统是地表水利地下水溶解碳酸盐岩的结果，而洞穴中堆积的色彩斑斓的钙华堆积，则是地下水中碳酸钙沉淀堆积的结晶。

巍山古城印象

南诏祥云直到今，古城街巷密森森。

"巍山印象"应风发，"文献名邦"直堪钦。

且叫饵丝酬过客，还将星拱入人心。

四通八达更精到，七彩添香一路吟。

注："巍山印象"是一品字形三壁直立的地标性建筑，象征巍山蓬勃向上。"文献名邦"是沿街的一座牌坊，而"星拱"即著名的星拱楼。

题巍山星拱楼

更喜安宁度一生，总居南国诉衷情。

哀牢山麓翻皇历，城楼侧畔起雷声。

东西望尽山涯路，南北横看大地精。

万里瞻天光斗勺，雄魁六诏迎晶莹。

注：星拱楼是古代巍山城四大街（东街、西街、北街、南街）的交汇点，现已成为国家级历史文化名城巍山的标志性建筑。建四门，上树谯楼，东曰忠武，南曰迎薰，西曰威远，北曰拱辰。

游洱海

金秋洱海见粼粼，面对苍山色最新。

便作横穿舟里客，贪婪喜览意中釐。

水天远接云知退，宾客交投语不贫。

且请时光留脚步，竟看容貌到明春！

注：2006年游云南时，没有游览洱海，如今已完了心愿，并且夜宿洱海边的景观酒店，大饱眼福。

2020年10月25日

过洱海观音阁

直自阶梯到顶巅，飞檐突兀到跟前。

山称玉案盘旋路，阁坐观音普渡仙。

未顾容颜随信步，边看翘角现光鲜。

回神但见高楼耸，塔叫罗荃接九天。

注：大理观音阁位于洱海东边玉案山南部山顶上，是白族民间传统的亭阁建筑。

登罗荃塔

玉案山南向顶巅，楼高万丈九霄烟。

登观远极终天底，眺望深空至佛边。

眼下粼光星点点，湖中舟楫影翩翩。

欣然放话无虚语，我比罗荃胜一肩！

注：重修的罗荃塔保留了四方密檐和无顶的主要特点，高42.9米，有16级檐口，四面还有罗荃法师慈悲喜舍法相。塔内设有电梯，游人可登顶，塔高人为顶。

2020年10月26日

离亭燕

乘云坪索道观玉龙雪山不遇

都道玉龙如画，谁想雨丝偏洒。云浸碧天难见断，暮色寒光齐射。欲把幕帘开，无力撕开纷杂。

庆幸曾经佳察，莫怨运机低刷。多少自然阴晴事，无可只需听话。趁隙且充饥，索道轿厢还下。

注：14年前曾沿栈道登上4680米处，饱览过玉龙雪山的英姿。

御街行

游蓝月谷（白沙河）景点

纷纷叠瀑清流水。不肯静、珍珠碎。层层帘幕自天垂，挥洒银河精髓。奔流不息，月形长练，游客肩相倚。

风光一睹人先醉。有伉俪、喜成泪。银灯明灭镜头前，谙尽自然滋味。曾经此地，骑牦牛背，兴致难书纸。

注：2006年8月，曾偕妻游历云南时来过白沙河，当时曾骑牦牛在水中摄影留念，故有此意。

组诗

看了一场《丽江印象》民族风情表演

第一章 "古道马帮"

好马知遥力，香茶泛绿波。
男儿堪重任，妻女背筐箩。
铃响金声远，途歧鬼魅多。
练成钢铁骨，一样对山歌。

第二章 "对酒雪山"

天生能饮酒，歌舞亦婆娑。
醒且豪情满，醉将呼噜多。
令拳猜八百，仰首走千河。
朋友来时喝，一人然独酡。

第三章 "天上人间"

玉龙盘雪山，情侣出人间。
"久命"秋波绝，爱神游主还。
羽排随娇凤，七彩见斑斓。
无虑生三国，鲜花满港湾。

第四章 "打跳歌舞"

能歌还善舞，愉悦性情多。
走路随金曲，传心送眼波。

锅庄争热烈，牵手息干戈。

远客添欢乐，相期看夏荷。

第五章 "鼓舞祭天"

九天生远祖，七地有宗孙。

德育山河翠，情深草木繁。

唱歌思福祉，击鼓谢先恩。

震耳声声急，双眸喜泪痕。

第六章 "祈福仪式"

呼天天正答，叫地地忙应。

双手安前额，诚心向圣灯。

酥油香彻骨，意志破坚冰。

寄语人间客，平安百业兴。

破阵子

由丽江向香格里拉途中登高望长江第一湾

万里盘旋而下，千阶回转登巅。举目直穿平地远，屏气神驰青天闲，争看第一湾。

步比青年更快，心如激浪还欢。但见悠然流岁月，偏念纷繁世事迁，无须惧华斑。

注：长江第一湾位于云南省西北部的丽江市石鼓镇与香格里拉县南部沙松碧村之间，海拔 1850 米，距香格里拉县城 130 公里，有公路直达。所在地区：云南迪庆藏族自治州。万里长江从"世界屋脊"——青

藏高原奔腾而下，巴塘县城境内进入云南，与澜沧江、怒江一起在横断山脉的高山深谷中穿行形成了"三江并流"的壮丽景观。到了香格里拉县的沙松碧村，突然来了个100多度的急转弯，转向东北，形成了罕见的"V"字形大弯，"江流到此成逆转，奔入中原壮大观"，人们称这天下奇观为"长江第一湾"。

2020 年 10 月 26 日

醉蓬莱

惊心虎跳峡

看金沙直下，抖擞生威，吐云吞雾。激浪滔天，正汹汹添怖。千里迢迢，遇哈巴阻，又玉龙围堵。烈性难忘，顽情不改，岂能臣伏？

巨石蹲江，万般无路，挠首徘徊，数声凝聚。精气雄风，借巨岩呈武。只问山君，蜷缩何地？度胆惊慌措。静养修身，还神明目，再思光顾？

注：虎跳峡是万里长江第一大峡谷，因猛虎跃江心石过江的传说而得名。位于香格里拉市虎跳峡镇境内，距香格里拉市96公里，距丽江市80公里。以其山高谷深，雄奇险峻闻名于世。发源自青海格拉丹东雪山的金沙江迢迢千里奔波到此，突遇玉龙、哈巴两座雪山的阻挡，原本平静祥和的江水顿时变得怒不可遏。

暗香

游览松赞林寺

倚山而辟，借几番气势，雄踞傲立。寺有暗淙，绿木深幽现滇域。松赞而今富丽，都记得、传承长笔。小布达、一举成名，黄教入经席。

南国，正熠熠。看顶瓦镀金，瑞兽云集。角檐互揖，唐卡酥油共添色。应识前因后果，还感谢、宗师心血。见片片、灯亮也，久明不息。

注：噶丹·松赞林寺是云南省规模最大的藏传佛教寺院，也是康区有名的大寺院之一，还是川滇一带的黄教中心，在整个藏区都有着举足轻重的地位，被誉为"小布达拉宫"。

游普达措国家公园

缤纷灿烂属都湖，妩媚需经五色敷。

为有三江并不悖，便随七彩共相扶。

森林湿地珍禽顾，草甸溪流倩影殊。

十里长堤图画美，犹如一路品屠苏。

注：普达措国家公园，位于滇西北"三江并流"世界自然遗产中心地带，是"三江并流"风景名胜区的重要组成部分。

2020 年 10 月 27 日

金人捧露盘

照面梅里雪山并观"日照金山"奇景

挽三江，生雪嶂，染天凉。面对面、挥手若狂。银龙起伏，望千骑万马顾沧江。等闲庭步，竞风流、似有奇香。

骄阳出，金丝露，穿碧宇，着新妆。寄一笑、无与伦比，抱拳合十，赖运机相助满天光。缓情舒气，更宜吟、词曲诗章。

注：难得一见的"日照金山"景观发生在晴日的凌晨，太阳光越过阻碍突然照射在雪山顶上，然后逐渐扩大，形成绝美的"日照金山"奇观，持续 20 分钟左右，最后雪山整体变白，失去金色而变成银白色。

风入松

夜游丽江古城

如丝秋雨湿沾衣，游客觅芳菲。依稀仍识车轮处，先找座、餐饮楼头，黄酒杯盅初上，酸菜桂鳜真肥。

满街芳菊竞彩色，花蕊伴虹霓。千姿百态如春驻，放慢步、细品寒妃。虽说多话无醉，时迟夜黑方归。

注：晚饭在古城，是一个蔬菜肥鱼煲，后游览美丽迷人的古城夜景。入夜的古城虽逢秋雨，仍灯火阑珊，游人熙来攘往，好不热闹。而"大水车"的古雅，伴随着秋菊装点的花海，别有一番韵味。

喝火令

乘车周游泸沽湖

日丽秋风爽，云轻水正清。数停观景看分明。远处雪峰高耸，湖面点繁星。

便忆从前见，何如此番行！更欢声笑语难禁。手也频挥，手也指晶莹。手也几番止住，眯眼觅芳音。

行香子

坐"猪槽船"在泸沽湖上荡漾

一叶舟轻，十位嘉宾。水天宁、影倩波平。远山绰约，近景娉婷。正掌舵疾，客人喜，笑声盈。

泸沽似画，玉镜如屏。在暮秋、算有交情。湖光山色，一饮声名。喜骄阳好，运机巧，煦风清。

2020 年 10 月 28 日

唐多令

在里格半岛处巧遇妻之堂姐

枫叶满泸沽，秋风浸绿株。正无心、熟影身躯！里格岛前惊偶遇，有多巧，竟殊途！

相问道平安，故人亦景娱。唤妻来、姓也同朱。只奈未当同旅客，匆匆别，几声呼。

一剪梅

行走在走婚桥上

只有泸沽说走婚，独有民风，暗挂帘栊。黄昏相聚斗横回，只驶"猪槽"，来去从容。

自架长桥心易通。两地相思，一对情浓。此诚妙计胜舟篷，彼乐融融，此乐融融！

注：走婚桥横跨草海，连接两岸村庄，为男女们提供了约会的通

道，被誉为"天下第一鹊桥"。相传，相恋的男女一起走过长长的走婚桥，爱情就会天长地久。

小重山

游草海

一路长桥迎暮秋。人群游草海、正悠悠。风吹芦苇似波丘。能养眼，绿浪夹红绸。

远处有扁舟。新人衣衫艳、满银头。佩环铿锵向谁投？凝思久，倩影亮情眸。

注：走婚桥下由于长年泥沙淤积，导致水深变浅，长有茂密的芦苇，远远望去，像一片草的海洋，故当地人称其为"草海"。

2020年10月29日

西江月

在格萨拉景区看盘松林海

盘地欣然枝卷，绿丛随性身摇。细雨微滴上眉梢，珠润圆通真好。

阴雾无边垂幕，秋风有意吹箫。眼中景色换心潮，不觉时光过了。

注：郁郁葱葱如绿浪随风翻滚的盘松林海，这是格萨拉特有的壮丽景观。这片盘松林连接云南宁蒗县、四川盐边县和盐源县，据专家估计，至少应该在三四十万亩以上，是世界上最大的地盘松林海。盘松又叫地盘松，是云南松的一个变种，它没有明显主干，呈灌木状，通常高1-2米，个别地段高仅0.5米。盘松树干常扭曲，多匍地生长，呈团状，

340

故被称为地盘松。

望江东

格萨拉景区的神道跑马坪

神马由缰踏天下，此方地、美如画。寻思只在梦中有，便决意、将根扎。

驰骋万里威风霸，铁蹄疾、真潇洒。直追飞箭落身后，堪欢喜、绣鞍跨。

注：相传，天神当初驾天马云游四海，发现这里地势平缓，森林茂密，阳光明媚，四季如春，于是衣袖一挥，林中便出现了一片空地，天神便在空地中信马由缰地驰骋起来，而跑马坪是传说中神仙的赛马场。

柳梢青

格萨拉景区的饮马池

一鉴平湖，满池碧水，半月横铺。雨里寒轻，风前声细，秋景如图。

相传神马精枯，喝饮后、身疲复苏。依旧飞奔，全无疲态，重上征途。

注：饮马池位于索玛格泽湿地小溪中游开阔地带，是一个月牙形的水塘，面积约30平方米。这里一池清水长年不断，清澈见底。池边绿树掩映，碧草茵茵。不论是大旱之年，还是缺水之时，这个水池的水从不干涸。传说这是神仙饮马的地方，神仙赛马后，在此饮马，神马立即恢复体力，又能天马行空；当地村民在此饮马，据说长得膘肥体壮，神力非凡；行人在此经过，喝上一口溪水，也会感觉神清气爽，精神倍增。

少年游

游萨格拉之绿石林

沉鱼落雁各招摇，闭月羞花娇。随游此地，无穷脂粉，镜里染妖娆。

九霄天外来清客，百万绿英豪。胖瘦参差，高低迥异，各自抖风骚。

注：绿石林是由披满苔藓奇形怪状的石头验成，似散落的无数翡翠，九天银河的天外来客。又被称为"神仙的导所。

2020 年 10 月 30 日

夜飞鹊

螺髻九十九里温泉瀑布之夜观

阳光化冰水，堪比谁凉？逢阻便露锋芒。千盘万折正流过，悬崖溶洞慌忙。潇潇厉声吼，即东奔西突，各赴前方。风尘互异，遇天炉、却变温汤。

游客路途生变，车熄几多时，空自怅怅。无奈檀香消耗，金乌落去，斜径都藏。正临戌亥，见霓虹、绰约灯光。但徘徊霏雨，神奇景色，惟有张望。

注：螺髻·九十九里位于凉山州首府西昌市以南约 45 公里，是螺髻山的核心景区，最高峰海拔 4359 米。是国家级风景名胜区，2013 年该温泉被世界纪录协会认定为世界最大温泉瀑布、世界仅有的温泉群岛、世界仅有的悬崖温泉；是"世界最美温泉"，也是"中国最美温泉旅游景区"。

阮郎归

在邛海边

苍茫邛海在西昌，粼粼映水长。季秋还有红橙黄，新娘着彩装。

螺髻北，影云祥，泸山相倚傍。高原生出几芬芳，珍珠闪亮光。

注：邛海是四川省第二大淡水湖，距市中心 7 公里，卧于泸山东北麓，螺髻山北侧，山光云影，一碧千顷，是四川省十大风景名胜区之一。

锦堂春慢

步行七点五公里游雅安碧峰峡

林木葱茏，悬崖削壁，生成百里风光。水泻天倾穿凿，满地周详。相见不知何处，恐绕幽砌宫墙。踱玉阶宝殿，仙境龙居，华丽厅堂！

碧潭应知无数，并羌邦鼓集，雅趣成行。西部胜景丛里，长寿亭旁。又越双桥龙凤，一路上、何止心慌！怎不教人变少？多有兴情，全在山冈！

注：峡内林木葱郁，苍翠欲滴，峰峦叠嶂，崖壑峥嵘。时而奇峰耸峙，高插蓝天，时而两山并合，天光一线，多类型的瀑布景观，更使双峡增添无限景色，令人陶醉。

游上里古镇

涧流起伏便潺潺，满是浪花真不闲。

多少桥梁通对岸，成排石磴可登巅。

车轮立影争标识，木屋悬灯忆昨天。

老酒醇香人皆醉，兴游上里恐流连。

注：上里镇位于四川省雅安市雨城区北部，是历史上南方丝绸之路的重要驿站，亦是近代红军长征过境之地。小镇依山傍水，田园小丘，木屋为舍，现仍保留着许多明清风貌的吊脚楼式建筑。

2020 年 11 月 2 日

在上里古镇见红军石刻

石刻深沉血样红，又从遗迹见英雄。

长征最是艰难日，抗战终成绝顶功。

上里丰碑昭后世，党人宗旨醒今童。

开来继往须接力，教我无私效劲松。

注：上里古镇地处雅安北部，这里是红军长征北上的过境地，1935年 6 月—1936 年 2 月红四方面军，在上里深入发动、宣传、组织人民群众抗日救国，以认真、德诚、紫光、崇安四个政治部的名义在石桥、石碑、石坊、石壁、石柱上面书刻了很多宣传标语和革命口号，成了红色记忆。

2020 年 11 月 3 日

少年游

到湖南郴州去旅游

莽山说有好风光，心急到潇湘。同行结伴，欢杯酣睡，一觉到衡阳。

醒来出站深呼吸，三五或成双。安定箱包，大巴落座，游客各周详。

注：湖南省郴州市宜章县南部的五岭群山中的莽山，有"第二西双

版纳"和"南国天然树木园"之称。

2021 年 4 月 14 日

临江仙

透过雾幕游莽山景区之将军寨

雾幕低垂青草湿，路缘绿树相连。瀑溪跌处水潺潺。惟听声响，不得见容颜。

对面将军难辨识，虚无缥缈之间。可如左思可如潘？头盔何色？佩剑在何边？

注：将军寨以巍峨奇特的将军石、苍劲多姿的莽山松、气势磅礴的瀑布、纯正透彻的溪水、清醇的原始森林气息而吸引着游客，可惜这天雾帘重锁而无法饱览。

2021 年 4 月 15 日

鹧鸪天

游莽山景区之猴王寨

曲水高垂正唤风，松林翠映碧潭中。疯流猛击三千鼓，九野飞穿百折龙。

功德满，便称雄。水帘洞里喜相逢。危崖峭壁朦胧雾，天界神仙倩丽容。

猴王寨是莽山近年发现的新景区。源头的青龙溪从鬼子寨泻下，穿越原始森林的千涧万壑，最后在奉天坪群山大峡谷间似一条怒吼的青龙跃下，如腾龙舞到了最后最壮丽的高潮。这里背靠原始林莽，危崖峭壁，古木蔽天，瀑群壮观，猴群嬉闹。传说美猴王孙悟空成佛后，曾到此地

345

结交族类，传得绝技，因而称为猴王寨。

小重山

参观莽山自然博物馆

人说莽山竞物华。岭南生郁郁、展奇葩。一枝独秀誉天涯。珍稀品，何止仅桑麻。

今日赏枝桠。沿廊新草绿、着轻纱。门前雕塑骇张牙。蛇博士，身上见伤疤？

注：莽山自然博物馆分为动物馆和莽山烙铁头蛇馆两大部分。动物馆是以生活在莽山境内的动物标本为主；烙铁头蛇馆是专门介莽山独一无二的烙铁头蛇为主题的展馆。

唐多令

坐莽山亚洲最长索道感

今日上莽山，欲看五指颜。借天梯、索道登巅。驾雾穿云飞峻岭，真神速，一时间。

天下敢争先，何人能比攀？我中华、勇辟新田。俯瞰五洲因我小，过眼处，见松烟。

注：莽山五指峰索道，全长 3700 米，高差 948 米，平均斜度 27.56%，最大倾角 72.02%，最大线路索距 6.9 米，运载索径 58 毫米，总长 7286 米。92 个轿厢最快每秒 6 米，运量 2000 人 / 小时，全程 11.03 分钟到达上站。是目前国内单线最长，起动功率最大，世界一流新一代控制系统，脱挂式抱索器八人轿厢索道。

一剪梅

游莽山景区观五指峰不遇

昨夜祈求出日头。一觉沉甜，万事筹谋。直将思念寄湘丘，满是欢欣，只等兴游。

可惜天公戏诸侯。云压莽山，雾罩郴州。完全不顾客人忧！眼里茫然，脸上添愁。

注：莽山五指峰是核心景点，可惜当时雾锁景区，几乎是伸手不见五指，走到一半，随手拍了几张雾朦朦的照片后返回大巴，留下了遗憾。

2021 年 4 月 18 日

游板梁古镇组诗

破阵子七首

之一、接龙石桥

古镇川流不息，接龙桥贯村前。青石板留功德史，岁月痕记宗族贤，风霜话变迁。

绿水依然如故，竖桩照旧擎天。阅历春秋情更烈，承载千年身不弯，为民引福田。

注：跨溪进村是一座三孔九板跨度 20 米的石板桥，该桥名曰接龙桥，传说是将已走失的龙气接回来。

之二、板梁传说

黄道佳期会合，紫微闪烁来临。立柱上梁逢吉日，结彩张灯奏玉音，横梁何处寻？

恐有仙人作法，竟从白浪浮枞。密缝严丝真可巧，榫卯相依又省心，从容直到今。

注：明朝永乐年间，承事郎刘润公返乡建古厅，当厅堂建筑即将完工张灯结彩准备上梁时，竟然不见了横梁！正忙乱之际，村民发现村前河溪漂来一块木板，工匠捞来一量，尺寸正好与屋梁相合，良辰吉时已到，工匠即以此板代梁，后人就把村叫板梁了，一直沿用到今。

2021 年 4 月 21 日

之三、登望夫楼

古镇经商之地，男儿广进财源。背井离乡妻正苦，酷暑寒冬泪不眠，欲穿向绝巅。

绿水滔滔船去，篷帆点点人还。今造望夫楼百尺，期盼归程酒一坛，无须凭画栏。

注：板梁商埠之地，男子们多乘船顺溪水外出经商。上去广东，下到长沙、江汉、江浙，少则月余，多则数月难归。商途遥远，风险难料，妇女们在家日夜担心，牵爱有加，遂早去龙泉寺烧香祈祷，暮上崖头注目观望，风雨无阻。久而久之，村民们都把崖头叫望夫台，商人们在家妻牵挂下都能平安归来，财源广进。为了感谢家妻们的牵挂之情，也为望夫妇女们遮阴挡雨，众商贾集资在望夫台盖了一栋塔形带平台的楼台，取名"望夫楼"。

之四、一夜官厅

四品蓝翎通判，家丁软弱无能。多梦奠基修屋宇，家父申诉求族情，奈何久未成。

欲建堂房无果，调来兵士强行。一夜之间平地起，百丈官厅窗几明，做官好点灯！

注：刘昌松寻求仕途多年未归，家中系族懦弱。多次想在公厅侧盖房都得不到族人应允，房基筑好后也不准建造，家父告苦连天。其时刘昌松已官居要职，衣锦还乡省亲时闻知此事非常气愤，多方协商未果，一怒之下调来100名兵士，一夜之间就强行建成了1000多平方米房舍，并即时搬入居住，之后村民就叫此厅屋为"官厅"。

2021年4月22日

之五、古泉古井

古镇人灵地杰，韵泉清澈甘甜。冬暖夏凉常不息，手捧盆盛客去炎，一时成笑谈。

少妇捶衣有力，小儿水战犹酣。盛世太平看画美，十里长卷书不凡，当思敬祖宪。

注：板梁有10口甜水古井、泉水四季喷涌。特别是上村头的"雷公泉"。春雷震砸，泉水从石山下喷涌而出，出水量达每分钟10多立方米。泉水流经三大厅的三个月亮塘，再环绕村庄而下，泉水冬暖夏凉，冬天村民洗用不冷，夏季炎热下溪冲澡纳凉，天旱之年也涌流不息，水量之大湘南仅有。

之六、开国大将黄克诚

古镇频生名辈，历朝屡见官绅。坐落龙泉风水好，都说湘南第一村，俊才武或文。

领导年关暴动，抱团劳苦庶民。推翻三山摧旧制，跟着润芝救赤贫，授衔大将身。

之七、金陵古驿道

驿道联通四海，财源茂盛三江。总有板梁偏出彩，恐向金陵路不长，往来最便当。

果木潇湘胜地，橙芒妖艳飘香。车辙常留青石板，记忆频添渔樵腔；一骑妃子狂。

注：接龙桥头是金陵古驿道（老百姓叫官道）的岔路口，过接龙桥通耒阳、常宁；往村中走则通桂阳、广东、广西。因为乘船逆湘江而上板梁是终点，所以，板梁就成了方圆百里的商埠之地。传说给杨贵妃送岭南鲜荔枝就是通过这条驿道飞马传送的。正所谓"一骑红尘妃子笑，无人知是荔枝来"。

西江月

中国白银第一坊

苦下南洋谋活，宝从废品求生。学来技艺好纵横，自有名声登顶。一座银楼铮亮，万框首饰晶莹。永兴赢得美名声，迎取春风遒劲。

注：运用技术从三废（废渣、废料、废液）中提炼再生白银是永兴的产业特色，始于明末清初，兴旺于当下，已有 300 多年的历史。永兴县共有各类金银企业 100 多家，再生白银年产量占全国总产量的 1/4 强，共从"三废"中累计回收白银 1.5 万吨，黄金 50 吨。2002 年，在世界白

银协会和中国有色金属工业协会举办的中国首届白银年会上，永兴县被授予"中国银都"的美誉。

2021 年 4 月 23 日

定风波

游安陵书院

霏雨纷纷落永兴，北看岳麓说安陵。遥想当年声远播，当贺，相邀名士说真经。

今日畅游巡秀阁，廊座，依然绿水绕书厅。曲径通幽溪洒脱，闲坐，几疑吴越小园庭。

注：郴州永兴安陵书院始建于宋代、以永兴古号安陵，故名。曾有"北有岳麓、南有安陵"之称，独领风骚三百余年，名播远近，曾经一代名流讲学于书院。

2021 年 4 月 24 日

河传

小东江上看渔翁撒网

春暮，微雾，小东江路，游客惊呼。激流深处，渔网正划圆弧，溅落银水珠。

扁舟一叶红衣艳，风正敛，两岸青葱染。冒尖春笋，相望已比人高，绿妖妖。

2021 年 4 月 25 日

虞美人

坐船游小东江

东江流向湘江去，先把容颜聚。游船带客水中游，犹见画廊长轴展前头。

望穿景色朦胧意，满眼氤氲气。便成绝景化仙都，蓝绿橙红堪胜饮屠苏。

2021 年 4 月 26 日

唐多令

飞天山览胜

山水翠江优，丹霞眼底留。草甸茵、雾袭湘丘。犹历太清巡玉殿，情飘逸，进华楼。

闲话说郴州，亿年精气修。聚神仙，巧匠机谋。遥望峦岩思品味，睡美人，梦幽幽。

注：飞天山，位于湖南省郴州市苏仙区境内，距市区 18 公里，总面积 110 平方公里。飞天山盛名已久，大旅行家徐霞客曾赞叹飞天山"无寸土不丽，无一山不奇"，并镌刻"寸土佳丽"。

2021 年 4 月 27 日

宁波三日游

游韩岭老街

村在浙东吹古风，临湖景色有谁同？

眼前烟雨迷情意，堤上乔枝挂翠绒。

廓外青山随远逝，街中石板说年丰。

太平桥下常流水，倒影粼粼碎绿丛。

注：韩岭老街风景区，位于东钱湖南岸，三面环山，一面临湖，山水相依，自然风光秀美，属东钱湖南湖景区，距宁波市区约20公里。

2021年5月22日

游东钱湖

远望湖天一线连，茫茫水气似生烟。

满堤丝柳随风拂，沿岸奇岩惹雪溅。

直向江心寻玉露，还伸半岛迎神仙。

陶朱公念盛名处，携手西施续后篇。

注：东钱湖又称钱湖、万金湖，是浙江省著名的风景名胜区，距宁波城东15公里，湖的东南背依青山，湖的西北紧依平原，是闽浙地质的一部分。被郭沫若先生誉为"西湖风光，太湖气魄"。远在2000多年前人们就发现了这片湖山，春秋时越国大夫范蠡隐退后携西施避居东钱湖畔伏牛山下，草耕商营，富甲天下，流传着财富与爱情的动人传说；近现代，由于"五口通商"对外开埠，众多甬籍人士漂洋过海，涌现了一大批叱咤风云的宁波商帮。

2021年5月24日

藤头村

村有城墙厚且高，敢同城堡比牛刀。

箭楼翘角胜关隘，街面灯笼照酒醪。

眼里风光逢盛世，旧时岁月苦煎熬。

沧桑只在呼号后，锤出镰犁引自豪。

注：滕头村嵌在奉化与溪口之间的滕头生态旅游区，紧倚江拔、甬临公路，地处萧江平原，剡溪江畔。滕头村是一个具有水乡特色的江南小村，又是闻名遐迩的"全球生态五百佳"名村。它以"生态农业""立体农业""碧水""蓝天""绿化工程"，形成别具一格的生态旅游区，在国内外颇享盛名。

2021 年 5 月 26 日

奉化溪口武岭门

> 武岭门楼石砌成，剡溪相伴色愈明。
> 长街三里繁华地，匾额双生雅趣萌。
> 近见"文昌"丘顶立，远看"玉泰"笔端精。
> 风云过后艳阳照，留给世人听鸟鸣。

注：武岭门是溪口镇的门户，用略带粉红色的块石砌成。是溪口著名旅游景点之一。武岭门是进入溪口镇的必经之路，因建在武山的山脊上而得名。武岭之名，一说是取意晋陶渊明《桃花源记》武陵，武岭与武陵谐音；一说是其独以武岭名者，殆取义于武德。1929 年前还是个小庵堂，蒋介石的母亲笃信佛教，常到这里念经拜佛。1930 年被蒋介石改建为三间两层的武关式城门建筑。门额两面都镌"武岭"题字，正面为国民党元老、著名书法家于右任所写，背面是蒋介石亲笔手书。

文昌阁位于位于浙江省奉化市溪口镇武山南端潭墩山顶。

玉泰盐铺，位于浙江奉化溪口镇武岭路中段篾场弄口。

2021 年 5 月 27 日

岩头村的情缘

> 旧宅新房立眼前，剡溪激石水潺潺。
> 孩童稚气虽顽劣，炸弹惊雷惹祸患。

毛姓分支从浙衢，岩头落脚并韶山。

名村不是虚空出，族谱真亲竟可攀。

注：岩头古村位于奉化溪口以南剡溪上游 11 公里处，环村皆山，岩溪蜿蜒穿村而过。这里是蒋介石原配夫人、蒋经国生母毛福梅的出生地，蒋经国的外婆家。岩头古村留下了民国要人许多踪迹，大量民国时期的历史信息就依附在古村的山水、屋宇之间，在世人眼里，成了一座研究民国历史的"活化石"。

2021 年 5 月 28 日

岳林寺供奉布袋和尚

笑口常开布袋深，岳林剃度佛坛沉。

慈眉善目无量觉，大肚袒胸聪慧心。

汀子有缘宏法愿，信徒随喜觅光阴。

世人惹识金镶玉，圆寂时间语是金。

注：岳林寺始建于梁朝大同二年（公元五三六年），宋崇宁二年（公元一一〇三年）赐御书"崇宁阁"匾额。岳林寺为弥勒化身布袋和尚剃度和圆寂之所、举世闻名的弥勒道场。五梁时，孤儿契此流落长汀村，被村民张重天收为义子，自号长汀子。体态肥胖，大腹袒露，笑口常开。出家后杖荷布袋，见物则出语无定，随处寝卧，饮食无论鱼肉荤素。被人称为"布袋和尚"。他好学善吟，偈语示人。后梁贞明二年于岳林寺东梁石上作偈谓：弥勒真弥勒，化身千百亿，时时示世人，世人自不识。

2021 年 5 月 31 日

湘西八日游

（6月18日—25日）

游湘西凤凰古城

沱江横贯古城中，两岸频吹淳朴风。

吊脚楼头停酒肆，临江栈道见人丰。

水车辘辘连垣古，往事依依伴碧空。

更见银媪穿异服，相机爱摄老来疯。

  注：凤凰古城，是苗族土家族的聚集地，山清水秀，人杰地灵，走出了著名文学大师沈从文和著名画家黄永玉，更有民国第一任总理熊希龄。这里，也被新西兰作家路易·艾黎称为中国最美丽的小城。

2021 年 6 月 26 日

凤凰古城的夜

扉雨消停夏日中，最思夜幕出霓虹。

果然眼底生奇彩，依旧天边起暮篷。

飞出华灯无尽盏，铺开锦绣万千丛。

古城竟比天宫美，但看临身色也丰。

2021 年 6 月 28 日

  注：夜晚，沱江两岸华灯齐放，徜徉在流光溢彩的凤凰古城石板街道上，或亲水的栈道上，摩肩接踵的游客没有惯常闹市中的喧嚣，而是全都悄言细语地感受这古朴民居的无限韵致，你会觉得古城有一种超然人寰的宁静，是另一种美丽画卷。

咏万名塔

置身此地历光阴，砥柱中流一片心。

前世纸炉方作古，"万名"高塔便登临。

碧波映照千重影，直笔频书百姓音。

更立沱江弯曲处，人才辈出到如今。

注：万名塔高 22.90 米，一层直径 4.5 米，向上每层直径缩小 0.3 米。塔面装饰雅致，塔身挺拔秀丽宛若一支巨笔挺立于沱江之中，粼粼波泛，显得格外秀气动人。万名塔的前身，是建于嘉庆年间焚烧字纸用的纸炉塔。一年四季有人在这里烧字纸，小塔精美秀丽，可惜"文革"期间被毁，仅留废墟。著名画家黄永玉于 1985 年倡议，群众集资，政府扶助，于 1088 年建成，故名万名塔。

2021 年 6 月 30 日

游红石林国家地质公园

亿年海底露山峦，百态千姿正好看。

马面牛头形怪异，蛋糕油饼味咸酸。

万峰迭嶂因时势，胜景如云借大漫。

但问人间何处是？武陵源里有奇观。

注：林国家地质公园是我国唯一的红色碳酸盐石林。这里不仅有旷世绝景，更是民族文化的大舞台，被誉为"武陵第一奇观"。据地质专家考证，红石林岩石形成历史约有 4.5 亿年，红石林地域与坐龙溪峡谷一样同属地史上所称的扬子古海，海底沉积了大量混合泥沙的碳酸盐物质，经地壳运动和侵蚀、溶蚀作用，形成了这片美丽的地质奇观。

2021 年 7 月 3 日

357

游湘西芙蓉镇

佛登莲座村登瀑，村底飞流百丈长。

本唤王村情朴质，只因银幕玩钱庄。

千年古镇延民俗，临水土楼栖凤凰。

游罢归来杯酒满，"湘泉"有意润回肠。

注：芙蓉镇，本名王村，是一个拥有两千多年历史的古镇，因宏伟瀑布穿梭其中，又称"挂在瀑布上的千年古镇"。位于湘西土家族苗族自治州境内的永顺县，与龙山里耶镇、泸溪浦市镇、花垣茶峒镇并称湘西四大名镇，又有酉阳雄镇、"小南京"之美誉。后因姜文和刘晓庆主演的电影《芙蓉镇》在此拍摄，更名为"芙蓉镇"。

芙蓉镇四周是青山绿水，镇区内是曲折幽深的大街小巷，临水依依的土家吊脚木楼，以及青石板铺就的五里长街，处处透析着淳厚古朴的土家族民风民俗，让游人至此赞不绝口。

芙蓉镇的夜

灰鹊登临夜幕来，芙蓉百万瞬间开。

瓜灯正照逛街客，江岸还如宵烛堆。

闪烁繁星天上落，小康生活手中栽。

只因盛世添神力，方见飞流七色裁。

注：每当夜幕降临，挂在瀑布上的千年古村落，在无数灯光的辉映下，不断地变换着颜色，也在不断地焕发着她的美姿，让人陶醉。宵烛者，萤火虫之别称也。

2021 年 7 月 5 日

过"云天渡"玻璃桥

巨手金刚大力神，紧拉钢索演青春。

罡风湿暖生危感，桥面玻璃出汗津。

伸腿寻思寒噎气，慈航只教渡贫身。

云天过得方醒悟，六道诚如转法轮。

注：张家界大峡谷玻璃桥，名曰"云天渡"，位于湖南省张家界大峡谷景区栗树垭和吴王坡区域内，是一座景观桥梁，兼具景区行人通行、游览、蹦极、溜索、T 台等功能。主跨 430 米，一跨过峡谷，桥面长 375 米，宽 6 米，桥面距谷底相对高度约 300 米。这座全透明玻璃桥创下多项世界第一。

游张家界大峡谷

溪边拾级好俦游，秀美风光不尽收。

三千娇柔融彩色，八百琉璃泛碧沟。

悬臂索桥惊裂谷，天梯栈道挂湘丘。

行来不见烂船板，匪洞幽深鬼见愁。

注：张家界大峡谷位于张家界市慈利县三官寺乡，国家 4A 级景区。因传说曾有很多烂船板从泉眼中涌出，得名"烂船峡"；又因峡谷中的两面石壁，溪泉众多，满峡飞流得名"乱泉峡"。峡谷内的主要景点有一线天天梯栈道、三叠游道、烂船岩、张家界大峡谷土匪洞等。

2021 年 7 月 6 日

乘百龙升降电梯

百龙升降任招摇，拔地临空到九霄。

立命还思精气足，平身最喜铁肩娇。

游人借看风光片，客服高歌保健谣。

但得云梯通景点，天门不再路迢迢。

注：百龙观光电梯位于张家界武陵源世界自然遗产核心景区，以"世界上最高、载重量最大、运行速度最快的全暴露户外观光电梯"三项桂冠独步世界，是从水绕四门跨越万丈绝壁通往袁家界连接天子山等景点的垂直交通工具。百龙电梯气势雄伟，运行高度326米，运行时间1分58秒，每小时运载量达4000人次。

观袁家界之乾坤柱

群峰起伏竟三千，一柱擎天突兀前。

最似燃香生沃野，更如秉烛照山川。

袁家界里添灵气，笔架丛中画睡莲。

更觉乾坤清爽袭，终因盛世话桑田。

注：乾坤柱位于世界自然遗产武陵源风景名胜区袁家界景区南端，海拔高度1074米，垂直高度约150米，顶部植被郁郁葱葱，峰体造型奇特，垂直节理切割明显，仿若刀劈斧削般巍巍屹立于张家界，有顶天立地之势，故又名乾坤柱。著名电影《阿凡达》中的哈利路亚山的原型即是森林公园景区里的袁家界。

2021年7月7日

过迷魂台

群峰突兀立天盆，欲向高台识仲昆。

眼底方如春笋露，心中竟出蜡熊奔。

三千蝴蝶穿蜃宇，十万蜻蜓过雁门。

若暗若明思辨识，鬼神相逐最迷魂。

注：自天下第一桥东行200多米处，再南行50米即至迷魂台。立

台鸟瞰远近宽广的盆地里，高低粗落的翠峰，如楼如阁、如台如榭、如凳如椅、如人如兽、千姿百态、景象万千。幽谷绝壁、神秘奇瑰，每迈动一步，这里的山峰都会变换出万种姿态，使你虚幻。眼前这千变万化的绝世美景，好像会舞动，会飞升，会下坠，使你产生疑惑，最终把这种神思融化在这无双的风景里，犹如被迷了魄。

2021 年 7 月 8 日

眺望杨家界之天然长城

横看奇峰一道墙，景随云海最张狂。

逶迤曲折灵蛇卧，起伏高低羽翼翔。

难说雄关多少座，正燃烽火满山冈。

凶奴不过湘西路，天筑长城驻六郎。

注：杨家界风景区规模 34 平方公里，主要为石英砂岩峰林峡谷地貌景观，拥有奇峰千余座，风光十分的秀美，杨家界景区平行而立的数十道峰墙，高矮参差，气势恢宏，雄浑绮丽，犹如"天然长城"一般。杨家界，因很多景点、地名与宋代杨家将传说有关而得名。

2021 年 7 月 10 日

在天子山贺龙塑像前

菜刀一把将星飞，枪响南昌总指挥。

戎马征途怀大略，运筹帷幄展光辉。

一生烟斗催思路，侧耳坐骑抚战衣。

守护家乡山水好，目光炯炯望巍巍。

注：张家界市武陵源天子山景区，亦为天子山自然保护区。因明初土家族起义领袖向大坤自号"向王天子"而得名。天子山东临索溪峪，南接张家界，北依桑植县，是武陵源风景名胜区四大风景之一，历来有"峰

361

林之王"称号。天子山海拔最高 1262.5 米（天子峰）素有"扩大的盆景，缩小的仙境"的美誉。屹立在"云青岩"上的贺龙铜像与大自然连为一体，形成独特的艺术风格。建铸于 1986 年，高 6.5 米，重 9 吨，为我国近百年塑造的最大的一尊铜像。铜像背负青山，面壁神堂湾，凝重、壮严、和谐地统一在青山绿水的画图中，逼真再现了贺龙元帅的鲜明形象：浓眉大眼，八字胡须，右手小臂提起，握着烟斗，微笑注视着家乡石峰峭壁。身旁一匹好征的战马，昂起头颅，似乎在等待主人扬鞭踏上征途。

看仙女散花

特立山峰一女仙，手捧鲜花洒玉田。

发插奇葩莲步舞，眼含秋水碧空穿。

"向王"远去归期近，万朵盛开香气延。

故里如今更美好，最该还宅享华年！

注：仙女散花景点位于张家界国家森林公园天子山自然保护区。仙女是向王天子的爱妃，形象逼真、惟妙惟肖，犹如一位楚楚动人的佳丽。手中捧着满满的鲜花，在西海的山峰中散布花的种子，并一直在此等候着向王的归来。

游十里画廊

十里画廊飞眼前，神工鬼斧竟天然。

向王有据翻兵册，老者从医采百仙。

水秀山清鸣翠鸟，峰奇石异隐溪泉。

更看三女婷婷立，玉饰晶莹从项悬。

注：十里画廊山清水秀，繁花似锦，百鸟争鸣。境内景物造型奇特：若人，若神，若仙，似林，似禽，似兽的石英砂岩峰林在云雾中时隐时现，变化万千。著名景点有："向（大坤）王观书""采药老人""三

姐妹峰"和"夫妻抱子"等。

2021 年 7 月 12 日

乘索道上天门山

山高路险大斜坡，直到九霄星汉窝。

脚下腾云翻疾浪，轿箱客静渡穿梭。

流光捷速天门近，索道从容感慨多。

正是中华工匠巧，人间奇迹汇成河。

　　注：张家界天门山索道为全世界最长的观光客运索道，索道线路斜长 7455 米，单程运行时间约 28 分钟，是世界上最长的单线循环脱挂抱索器车厢式索道。索道运行速度为每秒 6 米，时间间隔为 28.8 秒，单向运量为每小时 1000 人，最大爬坡角 38.6 度，这在世界均属罕见。

2021 年 7 月 13 日

游天门山景区并穿越天门洞

霹雳一声门洞开，嵩梁从此入怀来。

孤峰耸立峦镶镜，三九独尊天有才。

远望高梯生敬意，抬头胜境感崔嵬。

恰逢下得梅花雨，紫气应声绕佛台。

　　注：天门洞是世界海拔最高的天然穿山溶洞，三国吴永安六年（公元 263 年），嵩梁山峭壁轰然洞开，玄朗如门，吴王视为吉祥，由此改称天门山。天门洞南北对穿，门高 131.5 米，宽 57 米，深 60 米，拔地依天，宛若一道通天的门户。这一胜景，吸引着历代帝王官臣、隐贤逸士、高僧老道、文人墨客前来探访游赏，历经世代累积，形成了天门山独特厚重的"天文化"。

2021 年 7 月 15 日

在天门洞广场逗留

内外风光各不同，近观远眺意犹丰。

俯见盘陀弯百折，仰看石级欲千弓。

人如潮水流星涌，洞若玄朗史事通。

几度流连回首后，便将印象入诗中。

注：被称为通天大道的盘山公路共计九十九道弯，从广场上天门洞，徒步需走有九百九十九级台阶的"天梯"故有百折千弓之说。

乘穿山隧道扶手电梯下山

巨龙节节舞翩翩，上下忙忙意更虔。

隧道中空灯亮亮，达人心满喜连连。

从今不再征途怨，瞬息终将"虫洞"穿。

科技兴邦生国力，为民造福有群贤。

注：天门山穿山电梯全程在山体隧道中运行，从天门洞底直达山顶，共12段，扶梯梯级运行总长度为897米，提升高度340米，总跨度为692米。天门山穿山电梯由16台30米超大高度重载公交型自动扶梯、3台20米大高度重载公交型自动扶梯，拥有单向3600人/小时的输送能力。

2021年7月15日

附录：

自由体诗

注：以前在学生时代曾写过自由体诗，后来几经周折，原稿已散失。其实我很少写自由体诗，特别是在学习格律诗词之后，这两首是特例，放在最后，作为附录。

一、党的胜利就是中华的崛起

你从工厂走来，
他从矿山走来，
手里握着铁锤，
把手臂高高举起。

你从山区走来，
他从农村走来，
手里握着镰刀，
把手臂高高举起。

你从学校走来，
他从军营走来，
手里握着铁锤和镰刀，
将无数双手臂交集。
迸发出了火花，
和着十月的风，
吹拂神州大地，
吹进了工友农友的心底。

你从江南走来，
他从塞北走来，
在石库门里把明灯点亮，
在南湖船中把风帆升起。

于是，工厂里议论着铿锵的主义，
矿井下哼起了国际歌的旋律。
旷野里燃起了星星之火，
学校里诵读着庶民的胜利。

于是有了五卅对反动派的抗争，
于是有了南昌对反动派的射击，
于是有了红色苏维埃，
于是有了井冈山革命根据地。

往日的神州如一盘散沙，
东亚病夫，人见人欺。

党的明灯点亮，
蛟龙挣脱枷锁，
人民的脊梁从此挺起，
握紧的拳头更加有力。

要砸碎旧世界，
要重建新秩序。

从此进行了艰苦卓绝的奋斗，
英勇不屈，前仆后继。

四一二流淌过先烈的鲜血，
长征中碾压过坚硬的棘藜。

草地里沉没过英雄的人马，
雪山上冻僵过刚毅的身躯。

不管是敌人围追堵截，
不管是日寇施放毒气。
不管是八百万蒋匪军，
不管是美帝的大炮飞机。

她没有被艰苦吓倒，
没有在困难面前后退。
她始终生命不息奋斗不止，
理想和信念坚定不移。

从瑞金到延安，
从西柏坡到北京城里。
一路呼喊，一路奋进，
一个胜利接着一个胜利。

从五年计划到改革开放，
从两弹一星到月宫探奇。
一路高歌，一路激情，
一个腾飞接着一个腾飞。

有了党，
就有了人民的解放。
有了党，

有了民族的独立。
有了党，
我们奔向小康。
有了党
我们将达到最后的胜利！

九十年党的旗帜一路飘扬，
九十年的辉煌我们永远牢记。
党的壮大就是人民的幸福，
党的胜利就是中华的崛起！

注：作于2011年7月1日。

二、围墙

用砖砌起来的围墙，
将小区的里外隔开。
镂了空的，
既美观也增加了安全。
从外面可以看到里面的生活，
从里面可以看到外面的世界。

五角场也有一段围墙，
这一段围墙最近活了起来。
它让人惊诧，
也让人遐念。

扫一眼，会看到厚重，
承载着，
它的历史，
百年沧桑、百年巨变。

看一回，会捡回时间。
捡回来，
它的前天和昨天，
拣出了两个字——继往。
又铺开明天和后天
绽出了两个字——开来。

思绪的乐曲正在奏起，
翩翩起舞着男女，
青年、少年和老年。
跳过昨天的慢四，
跳过了今天的伦巴和恰恰，
正欲跳优美的快三。

多少人站在围墙边，
站在今天的时间节点。
太阳光照在围墙上，
亮一道美丽的风景线。

注：作于 2013 年 12 月 3 日。